BIOHAZARD

BIOHAZARD
바이오하자드

제우미디어

프롤로그

1998년 6월 2일자 「래섬 위클리」
라쿤 시티에서 벌어진 기이한 살인 사건

어제 늦은 시각, 42세 애나 미타키의 시신이 라쿤 시티 북서부 그녀의 자택 인근에서 심하게 훼손된 채 발견됐다. 이로써 그녀는 지난달 빅토리 호수와 그 근처에서 발견된 희생자에 이어 소위 '식인 살인자'의 네 번째 희생자가 되었다. 여느 희생자 부검 보고서와 마찬가지로 미타키의 시신 역시 부분적으로 먹힌 것으로 보이며, 물린 상처는 사람의 잇자국과 동일하다는 증거가 제시되었다.

지난밤 9시 경 미타키의 시신이 조깅을 하던 두 명의 행인에 의해 발견되고 얼마 지나지 않아 라쿤 시티의 아이언스 경찰서장은 "라쿤 시티 경찰은 이런 극악무도한 범죄를 저지른 자를 체포하기 위해 부단히 노력하고 있다"며 적극적인 시민 보호를 위해 시 관계자들과 대책을 강구 중이라는 간단한 성명을 발표했다.

식인 살인자의 흉악한 연쇄살인 외에도 지난 몇 주 동안 세 명의 시민이 라쿤 숲에서 동물의 소행으로 보이는 공격을 받아 사망하여, 현재 사망자 수는 일곱 명에 이른다.

1998년 6월 22일자 「라쿤 타임스」
라쿤의 공포! 더 많은 희생자 발견

일요일 이른 아침, 젊은 커플의 시신이 빅토리 공원에서 발견되었다. 이로써 희생자인 디앤 러시와 크리스토퍼 스미스는 올해 5월 중순 이후 이 도시의 시민들을 공포로 몰아넣은 극악한 폭력의 여덟 번째와 아홉 번째 희생양이 되었다.

만 19세인 두 희생자는 지난 토요일 늦은 밤 부모들에 의해 실종 신고가 된 상태였으며, 새벽 2시 경 빅토리아 호수 서쪽 제방에서 경찰에 의해 발견되었다. 아직 공식 성명 발표 전이지만 목격자들은 두 희생자의 상처가 이전 희생자들에게서 발견된 상처와 흡사했음을 확인해주었다. 이들을 공격한 것이 사람인지 동물인지는 아직 확인되지 않았다.

희생된 커플의 지인들에 따르면 둘은 최근 나무가 무성한 공원 근처에서 발견된 '들개'를 찾겠다고 했으며, 이 소문의 동물을 찾기 위해 현재 도시 전체에 내려진 통행금지령을 위반할 계획을 세웠다고 한다.

해리스 시장의 기자회견은 오늘 오후로 예정되어 있으며, 최근 사태에 관해 성명을 발표한 뒤 더 엄격한 통행금지령 시행을 공표할 것으로 보인다.

1998년 7월 21일자 「시티사이드」
특수전술 및 구조임무 '스타스, STARS',
라쿤 시티를 구하기 위해 투입

이번 주 초, 라쿤 숲에서 세 명의 등산객이 실종됨에 따라 시 관계자들은 결국 아클레이 산으로 이어지는 6번 국도를 차단하기로 결정했다. 브라이언 아이언스 경찰서장은 실종된 등산객을 찾는 데 스타스 팀이 전격 투입되었으며 공동체를 파괴하고 있는 살인과 실종 사태에 종지부를 찍을 때까지 라쿤 경찰과 협력하게 될 것이라고 발표했다.

과거 스타스의 일원이기도 했던 아이언스 서장은 오늘 「시티사이드」와의 독점 전화 인터뷰를 통해 "이제는 도시의 안전을 지키기 위해 이 헌신적인 팀원들의 재능을 빌려야 할 때"라고 밝혔다. "두 달도 채 안 되는 시간 동안 아홉 건의 잔인한 살인 사건이 발생했고, 실종자도 최소 다섯 명으로 추정됩니다. 이 사건들 모두 라쿤 숲과 근접한 곳에서 일어났으며 피의자들은 빅토리 호수 근방에 은신한 것으로 보입니다. 중요한 것은 스타스 팀이 그들을 찾는 데 필요한 기술과 경험을 갖추고 있다는 사실이지요."

왜 이제야 스타스가 투입되었는가라는 질문에 아이언스 서장은 스타스가 처음부터 라쿤 경찰을 간접적으로 돕고 있었으며, 앞으로는 수사 과정에 전격적으로 투입되는 만큼 "우리가 기다리던 인원 보강이 될 것"이라고만 대답했다.

1967년 뉴욕에서 설립된 민간 재원의 스타스 조직은 본래 사이비 종교 집단에서 자행한 테러 행위를 막기 위해 퇴역 장교와 CIA, FBI 출신 요원들로 구성되었다. 전 국가안보부장 마르코 팔미에리의 지도하에 인질 구출 협상부터 암호 해독, 폭동 진압에 이르기까지 전 분야로 확대되었다. 스타스는 해당 지역 경찰과 협력하여 각 지역 본부가 독자적으로 임무를 수행하도록 체계화되었으며, 서너 곳의 지역 기업들의 재정 지원을 통해 1972년 라쿤 시티 지부를 설립했다. 라쿤 시티 지부는 약 6개월 전 책임자로 승진되어 전임한 앨버트 웨스커 대위가 이끌고 있다.

제1장

안 그래도 브리핑에 늦었는데 문을 열다가 차 열쇠를 커피에 빠뜨리기까지 했다. 열쇠가 컵 바닥에 닿으며 약하게 팅, 하는 소리를 냈다. 질은 걸음을 멈추고 모락모락 김이 오르는 머그컵을 망연자실한 채 내려다보았다. 다른 팔 옆에 낀 두꺼운 서류 뭉치가 바닥으로 스르르 미끄러져 내렸다. 클립과 포스트잇이 황갈색 카펫 위로 흩어졌다.

"망할."

그녀는 컵을 손에 든 채 주방으로 몸을 돌리며 손목시계를 보았다. 웨스커는 19시까지 칼같이 모이라고 지시했다. 그건 곧 차로 10분간 이동한 후 주차할 곳을 찾은 다음, 후다닥 달려가 의자에 앉기까지 약 9분이 남았다는 뜻이다. 스타스가 이 사건을 맡고 처음 갖는 공개 미팅이다. 젠장. 라쿤 지부로 전근하고 처음 열리는 공식 미팅인데 늦게 생겼다.

'이럴 줄 알았어. 몇 년 만에 처음으로 미팅에 늦지 말자고 다짐했는데 문 앞에서부터 잔뜩 깨지게 생겼네.'

그녀는 구시렁거리며 싱크대로 다가갔다. 늦장을 부렸다는 생각에 신경이 날카로워지고 자신에게 화가 났다. 이게 바로 그 사건인데. 그 망할 사건. 아침식사를 마치자마자 부검의 보고서를 집어 들고 하루 종일 이 잡듯 뒤지며 경찰이 놓쳤을 무언가를 찾았다. 하지만 시간이 흐를수록 일이 생각처럼 풀리지 않았고, 결국에는 새로운 단서를 찾아내는 데 실패하고 말았다.

싱크대에 커피를 쏟은 뒤 뜨끈하고 축축한 열쇠를 집어 올렸다. 그리고는 청바지에 쓱쓱 문질러 닦으며 서둘러 현관으로 향했다. 흩어진 파일을 모으기 위해 쭈그려 앉은 그녀는 문득 움직임을 멈췄다. 맨 위에 펼쳐진 선명한 컬러 사진이 눈에 들어왔다.

'아, 애들아.'

그녀는 천천히 사진을 집어 들었다. 시간이 없는 걸 알면서도 피가 점점이 튄 작디작은 얼굴들을 외면할 수 없었다. 하루 종일 뱃속에 쌓여 부풀어가던 긴장감이 이제는 돌덩이처럼 딱딱하게 굳어지는 게 느껴졌다. 잠시 동안 그 현장 사진을 노려보면서 할 수 있는 일이라고는 숨을 몰아쉬는 것뿐이었다. 베키와 프리실라 맥기. 이제 겨우 아홉 살, 일곱 살이 된 아이들이었다. 더는 알아낼 만한 게 없다고 외면해버린 사진이었다.

'하지만 그렇지 않아, 알잖아? 계속 아닌 척해도, 받아들이지 않아도 상관없어. 이젠 모든 게 달라졌으니까. 그 아이들이 죽은 이후

로 모든 게 달라졌어.'

처음 라쿤 시티로 이사 왔을 때 그녀는 엄청난 스트레스에 시달렸다. 이곳으로 온 게 잘한 일인지, 아니 애초에 스타스에 들어오고 싶었는지조차 확실치 않았다. 물론 그녀는 이 일에 소질이 있다. 하지만 이 자리를 받아들인 건 모두 아버지, 딕 때문이었다. 아버지는 기소된 뒤 그녀에게 다른 일을 알아보라고 압력을 가하기 시작했다. 밸런타인 가족 중 감방에 갇히는 사람은 자기 한 명이면 족하다고 집요하게 고집을 피웠던 것이다. 심지어 그녀를 그런 식으로 키운 것이 자신의 잘못이라고 선언까지 했다. 그녀가 받은 교육과 훈련을 생각하면 사실 다른 선택지가 별로 없었다. 하지만 스타스는 질의 실력을 인정했고, 그녀가 입사하기 전까지 어떤 일을 했는지 별로 개의치 않았다. 급여도 나쁘지 않았고, 이미 익숙한 위험이라는 요소도 비슷하게 존재했다. 돌이켜 생각하면 직업을 바꾸는 과정이 예상 외로 아주 매끄럽게 진행되었다. 아버지는 기뻐했고, 동시에 다른 사람들이 어떻게 사는지 경험할 수 있는 기회이기도 했다.

그래도 이사는 그녀가 생각한 것보다 훨씬 힘들었다. 아버지가 교도소에 들어간 이후 처음으로 그녀는 진정한 의미에서 혼자가 되었다. 아마 그녀가 법 집행 기관에서 근무한다는 이야기를 들으면 누구나 코웃음을 칠 것이 분명했다. 대도 딕 밸런타인의 딸이 진실과 정의, 건실한 미국인 정신이라는 미명하에 국민을 위해 봉사한다니. 알파 팀으로 승진한 것도, 교외의 작지만 좋은 집에서 살게 된 것도 다 말도 안 되는 일이었다. 그녀는 그냥 이대로 홀연히 마을을 떠나버릴까, 모든 걸 포기하고 전에 있던 곳으로 돌아갈까 심각하게 고민했었다.

그러던 차에 길 건너편에 살던 두 여자 아이가 그녀의 현관문을 두들겼고 운 흔적이 역력한 큰 눈으로 그녀가 정말 경찰이 맞는지 물었다. 부모님이 퇴근하기 전인데 애완견이 사라졌다며 울먹였다.

'베키는 녹색 교복을 입고, 어린 프리실라는 멜빵바지 차림이었어. 둘 다 코를 훌쩍이면서도 부끄러워 어쩔 줄 몰라 했는데……'

아이들이 찾던 강아지는 정원을 통해 빠져나가 몇 블록 떨어진 곳에 있었고, 그걸 찾아내는 건 식은 죽 먹기였다. 그렇게 그녀는 새로운 친구 두 명을 얻었다. 어린 두 자매는 금세 질을 친구로 받아들였고 방과 후 수시로 놀러와 엉성한 꽃다발을 안기기도 하고, 주말이면 그녀의 뒷마당에서 놀기도 하고, 영화나 만화에서 배웠다며 우스꽝스러운 노래를 끝도 없이 불러주기도 했다. 물론 이 아이들이 그녀의 생각을 완전히 바꿔놓거나 외로움을 모조리 없애준 것은 아니었다. 하지만 훌쩍 떠나야겠다는 생각만큼은 잠시 보류되었다. 태어난 지 23년 만에 처음으로 그녀는 현재 거주하며 일하고 있는 이 지역 공동체의 일원이 된 듯한 기분이었다. 너무 미묘하고 미세한 감정이라 그녀 자신도 거의 느끼지 못한 심적 변화였다.

그런데 6주 전, 가족과 함께 빅토리 공원으로 소풍을 갔던 베키와 프리실라는 부모의 시야에서 조금 벗어났다가 이 외딴 도시를 공포의 도가니로 몰아넣은 사이코패스의 첫 번째 희생양이 되고 말았다.

질의 손에 쥐어진 사진이 가늘게 떨렸다. 모든 것이 여지없이 그대로 드러나 있었다. 똑바로 누운 베키의 눈은 멍하니 하늘을 향했고, 배에는 찢기고 해진 커다란 구멍이 뚫려 있었다. 그 옆에는 팔을 아무렇게나 한 채로 널브러진 프리실라가 보였다. 팔다리의 살덩이가 군데군데 무참히 떨어져 나갔다. 두 아이 모두 내장이 사라졌고, 과다 출혈 전에 이미 극심한 쇼크로 사망한 상태였다. 비명조차 지르지 못했는지 아이들의 외침을 들은 사람은 아무도 없었다.

'이제 그만! 감상에 젖는 건 이 아이들한테 아무런 도움도 되지 않아.'

질은 허둥지둥 서류를 다시 폴더에 집어넣은 후 서둘러 밖으로 나왔다. 그녀는 초저녁으로 접어든 바깥 공기를 깊이 들이마셨다. 새로 깎은 상쾌한 잔디 냄새가 오후 햇살로 따스해진 공기 중에 떠다녔다. 어딘가에서 와자지껄한 아이들의 소리와 함께 개 짖는 소리가 들려왔다.

그녀는 집 앞 진입로 옆에 세워둔 작고 흠집 많은 회색 해치백 승용차로 서둘러 다가갔다. 시동을 걸고 차도로 빠져나오면서 고요한 맥기 씨네 집을 쳐다보지 않으려 애썼다. 질은 창문을 내린 채 제한 속도에 가깝게, 하지만 아이나 애완동물을 치지 않도록 조심하면서 넓은 교외의 도로를 달렸다. 사실 길가에는 아이도 동물도 그리 많지 않았다. 그런 사건이 일어난 뒤로 점점 더 많은 사람들이 아이와 애완동물을 집 안에서만 머물게 했다. 심지어 낮에도 다르지 않았다.

202번 고속도로로 이어지는 경사로를 향해 속도를 올리자 작은 해치백 승용차가 부르르 몸을 떨었다. 그녀의 긴 머리가 따뜻하고 건조한 바람에 나부꼈다. 마치 악몽에서 깬 것처럼 상쾌한 기분이었다. 그녀는 햇살이 아직 남아 있는 저녁 바람을 업고 속도를 더욱 높였다. 나무 그림자가 도로를 따라 점점 길어졌다.

운명인지 아니면 우연인지, 그녀의 삶은 이 라쿤 시티에서 벌어지는 일들에 의해 직접적인 영향을 받고 있었다. 더 이상 감옥에 가지 않기 위해 애쓰는 은퇴한 도둑인 척하며 지낼 수도, 단순히 아버지를 기쁘게 해드리고자 시키는 대로 하는 척할 수도 없었다. 그녀의 일이 그저 먹고 살기 위한 직업에 불과하다고 스스로를 속일 수도 없었다. 이제 이 일은 그녀에게 매우 중요했다. 그 아이들이 죽고 없다는 게, 그 아이들을 그렇게 만든 살인자가 여전히 어딘가에서 활개를 치고 있다는 게 무엇보다도 중요했다.

조수석에 놓인 희생자들의 파일이 펄럭이다 가장 위에 놓인 폴더가 바람을 맞아 펼쳐졌다. 편히 잠들지 못하는 아홉 명의 영혼들이었다. 베키와 프리실라도 그중에 있을 것이다.

그녀는 오른손으로 폴더를 눌러 더 이상 바람에 날리지 않게 했다. 질은 스스로에게 맹세했다. 무슨 일이 있어도 범인을 잡고야 말겠다고. 과거에 어떤 사람이었든, 그리고 미래에 어떤 사람이 되든, 그녀는 이미 달라졌다. 그리고 이 죄 없는 사람들을 죽음으로 몰아넣은 자를 찾아 죗값을 치르게 하기 전까지는 한시도 쉴 수 없었다.

"어이, 크리스!"

크리스가 음료 자판기에서 몸을 돌렸다. 멋지게 그을린 소년 같은 얼굴의 포레스트 스페이어가 잔뜩 미소를 머금은 채 빈 복도를 따라 성큼성큼 다가오고 있었다. 포레스트는 크리스보다 몇 살 더 많았지만 길게 기른 머리에 징이 박힌 데님 재킷, 왼쪽 어깨를 덮은 담배 피우는 해골 문신 덕분에 반항적인 십 대 소년처럼 보였다. 그는 기계 다루는 솜씨가 뛰어날 뿐만 아니라 크리스가 이제껏 본 사람들 중 최고의 명사수이기도 했다.

"아, 포레스트. 어디 가?"

크리스는 자판기에서 소다 캔을 꺼내며 손목시계를 흘끗 쳐다보았다. 미팅 시간까지 아직 2분 정도 남아 있었다. 포레스트가 푸른 눈을 반짝이며 앞에 서자 크리스가 피곤한 듯 미소 지었다. 포레스트는 방탄조끼, 장비 벨트, 어깨 보호대 등 출동 장비를 한 아름 안고 있었다.

"웨스커 대장이 엔리코에게 먼저 출동해 수색하라는 지시를 내렸어. 브라보 팀이 들어가게 됐지."

살짝 흥분한 상태에서도 포레스트의 앨라배마식 콧소리는 단어를 길게 늘여 말하는 전형적인 미국 남부식 사투리로 들리기에 충분했다. 그는 들고 있던 물건을 방문자용 의자에 툭 내려놓았다. 여전히 얼굴 가득 미소를 지은 채였다.

"언제 가는데?"

크리스가 얼굴을 찌푸리며 물었다.

"지금. 헬리콥터 워밍업 끝나면 바로. 너희 알파 팀이 앉아서 메모나 끄적이고 있는 동안 우리가 그 식인종 놈들 엉덩이를 걷어차 줄 예정이란 말씀이지!"

포레스트가 티셔츠 위로 방탄조끼를 껴입으며 대꾸했다.

스타스 대원들이란 원래 자신감 빼면 시체 아닌가.

"그래, 알겠는데 네 엉덩이부터 조심해, 알겠지? 숲에서 어슬렁 거리는 정신 나간 놈들 두어 명 말고도 무언가가 더 있을 것 같다는 생각이 자꾸 든단 말이야."

"걱정 붙들어 매라고."

포레스트는 손으로 머리를 쓸어 넘기고는 의자에 놓인 장비 벨트를 집어 들었다. 분명 맡은 임무에 온 신경이 쏠려 있는 게 틀림 없었다. 크리스는 몇 마디 더 하려다가 그만두었다. 허세를 부리긴 해도 포레스트는 프로였다. 굳이 조심하라고 잔소리할 필요는 없 었다.

'확신할 수 있어? 빌리라고 조심하지 않았을까?'

나오는 한숨을 삼키며 크리스는 포레스트의 어깨를 가볍게 두드 리고는 위층의 작은 대기실 복도를 지나 작전실로 향했다. 웨스커 가 팀을 둘로 나누어 투입시키다니, 놀랄 일이었다. 경험이 적은 스 타스 대원들이 먼저 수색에 임하는 것이 일반적이긴 하지만 이건 엄밀히 말해 일반적인 작전이 아니지 않은가. 사건의 희생자 수만 봐도 좀 더 공격적인 조치가 필요했다. 살인의 행태가 조직적으로 보인다는 사실만으로도 이 사건은 A1 등급으로 처리되어야 했다.

그런데 웨스커는 이 일을 고작 훈련 정도로 여기고 있다니.

'아무도 이해 못하고 있어. 하긴 빌리를 알고 지낸 게 아니니까.'

크리스는 지난주 어느 늦은 밤, 어릴 적 친구로부터 걸려온 전화한 통을 떠올렸다. 빌리의 소식을 듣지 못한 지 꽤 오래되었지만 그가 라쿤 시티 경제를 단독으로 책임지고 있는 엄브렐러 제약 회사에서 연구원으로 일하고 있다는 사실은 알고 있었다. 빌리는 절대 하찮은 일에 겁먹을 친구가 아니었다. 그런데 그의 목소리에 담겨 있던 공포와 절망에 크리스는 퍼뜩 잠에서 깼고, 곧 걱정이 밀려들었다. 빌리는 자신의 목숨이 위태롭다고, 아니 우리 모두의 목숨이 위험하다고 이해하지 못할 소리를 하며 제발 마을 외곽에 있는 한 식당에서 자신을 만나 달라고 애원했다. 하지만 약속 장소에 나타나지 않았고, 그 이후로 빌리의 소식을 들은 사람은 아무도 없었다.

크리스는 빌리가 사라진 이후 매일 밤마다 잠을 이루지 못하며 머릿속으로 그날의 대화를 되풀이해 떠올렸다. 그 일이 라쿤 시티에서 벌어지는 살인 사건과 아무 관련이 없다고 스스로를 납득시키려 애썼다. 하지만 외관상으로 보이는 것은 극히 일부에 불과할 뿐, 빌리는 내밀한 무언가를 알고 있었다는 확신이 점점 커져가기만 했다. 경찰이 빌리의 아파트를 수색했지만 이상한 낌새는 발견하지 못했다. 하지만 크리스의 직감은 빌리가 이미 죽었다고, 그의 입을 다물게 하려는 누군가의 손에 살해당했다고 그렇게 말하고 있었다.

'그런데 그렇게 생각하는 건 나뿐인 것 같단 말이야. 아이언스 서장은 신경도 쓰지 않고, 팀원들은 내가 그저 친구를 잃은 슬픔에 괴로워하고 있다고 생각하니……'

모퉁이를 돌며 크리스는 이 생각을 잠시 치워두었다. 그의 군화가 바닥에 부딪히며 천장이 둥근 2층 복도를 통해 묵직한 소리가 메아리쳤다. 빌리가 실종된 이유를 찾으려면 자신의 임무에 정신을 집중해야 했다. 하지만 너무 피곤했다. 살기 위해 필요한 최소한의 수면만 취하고 있는 데다가 빌리와 나눈 마지막 통화 이후로 끊임없이 자신을 괴롭히는 불안감과 싸워야 했다. 어쩌면 남들이 생각하는 것처럼 최근 일어난 사건들로 인해 객관적 시각을 잃은 것인지도 몰랐다.

스타스 사무실이 가까워지면서 그는 잡념들을 떨쳐내고 또렷한 정신으로 미팅에 참석해야겠다고 결심했다. 이 좁은 복도를 가득 채운 밝은 오후 햇살을 생각하면 머리 위로 윙윙 소리를 내며 훤히 밝혀진 형광등은 과하다 싶었다. 라쿤 경찰서 건물은 경찰서 치고는 조금 색다른 곳이다. 무늬가 새겨진 타일과 묵직한 목재로 가득한 고전적인 건물이고, 태양빛을 받기 위해 설치된 창문이 너무 많았다. 그가 어렸을 때 이 건물은 라쿤 시청이었다. 10년 전쯤 인구가 급격히 증가하면서 도서관으로 바뀌었다가, 4년 전 경찰서가 되었다. 그러고 보니 이 도시 곳곳에서 무언가를 짓고 세우는 일이 끊이지 않았던 것 같다.

스타스 사무실의 문이 열린 채 걸걸한 남자 목소리가 복도로 흘러나오고 있었다. 아이언스 서장의 목소리가 섞여 있는 것을 들은 크리스가 잠시 망설였다.

"서장님은 무슨, 그냥 브라이언이라고 부르게."

이렇게 자신을 소개한 아이언스는 경찰 행세를 즐기는, 자기중심

적이고 잇속만 차리는 전형적인 정치인이다. 그가 이 지역에서 잘 나가는 사업체 몇 곳과 얽혀 비리에 연루되었다는 사실은 공공연한 비밀이다. 심지어 지난 1994년에는 사이더 구역의 토지 거래 사기에도 엮인 적이 있었다. 법정에서는 아무것도 밝혀지지 않았지만 개인적으로 아이언스 서장을 잘 아는 사람이라면 누구나 그가 구린 구석이 있다는 사실을 믿어 의심치 않았다.

크리스는 아이언스의 느끼한 목소리를 들으며 고개를 절레절레 흔들었다. 비록 사무직이긴 하나 한때 그가 스타스의 라쿤 지부를 이끌었다는 사실을 믿을 수 없었다. 아이언스 서장이 언젠가는 그토록 바라는 시장 자리를 꿰차고 말 거라는 사실은 더더욱.

'게다가 나를 끔찍이도 싫어한다는 걸 알고 있잖아, 안 그래, 크리스 레드필드?'

뭐, 어쩔 수 없는 일이다. 크리스는 아부와는 거리가 먼 사람이고, 아이언스는 자기 밑에 있는 사람이라면 당연히 자신에게 쩔쩔매야 한다고 믿는 사람이니까. 그나마 다행인 건 아이언스가 완전히 무능력한 사람은 아니라는 점이었다. 그는 약간의 군 경험이 있었다. 크리스는 천연덕스러운 표정을 하고 스타스의 문서 보관소 겸 작전 기지 역할을 하는 좁고 복작거리는 사무실 안으로 들어섰다.

배리와 조셉이 신참 자리에 앉아 낮은 목소리로 이야기를 나누며 서류가 가득 든 상자를 뒤지고 있었다. 알파 팀의 헬기 조종사인 브래드 비커스는 몇 걸음 떨어진 곳에서 온화한 얼굴을 잔뜩 구긴 채 커피를 마시며 컴퓨터 스크린을 뚫어져라 쳐다보는 중이었다. 맞은편에서는 웨스커 대위가 양손을 머리 뒤로 깍지 긴 채 의자에 기대앉아 아이언스 서장이 하는 말에 살짝 미소를 짓고 있었다. 덩치 큰 아이언스가 웨스커의 책상에 기대서서는 두툼한 손으로 정성스레 다듬은 콧수염을 매만지며 떠들어대고 있었다.

"그래서 내가 이렇게 말했지. '당신은 내가 기사에 내라는 것만 내면 된다고, 베르톨루치. 그리고 마음에 드네, 안 드네, 그딴 소리는 하지도 마. 안 그러면 앞으로 우리 경찰서에서는 아무것도 못 건질 테니까, 알겠나?' 그랬더니 그 기자라는 작자가……."

"크리스!"

웨스커가 벌떡 일어서더니 서장의 말을 끊고 크리스를 불렀다.

"잘됐군. 이제 시간 낭비 그만하고 바로 일을 시작해도 되겠어."

아이언스가 크리스를 보며 인상을 찌푸렸지만 크리스는 포커페이스를 유지했다. 웨스커도 아이언스를 그다지 좋아하지 않았고, 그를 대할 때 기본적인 예의 이상은 지키지 않았다. 웨스커의 눈빛을 보아 하니 자신이 아이언스를 좋아하지 않는다는 사실을 누가 눈치채든 상관없는 게 분명했다.

크리스는 사무실로 들어가 브라보 팀원 중 한 명인 케네스 설리번과 나눠 쓰는 책상 옆에 섰다. 알파 팀과 브라보 팀은 교대로 근무하기 때문에 넓은 공간이 필요치 않았다. 크리스는 낡은 책상 위에 아직 따지 않은 음료수 캔을 내려놓고 웨스커를 쳐다봤다.

"브라보 팀을 벌써 보내신 겁니까?"

웨스커가 팔짱을 긴 채 무표정한 얼굴로 크리스를 마주 보았다.

"규정대로 한 거야. 알잖나, 크리스?"

크리스가 미간을 살짝 찡그리며 자리에 앉았다.

"압니다. 하지만 지난주에 말씀하시기로는, 그래서 저는……."

"내가 지시한 거야, 크리스. 무슨 음모 같은 게 있다고 생각하는 건 아는데, 그렇다고 규정에서 벗어날 이유가 되진 않아."

아이언스 서장이 끼어들었다.

'속물 같은 놈.'

크리스가 억지로 미소를 지어 보였다. 분명 부아가 치밀어 오르겠지.

"물론입니다, 서장님. 저 때문에 굳이 재차 설명하실 필요 없습니다."

아이언스가 잠시 크리스를 노려보았다. 돼지처럼 작은 그의 눈에 노기가 서렸지만 곧 그만두기로 결심했는지 웨스커에게로 시선을 돌렸다.

"브라보 팀이 돌아오면 보고서를 기다리고 있겠네. 그럼 이만."

"네, 서장님."

웨스커가 고개를 끄덕였다.

아이언스 서장이 뻣뻣하게 크리스를 지나쳐 사무실을 나갔다. 그가 사라지자마자 배리가 입을 열었다.

"서장 오늘 큰 거 못 본 것 아냐? 이번 크리스마스에는 우리 다 같이 돈이라도 모아 변비약 하나 선물하자고."

조셉과 브래드가 웃음을 터뜨렸지만 크리스는 차마 웃을 수 없었다. 아이언스라는 사람 자체는 웃음거리에 불과했지만 이 사건을 이렇게 다루는 건 절대 웃을 일이 아니었다. 스타스는 라쿤 경찰의 지원팀 행세를 할 것이 아니라 처음부터 투입되었어야 옳았다.

크리스는 다시 웨스커를 쳐다보았다. 언제나처럼 평온한 표정 때문에 속내를 읽기 힘들었다. 웨스커가 뉴욕의 본부를 떠나 스타스 라쿤 지부를 맡은 건 겨우 몇 달 전이었고, 크리스는 아직 웨스커라는 사람에 대해 제대로 알지 못했다. 새로 부임한 웨스커 대장은 익히 들은 소문처럼 예의 바르고, 프로답고, 냉철했다. 하지만 거리감 같은 게 있었다. 현재 벌어지고 있는 일에서 한 발짝 떨어져 있는 듯한 느낌이랄까.

웨스커가 한숨을 내쉬더니 몸을 일으켰다.

"미안하군, 크리스. 자네가 다른 조치를 원했다는 건 알고 있어. 하지만 아이언스 서장은 자네의 그런 우려에 큰 의미를 두지 않더군."

크리스가 고개를 끄덕였다. 웨스커가 제안을 할 수는 있어도 실제로 임무의 우선순위를 조율하는 건 아이언스였다.

"대장의 잘못이 아닙니다."

그때 배리가 거대한 주먹으로 짧고 붉은 턱수염을 문지르며 그들을 향해 다가왔다. 배리 버튼의 키는 180센티미터 정도였고 덩치는 트럭처럼 우람한 사람이었다. 가족과 수집하는 무기 말고 그가 유일하게 사랑하는 것이 있다면 바로 웨이트 트레이닝이었다. 그 사실은 그의 체형에서 여실히 드러났다.

"너무 속 태우지 말라고, 크리스. 조금이라도 이상한 낌새가 보이면 엔리코가 즉각 연락할 테니까. 아이언스는 그저 널 괴롭히고 싶어 저러는 거야."

크리스가 다시 한 번 고개를 끄덕였지만 그렇다고 안심이 되는 건 아니었다. 안 그래도 브라보 팀에서 경험이 많은 사람은 엔리코 마리니와 포레스트 스페이어뿐이었다. 케네스 설리번은 정찰 실력이 뛰어나고 화학 분야의 전문가지만, 아무리 트레이닝을 받아도 사격만은 형편없었다. 또 다른 대원 리처드 에이켄은 최고의 통신 전문가지만 현장 경험이 부족했다. 브라보 팀의 마지막 한 사람, 의학 천재인 레베카 체임버스는 스타스에 들어온 지 3주밖에 되지 않았다. 크리스는 두어 번 그녀를 만난 적이 있었다. 똑똑한 친구 같긴 했지만 아직은 애송이에 불과했다.

'이걸로는 부족해. 우리를 다 합쳐도 부족할지 몰라.'

크리스는 캔을 땄지만 마시지 않았다. 대체 스타스가 무슨 일과 맞닥뜨린 건가. 빌리의 애원하는 듯한 처절한 음성이 다시 한 번 머리를 스쳤다.

'날 죽일 거야, 크리스! 사실을 아는 모든 사람을 죽일 거라고! 에미스 식당에서 지금 당장 만나. 그럼 다 말해줄게.'

지친 크리스는 멍하니 허공을 노려보았다. 이 끔찍한 살인이 빙산의 일각에 불과하다는 사실을 아는 건 크리스 자신뿐이었다.

배리는 한참 동안 크리스의 책상 옆에 서서 무언가 더 해줄 말을 떠올리려 애썼지만 크리스는 대화할 기분이 아닌 것 같았다. 배리는 어깨를 으쓱해 보이고는 서류를 뒤지고 있는 조셉에게 다가갔다. 크리스는 좋은 친구지만 때로는 일을 너무 심각하게 받아들였다. 알파 팀이 투입되면 곧 상황이 나아질 텐데 말이다.

'젠장, 더워 죽겠군!'

등을 타고 땀이 끝없이 흘러내려 널따란 등짝에 티셔츠가 쩍쩍 들러붙었다. 에어컨은 여전히 고장 난 상태였고, 문이 열려 있긴 하지만 좁디좁은 스타스 사무실은 짜증이 날 정도로 후텁지근했다.

"뭐 좀 찾았어?"

배리의 목소리에 조셉이 고개를 들고는 갸름한 얼굴에 씁쓸한 미소를 지어 보였다.

"그러면 좋게요? 꼭 누가 일부러 숨겨놓은 것 같아."

그 말에 배리가 한숨을 쉬며 자신도 서류 한 뭉치를 집어 들었다.

"질은 찾았을지도 몰라. 어젯밤에 나 퇴근할 때도 집에 안 가더라니까. 목격자 보고서를 백 번은 읽어보는 것 같더라고."

"뭘 그리 찾는 건데요?"

브래드가 끼어들었다.

배리와 조셉이 동시에 브래드를 쳐다보았다. 그는 아직도 헤드셋을 쓴 채 컴퓨터 앞에 앉아 있었다. 이제 곧 숲이 우거진 지역을 저공비행하는 브라보 팀을 추적 관찰하겠지만 지금은 몹시 지루해 보였다.

"아, 배리가 그러는데 여기 어딘가에 스펜서 저택의 평면도가 있다는군. 이 집이 지어졌을 당시에 나왔던 건축 잡지 같은 게 있다면서."

조셉이 대꾸하더니 잠시 말을 멈추고 브래드를 향해 씩 웃어 보였다.

"근데 우리 연로하신 배리께서 어째 노망이 나신 것 같단 말이지. 기억력부터 떨어진다고들 하잖아."

이 말을 들은 배리가 웃음기를 머금은 채 조셉을 노려보았다.

"그래, 근데 그 전에 이 연로하신 배리 님께서 네 조그만 엉덩이부터 걷어차 줘야겠다."

"그렇게 하시든가요. 그런데 그걸 기억이나 하려나?"

조셉이 진지한 표정으로 배리를 쳐다보며 대꾸했다.

배리가 고개를 절레절레 흔들며 쿡쿡 웃어댔다. 그의 나이는 서른여덟에 불과했지만 라쿤 스타스에 몸담은 지 15년이나 된 선임이다. 덕분에 그는 늙었다는 농담에 수시로 시달려야 했고 주로 조셉이 그 농담을 즐겼다.

브래드가 한쪽 눈썹을 치켜세웠다.

"스펜서 저택? 그게 왜 잡지에 나왔는데?"

"두 어린이는 역사 공부부터 해야겠군. 그 유명한 조지 트레버라는 사람이 설계한 건물이잖아. 그것도 그 사람이 실종되기 직전에. 워싱턴 DC에 그 희한하게 생긴 고층빌딩들을 설계한 건축가 말이야. 그리고 어쩌면 트레버가 실종되는 바람에 스펜서 가(家)에서 그 저택을 폐쇄한 것일 수도 있어. 들리는 소문에 따르면 건축 도중에 트레버가 정신이 나갔고, 완공된 뒤 건물 안에서 길을 잃고 헤매다가 굶어 죽었다더군."

배리의 설명에 브래드가 콧방귀를 뀌었지만 얼굴은 순간적으로 불안감에 휩싸였다.

"에이, 다 헛소리잖아요. 그런 이야기는 들은 적도 없는데."

"아니, 사실이야. 그래서 길을 잃은 그의 영혼이 창백하고 수척한 얼굴로 밤마다 저택을 배회한다잖아. 가끔씩 유령이 누군가를 부르는 소리도 들린대. 브래드 비커스, 브래드 비커스를 데려와……."

조셉이 유령 흉내를 내며 배리를 향해 윙크했다.

"하하, 정말 재미있어 죽겠구나, 조셉."

브래드가 아무렇지 않은 척 받아쳤지만 얼굴이 조금 붉어져 있었다.

배리가 웃으며 고개를 흔들었다. 하지만 어떻게 브래드가 알파 팀에 들어오게 됐는지 다시 한 번 궁금해졌다. 의심의 여지없이 그는 스타스 대원들 중 최고의 해커이고 헬리콥터 다루는 솜씨도 훌륭했지만, 정신적 압박에 쉽게 흔들렸다. 급기야 조셉은 은연중에 그를 '겁쟁이 브래드'라고 부르곤 했다. 스타스 대원들은 보통 누군가 동료 대원을 짓궂게 놀리면 곧장 변호하고 나섰지만 조셉이 지은 브래드의 별명만큼은 아무도 토를 달지 않았다.

"스펜서 가에서 저택을 폐쇄한 게 정말 그것 때문이에요?"

브래드가 이번에는 배리를 향해 물었다. 그의 얼굴은 여전히 붉었다.

배리가 어깨를 으쓱였다.

"글쎄, 아닐걸. 원래는 엄브렐러의 고위 중역들이 방문하면 숙소로 쓸 예정이었다더군. 트레버가 완공 즈음에 실종된 건 맞아. 하지만 스펜서라는 작자가 워낙 괴짜였다지. 엄브렐러 본사를 유럽 어딘가로 이전하기로 결정하고 나서 그 저택이 쓸모없다는 이유로 폐쇄해버렸다더군. 족히 200만 달러는 날린 셈이지."

"쳇, 고작 그 정도로 엄브렐러가 끄떡이나 할까?"

조셉이 실소했다.

맞는 말이었다. 스펜서는 미치긴 했어도 돈이 넘쳐날 만큼 많았고 인재들을 선발할 정도의 사업 수완은 갖추고 있었다. 엄브렐러는 의학 연구를 기반으로 한 세계 최대 규모의 제약 회사 중 하나다. 아무리 30년 전이라도 몇 백만 달러쯤 날렸다고 눈 하나 깜짝했을 리 없다.

"어쨌거나 엄브렐러에서 아이언스 서장한테 보고한 바로는, 사람을 보내 저택을 살펴봤는데 침입한 흔적조차 없었다고 했다네요."

조셉이 말을 이었다.

"그러면 청사진은 왜 찾는 건데요?"

브래드가 되묻자 크리스가 불쑥 끼어들어 배리를 놀라게 했다. 조용히 다가온 크리스의 앳된 얼굴에는 집착에 가까운 집요한 표정이 서려 있었다.

"그건, 그 저택이 경찰이 직접 수색하지 않은 유일한 장소라서 그래. 거기다 숲 속의 범죄 현장 한가운데 있기도 하고. 그리고 사람 말을 언제나 곧이곧대로 믿을 수 있는 건 아니거든."

"하지만 엄브렐러에서 사람을 보냈다면서."

브래드가 얼굴을 찌푸리며 말했다.

크리스가 미처 대꾸하기도 전에 사무실 앞쪽에서 들려오는 웨스커의 매끄러운 목소리에 대화는 중단되고 말았다.

"좋아. 질 밸런타인 양께서는 안 오시기로 작정한 것 같으니 우리

끼리 시작하는 게 어떨까?"

배리가 자기 책상으로 돌아갔다. 이 사건이 터진 후 처음으로 크리스가 조금 걱정되었다. 크리스는 몇 년 전 이 지역 총포상에서 우연히 만났다가 배리 본인이 직접 스타스 대원으로 발탁한 사람이었다. 똑똑하고 사려 깊은 크리스는 그 이후 지금까지 최고의 사격수이자 유능한 헬기 조종사로서 팀의 자산 노릇을 톡톡히 해내고 있다.

하지만 지금은…….

배리는 책상에 놓인 아내 캐시와 딸들의 사진을 다정한 눈으로 바라보았다. 라쿤 시티에서 발생한 살인 사건에 집착하는 크리스의 마음은 이해가 된다. 친구가 실종되었으니 당연한 일이었다. 라쿤 시티의 시민 그 누구도 더 이상의 희생자가 나오는 것을 원치 않았다. 배리에게는 가족이 있었고, 그 역시 다른 팀원들만큼이나 범인을 잡고 싶은 마음이 간절했다. 하지만 크리스의 끈질긴 의혹과 불안은 도를 넘어서고 있었다. 사람 말을 곧이곧대로 믿을 수 없다니, 도대체 무슨 뜻인가? 엄브렐러 사, 아니면 아이언스 서장이 거짓말을 하고 있다는 말인가.

말도 안 되는 소리였다. 시 외곽에 자리한 엄브렐러 사의 제조 공장과 회사들은 라쿤 시티의 일자리 중 4분의 3을 제공하고 있었다. 그런 기업에서 거짓말을 한다면 그들에게도 좋을 것이 없었다. 게다가 엄브렐러의 평판은 다른 대기업보다 좋았으면 좋았지, 나쁘지 않았다. 산업 스파이라면 몇 명쯤 고용하고 있을지 몰라도, 그건 살인과는 거리가 멀었다. 그리고 아이언스 서장이 뚱뚱하고 음흉한 속물인 건 사실이지만 불법 정치자금 이상의 위법 행동을 할 위인은 되지 못했다. 빌어먹을 '시장'이 되겠다는 포부를 가진 사람 아닌가.

배리의 시선이 가족사진에 잠시 더 머물렀다가 곧 웨스커의 책상 쪽으로 향했다. 그러다 문득 깨달았다. 크리스의 생각이 틀렸기를 간절히 바라고 있다는 것을. 라쿤 시티에서 무슨 일이 벌어지고 있는지는 몰라도 그토록 잔인한 살인 행위는 결코 계획하거나 의도한 것일 리 없었다. 그렇다면 대체 어떻게 설명할 수 있단 말인가?

글쎄, 배리도 알 수 없었다. 그는 한숨을 내쉬며 미팅이 시작되기를 기다렸다.

제2장

　스타스 사무실을 향해 달리던 질은 웨스커의 목소리를 듣고 안도의 한숨을 내쉬었다. 막 도착했을 때 헬기 한 대가 이륙하는 걸 보고 자기만 빼놓고 가버린 게 틀림없다고 생각하던 차였다. 스타스는 어떤 면에서 꽤 자유로운 조직이었지만 제대로 보조를 맞추지 못하는 사람에 대해서는 가차 없이 엄격했다. 무엇보다도 질은 처음부터 이 사건에 반드시 합류하고 싶었다.

　"라쿤 경찰에서 이미 주변부를 시작으로 1, 4, 7, 9구역의 수색을 진행하고 있는 상태다. 우리가 우려하는 곳은 바로 이 중앙 구역이고, 브라보 팀은 다른 중앙 구역을 저공비행으로 둘러본 뒤……."

　다행히 '너무' 늦지는 않았다. 웨스커는 항상 같은 방식으로 미팅을 진행했다. 최신 상황을 업데이트하여 알려주고, 팀원 모두 각자의 추론을 제시한 뒤 질의응답 시간을 갖는 것이다. 질은 심호흡을 한 후 사무실로 들어섰다. 웨스커가 사무실 앞쪽에 세워둔 지도를 가리키고 있었고, 지도에는 시신이 발견된 곳마다 여러 가지 색깔의 점이 찍혀 있었다. 질이 재빨리 자기 자리로 가는 도중에도 웨스커는 말을 멈추거나 늦추지 않았다. 마치 예전의 기초 훈련 시간으로 돌아가 수업에 지각한 듯한 기분이었다.

크리스 레드필드가 자리에 앉는 그녀를 향해 옅은 미소를 지어 보였다. 질은 그를 향해 고개를 끄덕이고는 웨스커에게 집중했다. 다른 팀원들과는 여전히 서먹했지만 크리스만은 그녀가 처음 여기 왔을 때부터 환대해주고 배려해준 덕분에 조금은 친근했다.

"브라보 팀이 착륙했다는 보고가 들어오면 우리가 무엇을 해야 할지 확실해질 것이다."

"스펜서 저택은 수색 안 합니까? 사실상 범죄 현장 한복판에 있는 곳이잖아요. 거기서부터 시작한다면 더 완벽한 수색을 할 수 있을 것 같습니다만."

크리스가 끼어들었다.

"브라보 팀에서 보내오는 정보가 그 지역을 가리킨다면 당연히 그곳을 수색할 것이다. 하지만 지금으로써는 그곳을 우선순위로 삼아야 할 근거가 없다."

웨스커의 말에 크리스는 황당하다는 표정을 지었다.

"하지만 스펜서 저택이 안전하다는 건 엄브렐러 측의 말뿐이지 않습니까?"

웨스커가 책상에 기댔다. 그의 선명한 얼굴에는 아무 표정도 드러나지 않았다.

"크리스, 우리 모두 이 사건을 바닥까지 파헤치고 싶어 하지. 하지만 우리는 하나의 팀으로 일해야 하고, 최선의 방법은 섣부른 결론을 내리기 전에 실종된 등산객들부터 찾는 것이다. 브라보 팀이 신속히 확인하고 나면 우리는 원칙대로 수색을 진행한다."

크리스가 얼굴을 찌푸렸지만 더 이상 아무 말도 하지 않았다. 질은 웨스커의 조금은 가식적인 언사에 이의를 제기하고 싶었지만 간신히 참았다. 엄밀히 말하면 웨스커의 결정에는 잘못된 것이 없었지만, 이 결정 뒤에는 아이언스 서장이 버티고 있고 웨스커는 정치적으로 이를 따르고 있는 게 분명했다. 아이언스는 연쇄살인과 실종 사건이 벌어지는 내내 자신이 수사의 책임자로서 모든 지휘권을 갖고 있다는 사실을 몇 번이나 강조했다. 웨스커가 애초에 정치 싸움에 놀아나지 않는 사람처럼 굴지만 않았더라도 지금의 상황이 이리 거슬리지는 않았을 것이다. 그녀가 스타스에 가담한 건 법 집행 기관에 만연한 관료주의를 더 이상 참을 수 없었기 때문이었다. 웨스커가 서장의 말을 고분고분 따르는 건 너무나 짜증나는 일이다.

'하긴 그때 직업을 바꾸지 않았더라면 교도소에 들어갔겠지만.'

"질, 바쁠 텐데 귀한 걸음 해주셔서 고맙군. 자네의 똑똑한 통찰력으로 우리에게 밝은 빛을 선사해주지 않겠나? 뭘 알아냈지?"

질은 웨스커처럼 침착하고 태연해 보이려 애쓰면서 그의 날카로운 시선을 똑바로 마주 보았다.

"아쉽지만 새로운 건 없습니다. 드러나는 패턴이라고는 사건 발생 위치뿐입니다."

그녀는 서류 뭉치 위에 붙여둔 메모를 내려다보며 말을 이었다.

"베키 맥기와 크리스 스미스의 손톱 아래에서 찾아낸 조직 샘플은 정확히 일치했습니다. 그건 어제 보고 받았습니다. 그리고 세 번째 희생자인 타냐 립튼은 산기슭에서 등산 중이었던 게 분명합니다. 위치는 7-B 구역입니다."

그녀는 고개를 들어 웨스커를 바라보며 말을 이었다.

"현 시점에서 제 추론은, 산속에 어떤 의식을 행하는 사이비 종교 집단이나 그와 유사한 단체가 존재한다는 겁니다. 인원은 네 명에서 열한 명 정도고, 영역을 침범하는 사람을 공격하도록 훈련된 경비견도 있을 것이라 추정됩니다."

"계속해봐."

웨스커가 팔짱을 끼며 질의 말이 이어지기를 기다렸다.

적어도 비웃는 사람은 없었다. 질은 더욱 집중하며 말을 이었다.

"식인 행위라든가 신체 절단은 종교적 의례와 연관되었을 가능성이 높습니다. 일부 시신 위에 부패한 살점이 떨어져 있는 것도 마찬가집니다. 마치 살인자가 아직 발견되지 않은 다른 희생자의 신체 일부를 가지고 다니면서 또 다른 공격을 행하는 것처럼요. 총 네 명의 다른 가해자로부터 나온 타액과 조직 샘플을 발견했는데, 목격자들의 증언에 따르면 최대 열 명에서 열한 명 정도로 보입니다. 그리고 동물의 습격을 받고 죽은 사람들은 모두 같은 지역에서 공격을 당한 채 발견됐습니다. 그 사람들이 일종의 제한 구역으로 들어갔다는 뜻이 됩니다. 여기에서 발견된 타액은 개의 것으로 보입니다. 거기에 대해서는 약간의 이견이 있기도 합니다만……."

그녀의 목소리가 점점 작아지더니 더는 말이 없었다.

웨스커의 얼굴에서는 어떤 표정도 드러나지 않았다. 하지만 그가 천천히 고개를 끄덕였다.

"나쁘지 않군. 전혀 나쁘지 않아. 그럼 이 추론의 문제점은?"

질이 한숨을 내쉬었다. 자신이 낸 의견을 스스로 공격하는 건 질 색이었지만 이건 그녀가 하는 일의 일부였다. 그리고 솔직히 말해서 이렇게 하는 것이 더 명확하고 논리적인 사고를 가능케 하기도 했다. 스타스에서는 대원들이 진실을 향해 갈 때 단 하나의 길만 맹목적으로 따라가지 않도록 훈련시켰다.

질은 다시 메모를 내려다보았다.

"이 정도로 큰 규모의 사이비 집단은 자주 이동할 가능성이 낮습니다. 그리고 살인이 이 지역에만 국한되었다고 보기에는 이상하리만큼 최근에 시작되었습니다. 이 정도 규모로 확대될 살인이었다면 그 징후를 라쿤 경찰에서 진작 알아챘을 겁니다. 또한 사후 행해진 폭력적 행위의 수준을 보면 범행이 계획적이지 않다고 판단되며 그런 경우라면 보통 단독 범행인 경우가 많습니다."

알파 팀의 차량 전문가 조셉 프로스트가 뒤에 앉아 있다가 의견을 더했다.

"하지만 동물의 공격에 대한 추측은 일리가 있습니다. 자기 영역을 보호하려는 본능 말입니다."

"나도 동의하는 바야."

웨스커가 펜을 집어 들고 화이트보드로 다가가며 말했다. 그러고는 보드 위에 '영역 보호'라고 쓰고 그녀를 돌아보았다.

"더 있나?"

질은 고개를 저었지만 자신이 조금이나마 기여한 바가 있다는 생각에 기분이 좋아졌다. 사이비 집단 부분은 조금 억지스러운 면이 있다는 걸 알고 있었지만 그게 그녀가 떠올릴 수 있는 전부였다. 물론 라쿤 경찰에서도 이보다 나은 이론을 제시하지 못했다.

웨스커는 새로운 의견을 내놓은 브래드 비커스에게로 주의를 돌렸다. 브래드는 이것이 새로운 종류의 테러리즘이며, 곧 요구 사항이 전달될 것이라고 말했다. 이 말을 들은 웨스커가 보드에 '테러리즘'이라고 썼지만 그 아이디어를 그리 달가워하지는 않았다. 그건 다른 사람들도 마찬가지였다. 브래드는 재빨리 헤드셋을 쓰고는 브라보 팀의 움직임을 살폈다.

조셉과 배리는 딱히 내놓을 의견이 없다고 했고, 크리스의 의견은 모호할지언정 팀 내에 이미 잘 알려져 있었다. 그는 조직적인 범죄가 일어나고 있으며, 확실치는 않지만 외부의 영향력이 연루되어 있다고 믿었다. 웨스커가 크리스에게 새로 덧붙일 게 있느냐고 물었고 (질이 느끼기에 웨스커는 '새로'라는 말을 강조하는 것 같았다) 크리스는 어두운 표정으로 고개를 저었다.

웨스커는 검은 펜의 뚜껑을 닫고 책상 가장자리에 엉덩이를 걸치고는 생각에 잠긴 채 화이트보드의 빈 면을 물끄러미 바라보았다.

"어쨌든 이것도 시작이지. 다들 경찰과 부검의 보고서는 읽어보았을 걸로 안다. 목격자 증언도 들었을 테고."

"여기는 브래드, 오버."

사무실 뒤편에서 브래드가 조그만 소리로 헤드셋에 대고 말했다. 이 소리를 들은 웨스커가 목소리를 조금 낮추고는 말을 이었다.

"지금 시점에서는 상대가 누구인지 모른다. 그리고 현 상황에 대처하는 라쿤 경찰의 방식에 대해 우리 모두가 약간의 우려를 갖고 있는 것도 안다. 하지만 이제 우리가 사건에 개입했으니 나는……."

"뭐라고?"

갑자기 끼어든 브래드의 커다란 목소리에 질이 고개를 돌려 뒤를 바라보았다. 다른 대원들도 마찬가지였다. 브래드가 흥분한 채 벌떡 일어서더니 한 손으로 헤드셋의 귀 부분을 더 세게 눌렀다.

"브라보 팀, 응답하라! 응답하라, 브라보 팀, 응답하라!"

웨스커가 일어났다.

"브래드, 스피커폰으로 돌려!"

브래드가 앞에 있는 스위치를 누르자 지지직거리는 커다란 잡음이 사무실 안을 가득 채웠다. 질은 그 소음 속에서 사람의 목소리를 가려내려 귀를 기울였지만 몇 초간 아무 소리도 들리지 않았다. 그때였다.

"……들리나? 기기 고장이다. 아무래도…… 해야 할 것…….."

나머지 소리는 갑자기 불거진 잡음에 묻혀버렸다. 브라보 팀의 리더인 엔리코 마리니의 목소리 같았다. 질은 아랫입술을 씹으며 크리스와 불안한 시선을 교환했다. 엔리코는 몹시 흥분한 것 같았다. 모두가 잠시 귀를 기울였지만 일반적인 야외 소음 말고는 아무 소리도 들리지 않았다.

"지금 위치는?"

웨스커가 날카롭게 묻자 브래드는 창백한 얼굴로 대답했다.

"지금, 어, 22구역, C의 끄트머리에 있습니다. 하지만 신호가 끊겼습니다. 송신기가 꺼진 것 같습니다."

질은 소스라치게 놀랐다. 그리고 동일한 표정이 다른 이들의 얼굴에도 역력한 것을 보았다. 헬리콥터 송신기는 어떤 상황에서도 작동하도록 되어 있다. 송신기가 꺼지는 유일한 경우는 무언가 엄청난 일이 벌어졌을 때뿐이다. 시스템 전체가 마비되거나 심각하게 손상된 경우가 그렇다.

예를 들자면 헬기가 추락한 경우처럼 말이다.

///

브래드가 말한 좌표가 어디인지 깨달은 크리스는 뱃속에서 무언가가 쿵 하고 떨어지는 느낌을 받았다.

바로 스펜서 저택이었다.

엔리코가 기기 고장이라고 말했고, 그건 우연의 일치여야만 했다. 하지만 이상하게도 그렇게 생각되지 않았다. 브라보 팀은 곤경에 처했다. 그리고 그 폐쇄된 엄브렐러 저택 바로 위에 있었다.

1초도 안 되는 시간 동안 이 모든 생각이 크리스의 머리를 스쳤고, 그는 당장이라도 출동할 것처럼 벌떡 일어섰다. 무슨 일이 발생하든 스타스는 항상 자기 팀원들의 안전을 최우선으로 돌보았다.

웨스커는 이미 움직이고 있었다. 그는 열쇠를 꺼내 총기 금고로 향하면서 대원들을 향해 지시를 내렸다.

"조셉, 대신 통신을 맡고 계속해서 교신을 시도하도록. 브래드는 헬기에 시동 걸고 이륙 허가를 받아. 5분 내에 출발한다.”

브래드가 헤드셋을 조셉에게 넘기고 재빨리 사무실을 나가는 동안 웨스커는 금고를 열었다. 강화 금속으로 만든 문이 열리며 탄약 상자 위에 놓인 소총과 권총들이 모습을 드러냈다. 웨스커가 대원들을 향해 고개를 돌렸다. 그의 표정은 평소처럼 단조로웠지만 목소리에는 권위가 담겨 있었다.

“배리와 크리스, 둘은 무기를 헬기에 싣고 단단히 고정한다. 질은 방탄조끼와 배낭을 챙겨 옥상으로 올라와.”

이 말과 함께 그가 열쇠고리에서 열쇠 하나를 빼내 질에게 던졌다.

“나는 서장에게 연락해서 지원군과 의료팀을 바리케이드 쪽으로 보내겠다. 5분 내로 준비한다. 자, 서둘러!”

질은 라커룸으로 향했고, 배리는 총기 금고 밑에서 빈 더플백 하나를 꺼내며 크리스에게 고개를 끄덕였다. 크리스 역시 가방 하나를 꺼내 총탄과 탄약통, 장전된 탄창을 닥치는 대로 집어넣었고, 배리는 조심스레 무기를 꺼내 하나씩 살펴보았다. 그들 뒤에서는 조셉이 브라보 팀과 교신을 시도했지만 아무 응답이 없었다.

크리스는 브라보 팀의 최종 위치가 스펜서 저택과 얼마나 가까운지를 떠올리며 또다시 의문을 품었다. 이곳에서 벌어진 사건들과 그 저택이 정말 관계가 있는 걸까? 있다면 어떻게?

'빌리는 엄브렐러에서 일했어. 스펜서 저택은 그 회사 소유고.'

“서장님? 웨스커입니다. 조금 전 브라보 팀과 통신이 끊겼습니다. 바로 출동할 예정입니다.”

크리스는 아드레날린이 솟구치는 것을 느끼며 더욱 빠르게 움직였다. 1분, 1초에 동료들의 목숨이 달려 있다. 추락 사고일 가능성은 적었다. 브라보 팀은 저공비행을 하고 있었고, 포레스트는 실력 있는 조종사니까. 하지만 추락한 다음에 대체 무슨 일이 벌어진 거지?

웨스커는 전화로 아이언스에게 신속히 정보를 전달한 뒤 다시 그들에게 다가왔다.

"난 올라가서 헬기와 장비를 확인하겠다. 조셉은 몇 차례 더 교신을 시도해봐. 연결되지 않으면 바로 통신팀에게 넘기고 이 두 명을 도와 장비를 챙겨서 올라오도록. 모두 옥상에서 보자."

웨스커가 그들을 향해 고개를 끄덕이고는 서둘러 나갔다. 그의 발소리가 복도를 따라 쩌렁쩌렁 울렸다.

"잘한단 말이야."

배리가 나지막이 속삭였다. 크리스도 동의할 수밖에 없었다. 새로 온 대장이 쉽사리 당황하지 않는 걸 보니 마음이 놓였다. 크리스는 개인적으로 웨스커라는 사람에 대해서 아직 확신할 수 없었지만 리더로서의 능력만큼은 시간이 갈수록 신뢰가 갔다.

"응답하라, 브라보. 내 말 들리나? 반복한다."

조셉은 침착하게 반복적으로 교신을 시도했다. 하지만 잔뜩 굳은 그의 목소리는 방 안을 가득 채운 백색소음에 묻혀 점점 잦아들었다.

웨스커는 텅 빈 복도를 따라 2층에 자리한 두 개의 대기실 중 더 낡고 오래된 곳을 통과했다. 그러고는 음료수 자판기 옆에 서서 이야기를 나누고 있던 정복 경찰 두 명에게 까닥 고갯짓을 했다.

외부 착륙장으로 이어지는 문은 꿈목을 댄 채 열려 있었고, 끈적이는 공기 사이로 희미하고 축축한 산들바람이 불어왔다. 아직 해가 있었지만 곧 날이 저물 것이다. 그는 어둠으로 인해 수색에 차질이 생기는 일이 없길 빌었다. 물론 그렇게 될 가능성이 더 높았지만.

웨스커는 헬기 이착륙장으로 이어지는 복도를 돌고 돌아 빠르게 내려갔다. 머릿속으로는 필요한 일을 하나씩 확인했다.

'헬기 이륙 허가, 무기, 장비, 보고.'

모든 게 제대로 진행되고 있었지만 다시 한 번 머릿속으로 정리해보았다. 이런 일은 절대로 대충 해선 안 된다. 확실치도 않으면서 괜찮으리라 추정하는 건 실패로 이어지는 지름길이다. 웨스커는 스스로를 신중하고 정확한 사람이라고 확신했다. 모든 가능성을 고려하고, 모든 영향 인자들을 철저히 저울질한 뒤 최선의 행동이 무엇인지 결정하는 사람 말이다. 유능한 리더에게 요구되는 건 무엇보다도 통제력이다.

'하지만 이 사건을 해결하려면……'

웨스커는 생각이 더 깊어지기 전에 멈췄다. 무엇을 해야 할지 알고 있었고, 아직 시간은 많았다. 지금 집중해야 하는 건 브라보 팀을 안전하게 찾아내는 것이다.

웨스커는 복도 끝의 문을 열고 아직 해가 떠 있는 밖으로 나섰다. 점점 커지는 헬리콥터 엔진 소리와 짙어지는 기계오일 냄새가 그의 감각을 자극했다. 옥상의 헬기 이착륙장은 오래된 급수탑 그림자에 가려져 건물 안보다 시원했고, 알파 팀의 청회색 헬기를 제외하고는 텅 비어 있었다. 그는 일이 터진 후 처음으로 브라보 팀에 대체 무슨 일이 생긴 것일까 생각했다. 어제 조셉과 신참에게 헬기 두 대 모두 점검하게 했고 둘 다 아무 문제없었다.

헬기를 향해 걸어가며 웨스커는 잡념들을 떨쳐냈다. 그의 그림자가 콘크리트 바닥 위로 길게 늘어졌다. 이제 '왜'는 더 이상 중요하지 않았다. 중요한 건 지금부터 벌어질 상황들이다. '예상치 못한 일을 예상하라'가 스타스의 좌우명이다. 물론 이 좌우명은 모든 상황에 대비하라는 뜻이지만.

'아무것도 예상하지 마라'가 바로 앨버트 웨스커의 좌우명이었다. 입에 착 붙는 맛은 덜할지 몰라도 확실히 더 유용했다. 세상의 그 무엇도 그를 놀라게 하지 못했기 때문이다.

웨스커가 열린 조종석 문으로 다가가자 브래드가 덜덜 떨리는 손으로 엄지를 들어 보였다. 그의 얼굴이 퍼렇게 질려 있었다. 웨스커는 잠시 그를 남겨두고 가야 하는 건 아닐까 생각했다. 크리스도 조종 면허를 가지고 있지 않은가. 브래드 비커스는 위급 상황에서 당황한 채 겁에 질려 엉뚱한 행동을 하기도 했다. 이런 상황에서는 결코 해서는 안 되는 행동이었다. 하지만 웨스커는 통신이 끊긴 브라보 팀을 떠올리고 생각을 바꿨다. 이것은 구출 임무였다. 브래드가 할 수 있는 최악의 일이라고 해봤자, 심하게 부서진 추락한 헬기를 보고 조종석에다가 먹은 걸 잔뜩 게워내는 정도일 테니까. 그쯤은 참아줄 수 있다.

웨스커는 헬기의 옆문을 열고 내부로 들어가 벽에 걸린 장비들을 재빨리 눈으로 확인했다. 비상 조명탄, 휴대 식량…… 그러고는 좌석 뒤 묵직하고 움푹 팬 트렁크 뚜껑을 열어 기본적인 구급 용품을 훑어보며 고개를 끄덕였다. 준비는 완벽했다.

그가 갑자기 피식 미소를 지었다. 아이언스 서장이 지금쯤 무얼하고 있을지 궁금했다.

'화가 나서 부들부들 떨고 있겠지. 뻔하군.'

웨스커가 햇볕에 달궈진 아스팔트 위로 나오며 쿡쿡 웃었다. 통통한 뺨이 분노로 벌겋게 달아오른 채 주먹을 꽉 쥐고 당황하고 있을 아이언스의 모습이 떠올랐다. 서장은 주변에서 벌어지는 모든 일을, 그리고 주변의 모든 사람을 자신이 통제할 수 있다고 믿었다. 그래서 상황이 그렇게 돌아가지 않을 때면 이성을 잃었고, 그게 바로 그자가 머저리인 이유였다.

하지만 안타깝게도 그는 약간의 권력도 함께 지닌 머저리였다. 웨스커는 라쿤 지부의 대장 자리를 받아들이기 전에 아이언스 서장에 대해 미리 뒷조사를 했고, 그를 곱게 보아줄 수 없게 만드는 몇 가지 사실들을 알게 되었다. 그 정보를 이용할 의도는 없었다. 하지만 아이언스가 한 번만 더 일을 망치려 들면 그 정보가 유출되든 말든 상관치 않기로 했다.

'아니면 내게 그런 정보가 있다는 사실만 넌지시 알려주는 것도 방법이겠지. 그러면 우리 일에 끼어드는 걸 간단히 막을 수 있을 거야.'

그때 배리 버튼이 탄약이 가득 든 가방을 들고 나타났다. 무거운 캔버스 가방을 고쳐 들고 헬기를 향해 다가오는 그의 거대한 이두박근이 불끈거렸다. 크리스와 조셉이 그 뒤를 따랐다. 크리스는 휴대용 무기를, 조셉은 RPG와 소형 유탄 발사기를 담은 가방을 한쪽 어깨에 둘러메고 있었다.

45킬로그램은 너끈히 나갈 무거운 가방을 아무렇지 않게 들고서 헬기에 타는 배리를 보고 웨스커는 속으로 혀를 내둘렀다. 게다가 배리는 꽤나 영민한 사람이었다. 하지만 스타스에서는 무엇보다도 그의 힘이 상당한 자산이었다. 이 팀에 속한 다른 대원 모두 체력이 좋았지만 배리에 비하면 어린아이나 다름없었다.

세 명이 장비를 싣는 동안 웨스커는 옥상 입구로 주의를 돌려 질이 오는지 살폈다. 그는 손목시계를 내려다보고는 눈살을 찌푸렸다. 브라보 팀과 마지막 교신을 한 지 5분이 채 안 됐으니 준비는 신속하게 잘 이루어지고 있었다. 그런데 질 밸런타인은 대체 어디에 있는 거지? 그녀가 라쿤 시티로 온 이후 많은 대화를 나눠보진 않았지만 그녀의 인사 파일은 온통 칭찬 일색이었다. 지금까지 함께 일한 사람들 모두 그녀를 강력히 추천했고, 그녀의 전 상사는 그녀가 매우 똑똑한 것은 물론 위기 상황에서 '보기 드물게' 침착하다고 썼다. 독특한 과거사가 있으니 그럴 수밖에 없지 않나. 질의 아버지는 그 유명한 딕 밸런타인, 20여 년 전 업계 최고의 대도였다. 그는 가업을 잇도록 딸을 훈련시켰고, 소문에 의하면 그녀도 꽤 솜씨 좋은 도둑이었다고 한다. 물론 아버지가 투옥되기 전까지 말이다.

'천재든 아니든, 제대로 된 시계 하나 정도는 장만해두라고 해야 겠군.'

웨스커는 속으로 질을 재촉하고는 브래드에게 프로펠러를 작동시키라고 손짓했다.

이제 상황의 심각성이 어느 정도인지 알아내야 할 시간이다.

제3장

질은 모퉁이를 돌아 어두컴컴하고 조용한 라커룸으로 향했다. 그녀의 품에는 불룩 튀어나온 커다란 더플백 두 개가 안겨 있었다. 그녀는 가방을 내려놓고 재빨리 머리를 하나로 모아 낡은 검정 베레모 안으로 밀어 넣었다. 지독히 더웠지만 그 베레모는 질에게 행운의 모자였다. 그녀는 가방을 끌어당기기 전 시계를 흘끗 보고 지금까지 3분밖에 소요되지 않았다는 사실에 흡족해했다.

알파 팀 전원의 라커를 뒤져 작업벨트, 손가락 없는 장갑, 케블라 방탄조끼, 어깨에 메는 가방을 챙기면서 한 가지 깨달은 게 있다. 각 라커는 해당 사용자의 성격을 반영한다는 것이다. 배리의 것은 가족사진으로 도배되어 있었고, 총기 전문 잡지에서 찢은 붉은색 벨벳 위의 희귀한 45구경 루거 사진 한 장이 함께 붙어 있었다. 크리스의 라커에는 공군에서 함께 근무한 동료들의 사진이 붙어 있었고, 선반은 청년답게 구겨진 티셔츠, 여러 장의 종이, 심지어 끈 묶는 부분이 부서진 야광 요요까지 참으로 어수선했다. 브래드 비커스의 라커에는 자기계발 서적이 몇 권 쌓여 있었고, 조셉의 라커에는 바보 삼총사 달력이 붙어 있었다. 유일하게 웨스커의 라커에만 개인 물품이 전혀 없었지만, 질은 전혀 놀랍지 않았다. 감정에 큰 가치를 두기에는 지나치게 이성적인 성격으로 보였기 때문이다.

질의 라커에는 여러 권의 중고 범죄소설, 칫솔, 치실, 박하사탕, 모자 세 개가 들어 있었다. 문에는 작은 거울과 어릴 때 아버지와 함께 여름 해변에서 찍은 오래된 사진이 붙어 있었다. 그녀는 재빨리 알파 팀의 짐을 챙기면서 시간이 나면 자신의 라커를 정리해야겠다고 생각했다. 질의 라커를 들여다보는 사람이 있다면 아마 그녀가 구강 위생에 집착하는 결벽증 환자라고 생각할 게 틀림없었다.

질은 몸을 숙여 문손잡이를 붙잡기 위해 더듬거렸다. 올려 세운 한쪽 무릎으로 가방 두 개의 균형을 잡는 건 쉽지 않았다. 겨우 손잡이를 잡았을 때, 누군가 그녀 뒤에서 크게 헛기침을 했다.

깜짝 놀란 그녀는 가방을 떨어뜨리고 재빨리 뒤를 돌아보았다. 반사적으로 상황을 확인하는 동시에 그녀의 눈은 기침 소리를 낸 사람을 찾기 시작했다. 문은 잠겨 있었다. 이 작은 방에는 라커가 세 줄 비치되어 있었고, 그녀가 들어왔을 때는 조용하고 어둡기만 했다. 방 뒤편에 문이 하나 더 있지만 그녀가 여기 들어온 이후로 그곳을 통해 들어온 사람은 없었다.

'그렇다면 내가 들어왔을 때 누군가 이미 여기 있었다는 소린데. 마지막 라커 뒤에 숨어 있기라도 했다는 거야? 경찰이 낮잠을 자고

있었던 건가?'

그럴 리 없었다. 경찰서 식당 뒤편에는 간이침대도 두어 개 마련되어 있다. 그것이 차디찬 콘크리트 바닥 위의 좁은 벤치보다 훨씬 편하지 않은가.

'그럼 누군가 잡지 한 권 들고 혼자만의 시간을 즐기고 있었던 건가?'

지금 그게 중요해? 탑승 안 할 거야? 어서 움직여! 그녀의 두뇌가 호되게 질책했다.

맞아, 이럴 때가 아니야. 질은 가방을 집어 들고는 문을 나서기 위해 돌아섰다.

"질 밸런타인 양, 맞죠?"

그때 그림자 하나가 방 뒤편에서 물결처럼 유연한 동작으로 모습을 드러냈다. 노래하듯 부드럽고 낮은 목소리의 키가 큰 남자였다. 40대 초반의 호리호리한 체구, 짙은 머리칼에 푹 들어간 눈. 이 더운 날 그는 트렌치코트를 입고 있었다. 그것도 꽤 비싼 것을.

질은 만약의 경우를 대비해 재빨리 움직일 준비를 했다. 낯선 사람이었다.

"맞습니다만."

질이 조심스레 대꾸하자 그가 한 걸음 더 다가왔다. 그의 얼굴에 미소가 스쳤다.

"드릴 게 있습니다."

그가 조용히 말했다.

질은 눈을 가늘게 뜨고 본능적으로 방어 자세를 취하며 발뒤꿈

치에 무게를 실었다.

"당신, 거기 그대로 멈춰. 뭘 원하는지, 나한테 무슨 볼일이 있는지 몰라도 지금 여긴 경찰서고……."

그녀가 말을 채 끝내기도 전에 그가 고개를 저으며 더욱 크게 미소 지었다. 그의 짙은 눈동자가 반짝였다.

"제 의도를 오해하셨군요, 밸런타인 양. 실례했다면 미안합니다. 제 이름은 트렌트라고 합니다. 스타스의 음, 친구라고 해야겠군요."

질은 그의 태도를 유심히 살핀 뒤 긴장을 조금 풀었다. 혹여나 수상한 기미는 없는지 그의 눈을 뚫어지게 쳐다보았다. 하지만 위협적인 분위기는 느껴지지 않았다.

'그런데 내 이름을 어떻게 알았지?'

"무슨 일이죠?"

질의 물음에 트렌트가 더 크게 웃어 보였다.

"아, 곧장 본론으로 넘어가는군요. 이해합니다. 지금 다소 급하실 테니까요."

그가 천천히 코트 주머니로 손을 넣더니 전화기 비슷한 것을 꺼냈다.

"지금 중요한 건 제 용건이 아닙니다. 당신에게 필요할 거예요."

질은 그가 손에 들고 있는 것을 힐끔 쳐다보고는 눈살을 찌푸렸다.

"그거 말인가요?"

"네. 서류 몇 가지를 추려봤는데 아마 흥미로우실 겁니다. 아니, 눈을 뗄 수 없을 거라고 해두죠."

트렌트가 손에 들고 있던 작은 기기를 내밀자 그녀도 조심스레 팔을 뻗어 그것을 받았다. 손에 들어온 것은 아주 복잡하고 값비싼 마이크로컴퓨터인 미니디스크 단말기였다. 이 사람이 누군지는 몰라도 돈이 많은 것은 분명했다.

질은 엉덩이에 찬 가방에 단말기를 집어넣었다. 문득 호기심이 일었다.

"누구의 지시를 받고 온 거죠?"

그가 고개를 저었다.

"그건 중요한 게 아닙니다. 지금 시점에서는요. 다만 현재 라쿤 시티를 주목하고 있는 아주 높으신 분들이 많다는 것만 말씀드리겠습니다."

"그래요? 그럼 그 사람들도 스타스의 '친구'인가요, 트렌트 씨?"

트렌트가 작은 소리로 쿡쿡 웃었다.

"질문은 많은데 시간이 부족하군요. 파일을 읽어보십시오. 그리고 저라면 지금 이 대화를 누구에게도 언급하지 않을 겁니다. 꽤 심각한 결과를 초래할 수도 있거든요."

그는 라커룸 뒤편의 문손잡이를 잡은 채 그녀에게 고개를 돌렸다. 잔주름이 잡힌 그의 얼굴에서 돌연 웃음기가 모두 사라졌다. 그의 시선은 진지하고 강렬했다.

"하나만 더 말씀드리겠습니다, 밸런타인 양. 그리고 이건 매우 중요합니다. 명심하십시오. 모든 사람을 다 믿어선 안 됩니다. 그리고 모두가 다 겉과 속이 일치하는 것도 아닙니다. 당신이 안다고 생각하는 사람까지 모두 말입니다. 살아남고 싶다면 지금 내가 한 말을 명심하는 게 좋을 겁니다."

트렌트는 문을 열더니 그대로 사라졌다.

질은 닫힌 문을 멍하니 바라보았다. 온갖 생각들이 갈피를 잡지 못한 채 흩어졌다. 마치 오래된 스파이 영화 속 한 장면에 들어가 베일에 싸인 낯선 사람을 만난 것 같은 기분이었다. 우스운 일이다. 하지만 그냥 웃어넘길 수는 없었다.

'멀쩡한 얼굴로 족히 수천 달러는 나갈 장비를 내 손에 쥐여주고는 몸조심하라고? 그게 설마 장난일 거라고 생각해?'

어떻게 판단해야 할지 알 수 없었다. 그리고 생각할 시간도 부족했다. 알파 팀은 이미 모여서 그녀를 기다리며 투덜거리고 있을 터였다.

질은 무거운 가방을 짊어진 채 서둘러 라커룸을 나섰다.

이미 무기를 다 싣고 단단히 고정도 했다. 웨스커는 점점 조바심이 났다. 그의 눈은 조종사용 선글라스에 가려 보이지 않았지만 크리스는 웨스커의 앉은 자세와 건물 쪽을 향해 약간 기울인 머리를 통해 초조함을 느낄 수 있었다. 헬기의 이륙 준비가 끝났다. 프로펠러가 돌아가며 후텁지근하고 축축한 공기를 좁은 헬기 내부로 들여보냈다. 문이 열린 상태라 헬기의 엔진 소리 때문에 대화를 나눌 엄두조차 내지 못했다. 할 일이라고는 기다리는 것밖에 없었다.

'얼른 오라고, 질. 기다리게 하지 말고.'

크리스마저 이런 생각을 하고 있을 때 질이 알파 팀 장비를 들고 뛰어오기 시작했다. 그녀의 얼굴에는 미안한 표정이 가득했다. 웨스커가 뛰어내려 헬기에 오르는 그녀에게서 가방 하나를 받아들었다.

웨스커가 뒤따라 오르며 이중 해치를 잠갔다. 곧바로 터빈 엔진의 시끄러운 소음이 낮게 잦아들며 웅웅거렸다.

"무슨 문제라도 있었나, 질?"

웨스커는 화난 것 같진 않았지만 목소리에 날이 서 있는 것이 마냥 즐겁지만은 않은 듯했다.

질이 고개를 저었다.

"라커 중 하나가 좀처럼 열리지 않았습니다. 열쇠로 따느라 애먹었습니다."

웨스커는 혼을 낼지 말지 고민하듯 잠시 그녀를 물끄러미 바라보다가 이내 어깨를 으쓱했다.

"돌아오면 관리팀을 불러 살펴보게 하지. 즉시 장비를 나눠주도록."

말을 마친 그가 헤드셋을 쓰고 브래드 옆으로 자리를 옮기자 질은 팀원들에게 조끼를 나눠주기 시작했다. 헬기가 천천히 상승했다. 라쿤 경찰서 건물이 서서히 멀어지면서 브래드는 북서쪽으로 방향을 잡았다.

크리스는 조끼를 입은 뒤 질 옆에 쭈그리고 앉아 장갑과 벨트 챙기는 것을 도왔다. 헬기가 속력을 높여 아클레이 산을 향해 날아갔다. 아래로 보이던 분주한 시내 풍경이 금세 한적한 교외로 바뀌었다. 넓은 도로와 조용한 집들이 갈색으로 변해가는 잔디와 흰색 울타리 중간중간 나타났다. 저녁의 아지랑이가 고립된 도시 위로 내려앉으며 현실이 아닌 꿈처럼 보이게 했다. 알파 팀원들이 부지런히 장비를 입고, 채우고, 장착하면서 침묵 속에 몇 분이 흘렀다. 대원들은 각자 자기만의 생각에 빠져 있었다.

운만 따라준다면 브라보 팀의 헬기는 가벼운 기계 고장만 일으켰을 것이다. 포레스트라면 숲 곳곳에 자리한 풀밭에 안전히 착륙시켰을 테고, 알파 팀을 기다리는 동안 헬기에 대고 실컷 욕을 쏟아붓고는 고장 난 곳을 고치고 있을 것이다. 헬기가 탈이 났으니 엔리코는 수색을 시작하지 못했겠지. 그게 아니라면…….

크리스는 얼굴을 찡그렸다. 그게 아닌 경우는 생각도 하기 싫었다. 공군에 있을 당시 처참한 헬기 추락 사고 현장을 본 적이 있었다. 열한 명의 남녀 병사를 싣고 훈련을 받으러 가던 휴이 헬기가 조종사의 실수로 추락한 것이다. 구조팀이 도착했을 땐 불길이 잡히지 않은 채 까맣게 그을려 연기가 피어오르는 헬기의 뼈대만 남아 있었다. 휘발유와 섞인 끈적거리고 단내 나는 살 냄새만이 검게 변한 공기 중에 가득했다. 심지어 땅바닥까지 시커멓게 타 있었다. 그 모습은 이후로도 몇 달 동안이나 크리스의 꿈속에 나타났다. 불타고 있는 땅, 화학물질과 섞여 세차게 타오르는 불길이 그의 발아래 땅까지 삼켜버리는 꿈.

그때 브래드가 프로펠러의 속도를 조절하여 고도가 살짝 떨어졌고 크리스는 기분 나쁜 기억에서 빠져나왔다. 아래로 라쿤 숲의 들쭉날쭉한 외곽 지역이 스치듯 지나가고, 경찰이 쳐놓은 주황색 바리케이드가 짙은 녹색 나무들 사이에서 유난히 두드러져 보였다. 마침내 땅거미가 지고 숲은 그림자로 점점 더 어두워지기 시작했다.

"도착까지 3분!"

브래드가 보고했다. 주변을 둘러본 크리스는 동료들이 하나같이 침묵한 채 단호한 표정으로 앉아 있는 것을 보았다. 조셉은 머리에 두건을 묶고 다부지게 신발 끈을 다시 매고 있었다. 배리는 그가 그토록 아끼는 콜트 파이선 권총을 부드러운 천으로 문지르며 해치 창문을 통해 밖을 내다보고 있었다. 고개를 돌려 질을 바라보자 놀랍게도 그녀는 생각에 잠긴 표정으로 크리스를 마주보고 있었다. 크리스와 같은 좌석에 앉아 있던 그녀는 그와 시선이 얽히자 불안한 듯 짧게 미소 지었다. 그러고는 갑자기 안전벨트를 풀고 그의 옆으로 바짝 다가왔다. 깨끗한 비누 냄새 같은 그녀의 체취가 희미하게 느껴졌다.

"크리스, 전부터 얘기했던 거 있잖아, 이 사건에 외부 개입이 관련된 것 같다고……."

시끄러운 엔진 소리에 비해 질의 목소리가 너무 낮아 크리스는 그녀 쪽으로 몸을 기울여야 했다. 그녀는 누군가 엿듣는 건 아닌지 확인하려는 듯 재빨리 다른 사람들을 훑어보고는 그의 눈을 들여다보았다. 자신의 눈에 드러날지도 모를 생각은 조심스레 감추면서.

"외부 개입에 대한 네 생각이 옳을지도 몰라. 그리고 그 일에 대해 이야기하고 다녀선 안 된다는 생각이 들기 시작했어."

그 말을 들은 크리스의 목이 바짝 타들어갔다.

"왜, 무슨 일이라도 있었던 거야?"

질이 고개를 흔들었다. 윤곽이 또렷한 그녀의 얼굴에서는 아무

표정도 나타나지 않았다.

"아니, 단지 앞으로 말조심하는 게 좋겠다는 생각이 들어서. 그 말을 듣는 사람들 중에 우리 편이 아닌 사람도 있을 수 있잖아."

크리스가 얼굴을 찌푸렸다. 그녀가 무슨 말을 하려는 것인지 이해할 수 없었다.

"내가 그 이야기를 했던 사람 모두 사건 수사와 관련된 사람들인데."

그 말을 듣는 질의 시선은 조금도 흔들리지 않았다. 그 순간, 크리스는 그녀가 무슨 말을 하고 있는지 돌연 깨달았다.

'세상에, 망상에 빠진 건 나뿐인 줄 알았더니!'

"질, 난 팀원들을 잘 알아. 그리고 잘 모른다 하더라도 스타스에서는 각 대원마다 정신 감정, 과거 이력, 개인 추천서까지 일일이 검토한다고. 그런 일은 불가능해."

질이 한숨을 내쉬었다.

"알았어. 내가 한 말은 잊어줘. 그냥 조심하라고, 알았지? 그게 다야."

"자, 제군들! 이제 집중하자. 22구역에 가까워지고 있어. 브라보 팀은 이 근방 어디라도 있을 수 있다."

웨스커가 끼어드는 바람에 질은 크리스에게 마지막으로 단호한 시선을 한 번 보내고는 창문 쪽으로 자리를 옮겼다. 크리스도 그 뒤를 따랐고, 조셉과 배리는 헬기 반대편을 통해 밖을 내다봤다.

크리스는 작은 창문으로 땅거미가 내린 숲을 훑어보며 방금 질이 말한 것에 대해 생각했다. 외부 개입과 관련된 은폐 공작을 의심하는 사람이 자신만이 아니라는 사실에 안도하면서도 꺼림칙한 기분을 떨쳐낼 수 없었다. 그동안 아무 말 없다가 왜 지금 그런 이야기를 꺼낸 걸까. 게다가 스타스 대원들을 조심하라니…….

'뭔가 아는 게 분명해.'

틀림없다. 그게 아니라면 이 상황이 설명되지 않는다. 그는 브라보 팀을 구출한 다음 질과 다시 이야기를 나눠야겠다고, 웨스커에게 사실대로 털어놓자고 설득하기로 결심했다. 크리스와 질이 함께 압력을 가한다면 웨스커 대장도 더 이상 못 들은 척할 수 없을 것이다.

여기까지 생각을 마친 크리스는 헬기가 더 낮게 하강하자 끝없이 펼쳐진 나무숲을 훑어보며 수색에 집중했다. 스펜서 저택이 점점 더 가까워지는 게 분명했지만 주변이 어두워지는 탓에 보이지 않았다. 빌리와 엄브렐러 사의 관계, 거기다 질의 이상한 경고까지 뒤섞여 집중력이 흐트러졌지만 크리스는 애써 잡념들을 떨쳐냈다. 브라보 팀이 어떤 상황에 처했는지 여전히 알 수 없었다. 하지만 숲의 나무들이 훼손되지 않은 것으로 보아 큰 사고는 없었던 듯했다. 아마 합선 정도의 문제였을 테고, 포레스트는 그저 수리를 하기 위해 시스템을 꺼야 했으리라 짐작했다.

바로 그때, 질이 어딘가를 가리키며 입을 여는 것과 동시에 크리스 역시 지척에서 그것을 보았다. 그의 걱정이 서늘한 두려움으로 바뀌었다.

"저기 봐, 크리스."

기름기 섞인 검은 연기 기둥이 마지막 남은 햇빛 틈으로 솟아오르며 마치 죽음의 징조처럼 하늘을 더럽히고 있었다.

'이런, 안 돼!'

배리는 이를 악물고 나무 사이로 올라오고 있는 연기를 뚫어져라 쳐다보았다. 구역질이 나올 것만 같았다.

"대장, 2시 방향입니다!"

크리스가 소리치자 그들은 헬기 추락 현장이 분명한 그 검은 연기를 향해 방향을 틀었다.

웨스커가 선실로 돌아왔다. 여전히 선글라스를 쓴 채였다. 창가로 다가와 낮게 말하는 그의 목소리는 가라앉아 있었다.

"최악의 경우를 상상하지는 말자고. 착륙 후에 불이 났을 가능성도 있고, 신호를 보내기 위해 일부러 불을 피운 것일 수도 있어."

배리는 그의 말을 믿고 싶었지만 그렇게 말한 웨스커도 이미 알고 있을 것이다. 헬기의 시스템이 정지된 뒤 불이 났을 가능성은 매우 낮았다. 그리고 신호를 보내려 했다면 조명탄을 사용했을 것이다.

'게다가 나무만 태워서는 저런 연기가 안 난다고.'

"저게 뭐든 직접 가보기 전까지는 확인할 수 없다. 자, 이젠 주목해주기 바란다."

배리가 창가에서 몸을 돌리자 다른 대원들도 웨스커에게 집중하는 모습이 눈에 들어왔다. 크리스, 질, 조셉, 모두가 같은 표정이었고 배리 자신의 표정도 비슷하리라 짐작했다. 충격. 스타스 대원들이 임무 중에 부상을 당하는 경우는 간혹 있는 일이다. 그것 역시업무의 일부니까. 하지만 이렇게 큰 사고는 흔치 않았다.

웨스커의 겉모습에서 드러나는 정신적 충격의 유일한 증거는 굳게 다문 입이었다. 구릿빛으로 탄 얼굴 위로 두 개의 입술이 가늘고 암울한 선을 그리고 있었다.

"잘 들어라. 적대적일 수 있는 환경에 동료들이 고립되었다. 모두 단단히 무장하고, 조직적으로 접근하도록 한다. 착륙 즉시 넓게 포진해서 수색하고, 배리가 선두를 맡는다."

배리가 정신을 차리고 고개를 끄덕였다. 웨스커의 명령에 따라야 한다. 지금은 감정 따위를 앞세울 때가 아니다.

"브래드가 현장과 최대한 가까운 곳에 우리를 내려줄 것이다. 브라보 팀의 최종 교신지에서 남쪽으로 50미터쯤 떨어진 곳에 작은 공터가 있는 것으로 보인다. 브래드는 헬기에 남아 만일의 경우에 대비해 시동을 켜둘 것이다. 질문 있나?"

아무도 대꾸하지 않았고 웨스커는 고개를 끄덕였다.

"좋아. 배리, 필요한 무기를 챙겨라. 나머지 장비는 여기 남겨두고 필요하면 돌아와 재무장한다."

웨스커가 브래드에게 지시를 전달하기 위해 조종석으로 돌아가자 질과 크리스, 조셉은 배리에게 다가갔다. 무기 전문가로서 배리는 대원들의 무기 반입과 반출을 책임지며 늘 무기를 최상의 상태로 관리했다.

배리는 바깥쪽 해치 옆의 캐비닛으로 다가가 걸쇠를 풀었다. 바로 어제 깨끗이 닦아둔 9밀리미터 베레타 권총 여섯 정이 금속 선반 위에 놓여 있었다. 반장갑 할로우 포인트 총알 열다섯 발이 들어가는 이 총도 좋긴 했지만 배리는 357구경으로 파괴력이 더 큰 자신의 콜트 파이선을 선호했다.

그는 재빨리 무기를 나누어주고 새 탄창도 세 개씩 전달했다.

"이건 필요 없었으면 좋겠는데."

조셉이 탄창을 끼우며 말했고 배리도 동의한다는 듯 고개를 끄덕였다. 미국총기협회에 회비를 낸다고 해서 아무 데나 총질을 해대며 좋아하는 머저리가 아니었다. 배리는 그저 총 자체를 좋아할 뿐이다.

웨스커가 다시 돌아왔고, 다섯 명은 해치 앞에 서서 브래드가 헬기를 착륙시키길 기다렸다. 솟구치는 연기에 가까워지자 돌아가는 프로펠러가 연기를 마구 휘저어대며 검은 안개를 만들었고, 이것은 다시 나무의 짙은 그림자 속으로 섞여들었다. 추락한 헬기를 공중에서 찾는 건 연기와 어둠 때문에 불가능했다.

브래드는 기수를 돌려 풀이 듬성듬성한 곳에 헬기를 착륙시켰다. 강한 바람에 풀이 마구 휘날렸다. 헬리콥터 레일이 비틀대며 바닥에 닿기도 전에 배리는 문손잡이에 손을 올리고 나갈 준비를 마쳤다.

따뜻한 손 하나가 그의 어깨를 잡았다. 배리가 고개를 돌리자 크리스가 그를 뚫어져라 쳐다보고 있었다.

"우리가 바로 뒤에 있어요."

크리스의 말에 배리가 고개를 끄덕였다. 알파 팀원들이 뒤를 든든히 지켜주고 있으니 두렵지 않았다. 다만 걱정스러운 것은 브라보 팀의 상황이었다. 브라보 팀의 리더인 엔리코 마리니는 그의 친구였다. 엔리코의 아내가 배리의 아이들을 셀 수도 없이 여러 차례 돌봐주었고, 아내 캐시와도 절친한 사이였다. 엔리코가 어이없는 기계 고장 때문에 잘못됐을지도 모른다는 생각이 배리의 마음을 무겁게 짓눌렀다.

'기다리라고, 친구. 우리가 간다.'

배리는 한 손에 콜트를 쥔 채 축축한 바람이 불어오는, 어둠이 내린 라쿤 숲으로 들어섰다. 무슨 일이 닥칠지는 알 수 없었지만 이제 모든 준비는 끝났다.

제4장

그들은 북쪽부터 수색을 시작했다. 웨스커와 크리스는 배리의 왼쪽 뒤, 질과 조셉은 오른쪽 뒤에 있었다. 그들 바로 정면에는 나무가 띄엄띄엄 서 있었는데, 알파 팀의 헬리콥터 프로펠러가 서서히 회전수를 낮추자 질은 불타는 석유 냄새와 함께 연기가 나뭇잎 사이로 흘러나오는 것을 볼 수 있었다.

그들은 빠른 속도로 나무가 우거진 지역을 통과했다. 뾰족한 솔잎이 무성한 침엽수가 눈에 띄게 줄었다. 소나무와 흙의 따뜻한 냄새는 타는 냄새에 가려졌고, 그 매캐한 냄새는 한 발 한 발 내디딜 때마다 점점 더 강해졌다. 나뭇가지 사이로 새어 들어오는 흐릿한 빛을 통해 질은 뻣뻣한 풀이 높게 자라난 또 다른 공터가 있음을 발견했다.

"보인다. 바로 정면!"

배리의 외침에 질은 심장박동이 빨라지는 걸 느꼈다. 그때부터 그들은 선두를 따라잡기 위해 서둘러 달리기 시작했다.

질은 잡목림을 거쳐 나왔고, 조셉도 그 옆에 있었다. 배리는 이미 추락한 헬기 옆에 도착했고, 크리스와 웨스커도 바짝 뒤를 쫓고 있었다. 고요한 헬기에서 여전히 연기가 올라왔지만 그 양은 줄어들고 있었다. 불이 났고 이제 꺼져가는 듯했다.

질과 조셉이 걸음을 멈췄다. 그 광경을 뚫어져라 쳐다보며 그들은 아무 말도 하지 않았다. 헬기의 길고 넓은 동체는 전혀 다치지 않았다. 긁힌 자국 하나 없었다. 착륙 레일이 조금 구부러진 것과 날개에서 올라오는 약한 연기 말고는 아무 문제도 없어 보였다. 해치는 열린 상태였고, 웨스커의 만년필 형 손전등 빛을 통해 보이는 내부 역시 아무런 손상도 입지 않았다. 질이 보기에 브라보 팀의 장비는 거의 대부분 헬기에 실려 있었다.

'그렇다면 다들 어디에 있는 거지?'

이건 말이 되지 않았다. 마지막 교신 이후 15분도 채 지나지 않았다. 누군가 부상을 입었다면 여기 남아 있었을 것이다. 그리고 이곳을 벗어나기로 했다면 대체 장비는 왜 남겨둔 것인가?

웨스커는 손전등을 조셉에게 넘기고 조종석을 향해 고갯짓했다.

"확인해야겠군. 나머지는 흩어져서 단서를 찾는다. 발자국, 탄피, 교전 흔적 등등. 뭐라도 찾거든 바로 알려주고. 정신 똑바로 차리도록."

질은 잠시 그대로 서서 연기가 오르는 헬기를 보며 대체 무슨 일이 벌어진 것인지 생각했다. 엔리코는 기기 고장을 언급했다. 브라보 팀이 기기 고장을 발견하고 헬기를 착륙시켰다고 치자. 그 다음엔 무슨 일이 벌어진 걸까? 대체 무엇 때문에 구출될 수 있는 가장 쉬운 기회를 버리고 자취를 감춘 걸까? 구급 용품과 무기도 놔둔 채 말이다. 질은 해치 옆에 방탄조끼 두어 벌이 구겨진 채 떨어져 있는 것을 보고 고개를 저었다. 이것 또한 그들의 비논리적인 행동 목록에 추가시켜야 했다.

조셉이 그녀만큼이나 어리둥절한 표정으로 조종석에서 나왔다. 그리고 어깨를 으쓱이며 웨스커에게 손전등을 돌려주고는 내부 수색 결과를 보고하기 시작했다. 질도 그것을 듣기 위해 옆에 섰다.

"무슨 일이 있었는지 모르겠습니다. 레일이 구부러진 걸 보니 긴급 착륙이었던 것 같은데 전기 시스템 외에는 모두 정상으로 보입니다."

웨스커가 한숨을 쉬고는 다른 이들도 들을 수 있도록 목소리를 높였다.

"원형으로 흩어진다. 3미터 간격을 기점으로 차차 수색 반경을 넓힌다!"

질은 크리스와 배리 사이에 섰다. 두 사람 모두 이미 발아래 땅을 훑어보며 천천히 북동쪽으로 이동하고 있었다. 웨스커는 손전등을 들고 헬기 안으로 들어가 어둠 속을 살피기 시작했고, 조셉은 서쪽으로 향했다.

수색 반경을 넓히는 그들의 발아래에서 마른 잡초가 바스락거렸다. 바람 한 점 없는 후텁지근한 공기 속에서 들리는 소리라고는 알파 팀 헬기의 엔진 소리뿐이었다. 질은 발을 내디딜 때마다 웃자란 풀을 헤치며 발아래를 살폈다. 몇 분만 더 있으면 아무것도 보이지 않게 될 테고 손전등을 꺼내야 할 것이다. 그런데 브라보 팀은 손전등마저 남겨두고 가버렸다.

질이 우뚝 멈춰 서서 귀를 기울였다. 다른 사람들의 바스락대는 발소리, 멀리에서 들려오는 단조로운 헬리콥터 엔진 소리.

'그것 말고는 아무 소리도 안 들려. 새소리도 없어. 너무 조용해.'

그들은 한여름의 숲 속에 있었다. 산짐승들은 전부 어디로 간 걸까? 벌레는? 숲은 비정상적으로 고요했다. 들리는 건 모두 사람이 만들어낸 소리뿐이었다. 이곳에 착륙한 이후 처음으로 질은 두려워졌다.

질이 다른 이들을 부르려던 찰나, 뒤편 어딘가에서 조셉이 소리쳤다. 그의 목소리는 높고 갈라져 있었다.

"이봐! 여기!"

질이 뒤돌아 달리기 시작했다. 크리스와 배리도 목소리가 들리는 방향으로 달려갔다. 웨스커는 아직 헬기 옆에 서 있었는데 조셉의 외침을 듣고는 총을 겨눈 채 달려왔다.

흐릿한 빛 속에서 질은 조셉의 어슴푸레한 실루엣을 겨우 확인할 수 있었다. 그는 헬기에서 약 30미터 떨어진 나무 옆 풀밭에 쭈그려 앉아 있었다. 본능적으로 질은 권총을 꺼내들었다. 갑자기 엄습해오는 파멸의 예감에 압도된 기분이었다.

조셉이 무언가를 든 채 일어서더니 소리를 지르며 그것을 도로 떨어뜨렸다. 그의 눈이 공포로 얼어붙어 있었다.

찰나의 순간, 질은 조셉의 손에 들려 있던 것을 보고도 믿을 수가 없었다.

'스타스 대원의 권총, 베레타.'

질은 걸음을 재촉했고 곧 웨스커를 따라잡았다.

'그리고 권총을 꼭 붙들고 있는 잘린 손목.'

바로 그때, 조셉의 뒤 어두운 나무 그늘 속에서 그르렁거리는 낮은 소리가 들려왔다. 짐승의 소리였다.

그리고 또 다른 소리가 있었다. 귀에 거슬리는, 목이 갈라진 듯한 소리.

그 순간 포악하고 거친 무언가가 폭발하듯 숲에서 뛰쳐나와 조셉을 덮쳐 쓰러뜨렸다.

"조셉!"

질의 새된 비명 소리에 크리스는 무기를 빼들고 그 자리에서 멈춰 섰다. 조셉을 공격하고 있는 사나운 짐승을 정확히 겨냥하기 위해서였다. 웨스커의 손전등이 몸부림치는 짐승을 향해 가느다란 빛을 비추자 참혹한 장면이 모습을 드러냈다.

조셉은 그의 몸을 갈기갈기 찢어대며 피와 침을 흘리는 세 마리의 짐승에 가려져 있었다. 얼핏 보기에 그 짐승들은 개와 비슷한 모습이었다. 크기는 독일 셰퍼드만 했는데 이상하게도 털이 없었다. 아니, 피부 자체가 없다고 하는 편이 옳았다. 붉은 힘줄과 축축한 근육이 웨스커의 흔들리는 손전등 조명 아래에서 번들거렸다. 개처럼 생긴 이 괴물들은 피를 향한 충동적인 욕망에 사로잡힌 듯 거칠게 짖어대며 이빨을 드러냈다.

조셉이 처절한 비명을 내지르며, 흉포한 괴물들의 공격에 힘없이 팔다리를 휘저었다. 조셉의 목에서 질척한 소리가 새어나오고, 상처에서는 피가 솟구쳤다. 그건 죽어가는 사람의 비명이었다. 지체할 시간이 없었다. 크리스는 총을 겨누고 방아쇠를 당겼다.

세 발의 총알이 질척한 소리를 내며 그중 한 마리에 날아가 박혔고 네 번째 총알은 빗나갔다. 짐승의 날카로운 괴성이 울리고 놈이 쓰러지더니 숨을 몰아쉬듯 옆구리가 들썩였다. 남은 두 놈은 천둥처럼 시끄러운 총성에도 아랑곳하지 않고 공격을 계속했다. 공포에 질린 크리스가 지켜보는 가운데 침을 질질 흘리는 지옥의 개들 중 한 마리가 거세게 달려들더니 조셉의 목을 물어뜯었다. 피에 젖은 연골과 번들거리는 뼈가 그대로 드러났다.

알파 팀 전원이 총격을 가하기 시작하자 붉은 피가 공중으로 튀어올랐다. 기이하게 생긴 몸통에 총알이 날아와 박히는 중에도 개처럼 생긴 이 괴물들은 경련을 일으키고 있는 조셉을 향해 달려들었다. 마지막으로 날카로운 신음을 내뱉으며 놈들이 쓰러졌다.

"사격 중지!"

크리스가 방아쇠에서 손가락을 뗐지만 쓰러진 놈들을 향해 겨눈 총은 거두지 않았다. 조금만 움직여도 바로 총알 세례를 안겨줄 작정이었다. 그중 두 놈은 낮게 헐떡이며 아직도 숨을 쉬고 있었다. 세 번째 놈은 심하게 훼손된 조셉의 시신 옆에 죽은 듯 널브러져 있었다.

'진작 죽었어야 해. 처음 몇 발에 쓰러졌어야 했다고. 대체 이놈들 정체가 뭐야?'

웨스커가 살육의 현장으로 신중하게 다가갔다.

그때 메아리치는 듯한 깊고 낮은 울부짖음이 무더운 밤공기를 가득 채웠다. 그들을 향해 다가오는 포식자들의 분노에 찬 울부짖음이었다.

"헬기로! 지금 당장!"

웨스커가 소리쳤다.

크리스가 헬기를 향해 달렸다. 배리와 질은 그의 앞에, 웨스커는 뒤에 있었다. 네 명은 어두컴컴한 나무들 사이로 전력을 다해 달렸다. 보이지 않는 나뭇가지들이 사정없이 얼굴을 할퀴는 가운데, 짐승들의 울부짖는 소리는 점점 더 커지고 점점 더 끊질겨졌다.

대기 중인 헬기를 향해 모두가 정신없이 달리는 동안 웨스커가 몸을 돌려 숲을 향해 총을 난사했다. 프로펠러는 이미 돌아가고 있었고, 크리스는 안도감을 느꼈다. 브래드가 총성을 들은 것이 분명했다. 살아 돌아갈 가능성이 높아졌다.

크리스의 귀에 바짝 쫓아오고 있는 놈들의 소리가 들렸다. 군살 하나 없는 근육질의 몸들이 나무들 사이로 빠르게 달려오고 있었다. 헬기에 가까워지자 앞 유리를 통해 브래드의 창백한 얼굴과 공포에 질린 눈이 보였다. 조종간의 불빛이 반사되어 겁에 질린 그의 얼굴에 녹색 빛이 더해졌다. 그가 무어라 외치고 있었는데 엔진의 굉음에 모든 소리가 묻혀버리고 말았다. 프로펠러에서 불어오는 강풍이 주변을 물결치는 바다처럼 만들었다.

'5미터만 더, 거의 다 왔어!'

그 순간, 헬기가 덜컹이며 하늘로 떠오르더니 속력을 높이기 시작했다. 크리스는 마지막으로 브래드의 얼굴을 보았고, 그가 공포에 사로잡혀 아무것도 보지 못하고 아무것도 생각지 못하고 있음을 깨달았다.

"안 돼! 가지 마!"

크리스가 외쳤지만 헬기는 붙잡을 수 없이 점점 더 멀어져갔고 곧이어 기수를 올리더니 컴컴한 어둠속으로 사라져버렸다.

남겨진 그들을 기다리는 것은 죽음뿐이었다.

///

'브래드, 이 망할 자식!'

웨스커가 다시 몸을 돌려 놈들을 향해 총을 쏘았고, 그중 한 놈에게서 고통에 찬 신음 소리가 들려왔다. 그들 뒤에서 빠른 속도로 쫓아오고 있는 놈들은 최소한 네 마리가 더 있었다.

"계속 가!"

웨스커가 외쳤다. 그리고 비틀거리며 달리는 와중에도 주위를 살피기 위해 애썼다. 돌연변이 개들의 날카로운 괴성은 그들을 더 빨리 달리게 만들었다. 헬기 소리가 점점 더 작아졌다. 겁쟁이 브래드가 유일한 탈출 수단을 가지고 도망가 버린 것이다.

웨스커가 또다시 총을 발포했다. 총알이 엉뚱한 곳으로 날아갔고, 또 하나의 어두운 실루엣이 추격에 합류한 것이 보였다. 개들은 터무니없이 빨랐다. 살아남을 가능성이 없었다. 그래도 방법이…….

'저택!'

"오른쪽으로 틀어! 1시 방향!"

방향감각이 아직 남아 있기를 바라며 웨스커가 외쳤다. 놈들을 완전히 따돌릴 수는 없어도, 몸을 숨길 수는 있을지도 모른다.

웨스커가 몸을 돌려 탄창에 남은 마지막 한 발을 쏘았다.

"탄창 갈 시간이 필요해!"

빈 탄창을 빼내고 허리띠에 끼워둔 다른 탄창을 더듬는 동안 배리와 크리스가 달려드는 놈들을 향해 총을 쏘아댔다. 웨스커가 새 탄창을 끼우는 사이 어느새 그들은 풀이 웃자란 공터 가장자리에 이르러 또 다른 숲의 어둠 속으로 뛰어들었다.

놈들의 계속되는 추격을 받으며 그들은 비틀거리고, 나뭇가지를 피하고, 고르지 못한 산길을 휘청거리며 달리고 또 달렸다. 산소를 달라고 폐가 아우성치는 와중에도 거리를 좁혀오는 놈들에게서 나는 고기 썩은 냄새가 코를 찔렀다. 그러자 더 빨리 달릴 수 있는 힘이 솟아났다.

'지금쯤이면 도착했어야 하는데. 분명 이 근방이야.'

나무 그림자가 옅어질 때쯤 크리스가 가장 먼저 발견했다. 막 떠오른 달빛에 역광을 받고 서 있는 거대한 저택을.

"저기다! 저 집으로 달려!"

외부에서 보기엔 아무도 살지 않는 집 같았다. 햇빛과 비바람에 빛이 바랜 목재와 석재들은 조금씩 깎여 나가고 어둡게 변해 있었다. 저택과 숲을 분리시키는 시커멓게 웃자란 산 나무 울타리에 가려져 저택의 모습이 잘 보이지 않았다. 양문이 달린 거대한 중앙 현관, 그것이 그들의 유일한 탈출구였다.

웨스커는 자신의 바로 뒤에서 놈들의 무시무시한 턱이 콱 다물리며 내는 소리를 들었다. 저택 현관을 향해 달리면서 그 소리가 나는 방향을 향해 본능적으로 방아쇠를 당겼다. 그르렁거리는 신음 소리와 함께 한 놈이 나가떨어졌다. 하지만 나머지 놈들의 울부짖음은 더욱 커졌다. 추격의 스릴에 잔뜩 흥분한 것이 분명했다.

가장 먼저 현관에 도착한 질이 문손잡이를 잡아채면서 한쪽 어깨로 육중한 문을 힘껏 들이받았다. 다행스럽게도 문이 요란한 소리를 내며 열렸다. 내부의 환한 불빛이 돌로 된 문지방을 넘어 현관까지 새어나오며 그들에게 길을 밝혀주었다. 그녀가 총을 발포하며 동료들을 엄호하는 동안, 세 남자는 숨을 몰아쉬며 어둠 속에서 유일하게 빛을 품은 현관문을 향해 전속력으로 달려왔다.

모두가 사력을 다해 저택으로 뛰어들었다. 질이 마지막으로 다이빙을 하듯 몸을 날렸고, 배리가 자신의 육중한 몸을 던져 열린 문을 닫았다. 사납게 포효하며 달려오던 놈들을 간신히 막을 수 있었다. 배리가 붉은 얼굴로 땀을 뻘뻘 흘리며 문에 등을 기댄 채 그대로 풀썩 주저앉았다. 크리스는 재빨리 현관문의 강철로 된 잠금장치를 찾아 굳게 채웠다.

목숨은 건졌다. 밖에서 놈들이 울부짖으며 발톱으로 육중한 벽을 거칠게 긁어댔지만 소용없었다.

웨스커는 환히 밝혀진 실내의 차갑고 괴괴한 공기를 깊이 들이마신 후 짧게 내뱉었다. 짐작했던 대로 스펜서 저택은 버려진 게 아니었다. 그리고 상황이 이렇게 된 이상 세심하게 세워두었던 그의 계획은 모두 수포로 돌아갔다.

웨스커는 혼자 달아난 브래드를 향해 나지막이 욕설을 내뱉으며
생각했다. 이 저택 안이 밖보다 안전하긴 한 것일까.

제5장

질은 숨을 고르며 낯선 곳을 둘러보기 시작했다. 여태 악몽에 시달리다가 이제 막 장대한 판타지로 바뀐 꿈속의 주인공이 된 기분이었다. 무시무시하게 울부짖는 괴물들, 조셉의 갑작스러운 죽음, 캄캄한 숲 속에서 벌어진 생사의 탈주, 그리고 이 저택까지.

'버려진 건물이라고? 웃기시는군.'

스펜서 저택은 말 그대로 호화로움의 전형이었다. 아버지가 보았다면 완벽한 한탕감이라고 했을 것이다. 중앙 홀 하나가 질의 집 전체를 합친 것보다 넓었고, 회색 도트가 박힌 대리석으로 마감되어 있었으며, 가운데에는 2층 발코니로 이어지는 카펫이 깔린 넓은 계단이 펼쳐져 있었다. 화려하게 장식된 실내에는 아치 모양의 대리석 기둥이 위층의 발코니를 둘러싸고 있는 고급 목재 난간을 받치고 있었다. 세로로 홈이 팬 벽에는 촛대들이 놓여 있었고 가장자리를 오크나무로 두른 크림색 벽을 환히 비추었다. 바닥에는 짙은 갈색의 카펫이 깔려 있어 벽을 더욱 돋보이게 했다. 한마디로 아름답고 장엄한 곳이었다.

"대체 여긴 뭐야?"

배리가 중얼거렸지만 아무도 대꾸하지 않았다.

질은 숨을 깊이 들이쉬고는 어쩐지 이곳이 마음에 들지 않는다고 생각했다. 이 거대한 저택 안에는 무언가 잘못되었다는 느낌, 설명할 수 없는 불길한 기운이 감돌았다. 기분 나쁜 존재가 출몰할 것만 같았다. 그 존재가 누구인지, 혹은 무엇인지는 알 수 없었지만.

'그래도 돌연변이 개들에게 잡아먹히는 것보다는 낫잖아? 그건 인정해야지.'

그러다 문득 조셉이 떠올랐다.

'아, 불쌍한 조셉!'

그의 죽음을 애도할 시간이 없었다. 그건 지금도 마찬가지지만 조셉의 죽음은 참으로 애석한 일이다.

질은 권총을 손에 꼭 쥐고 계단을 향해 걸어갔다. 현관에서부터 이어지는 두툼한 카펫 때문에 발소리가 거의 들리지 않았다. 계단 오른쪽에 있는 작은 탁자 위에는 골동품 타자기 한 대가 놓여 있었고, 백지 한 장이 끼워져 있었다. 장식품 치고는 조금 이상했다. 넓은 홀은 타자기를 제외하면 텅 비어 있었다.

질은 동료들을 향해 돌아섰다. 그들은 이 상황을 어떻게 생각하고 있을지 궁금했다. 배리와 크리스는 둘 다 벌겋게 달아오른 채 땀을 흘리며 어리둥절한 표정으로 주변을 살폈다. 웨스커는 현관 옆에 쭈그려 앉아 잠금장치 하나를 들여다보고 있었다.

웨스커가 자리에서 일어섰다. 그는 여전히 짙은 선글라스를 쓴 채 그 어느 때보다도 무표정했다.

"잠금장치 주변의 나무가 부서져 있다. 우리가 오기 전에 누군가 먼저 이 문을 연 거야."

그 말에 크리스의 표정이 밝아졌다.

"브라보 팀 아니겠습니까?"

웨스커가 고개를 끄덕였다.

"내 생각도 그렇다. 곧 지원군이 올 것이다. 우리의 '친구' 브래드 비커스 씨가 도움을 요청해주신다면 말이지."

그의 목소리에 조롱하는 기색이 역력했고 그 말을 듣던 질 역시 속에서 화가 치밀어 오르는 것을 느꼈다. 이번만큼은 브래드가 일을 제대로 망치고 말았다. 자칫했으면 모두가 목숨을 잃을 뻔했다. 그가 저지른 짓은 변명의 여지가 없었다.

웨스커는 홀을 가로질러 서쪽 벽에 난 두 개의 문 중 하나를 향해 걸어갔다. 손잡이를 돌려보았지만 열리지 않았다.

"밖으로 나가는 건 위험하다. 지원군이 올 때까지 여기 머물며 주변을 둘러보는 게 좋겠다. 누군가 이곳을 관리하는 게 분명해 보인다. 대체 왜, 얼마나 오랫동안 관리해 왔는지는 모르겠지만."

그 말과 함께 웨스커가 대원들에게 다가갔다.

"탄약은 얼마나 남았지?"

질이 베레타에서 탄창을 꺼내 남은 총알을 세었다. 세 발이 남았고, 벨트에 탄창 두 개가 더 있으니 총 서른세 발이었다. 크리스는 스물두 발, 웨스커는 열일곱 발이 남았다. 배리는 자신의 콜트에 쓸 스피드 로더(총알을 빠르게 재장전하는 장치-옮긴이) 두 개와 주머니에 든 탄약통을 더하면 총 열아홉 발이었다.

질은 헬기에 남겨두고 온 것들을 떠올리며 다시 한 번 브래드에게 분노를 느꼈다. 수십 상자의 탄약, 손전등, 무전기, 산탄총, 거기다 구급 용품은 말할 필요도 없었다. 조셉이 들판에서 발견했던 베레타에는 피가 잔뜩 튄 창백한 손가락이 여전히 감겨 있었다. 스타스 대원 누군가가 죽었거나 죽어가고 있는 것이 분명한데, 브래드 덕분에 반창고 하나 붙여줄 수 없게 된 것이다.

그때 아주 무거운 무언가가 바닥에 쾅 하고 부딪히는 소리가 들렸다. 가까운 곳이었다. 그들은 약속이라도 한 듯 동시에 동쪽 벽에 난 문으로 몸을 돌렸다. 질은 지금까지 본 모든 공포영화가 순식간에 떠오르는 것을 느꼈다. 이상한 집, 이상한 소리…… 그녀가 몸을 부르르 떨었다. 이곳을 빠져나가면 브래드의 깡마른 엉덩짝을 반드시 걷어차겠다고 다짐했다.

"크리스, 무슨 소린지 확인하고 최대한 빨리 보고하도록. 우리는 라쿤 경찰이 올 것을 대비해 여기서 기다리겠다. 문제가 생기면 총을 발포하도록. 바로 가겠다."

웨스커의 말에 크리스가 고개를 끄덕이고는 문을 향해 다가갔다. 그의 군화가 대리석 바닥에 부딪히며 뚜벅뚜벅 소리가 났다.

질은 설명할 수 없는 불길한 예감에 크리스를 불러 세웠다.

"크리스."

크리스는 문손잡이에 손을 올린 채 질을 돌아보았다. 질은 지금 그에게 해줄 수 있는 말, 특히 실질적으로 도움이 될 만한 말은 전혀 없음을 깨달았다. 모든 일이 순식간에 일어났고 수상하고 괴이한 일들뿐이라 어디에서부터 어떻게 시작해야 할지 알 수 없었다.

'크리스는 훈련된 프로잖아. 나도 그렇고. 그러니까 제발 프로답게 굴어.'

"조심해."

마침내 질이 말했다. 하고 싶은 말은 그게 아니었지만 지금 그녀가 말할 수 있는 건 그게 전부였다.

크리스가 씩 웃어 보이고는 다시 베레타를 들고 걸음을 옮겼다. 질의 귀에 시계가 재깍거리는 소리가 들려왔다. 곧이어 크리스가 문을 닫으며 이내 시야에서 사라졌다.

배리가 질과 눈을 맞추며 가볍게 미소를 지어 보였다. 걱정하지 말라는 표정이었다. 하지만 질은 어쩐지 크리스가 영영 돌아오지 않을 것만 같은 불안한 생각을 떨칠 수 없었다.

웨스커의 명령에 따라 소리가 난 방으로 들어선 크리스는 안을 훑어보았다. 그곳은 우아하고 조용했다. 크리스 자신 외에는 아무도 없었다. 그 소리를 낸 게 누구든 이제는 여기 없다는 뜻이다.

대형 괘종시계의 근엄한 초침 소리가 반짝거리는 흑백의 타일에 반사되어 메아리치며 방 안을 가득 채웠다. 그가 들어선 곳은 식당이었다. 부유한 사람들이 등장하는 영화에서 보았던 바로 그런 곳. 현관 앞의 중앙 홀과 마찬가지로 이곳 역시 천장이 어마어마하게 높고 2층에는 발코니가 있었다. 중앙 홀과 다른 점들도 눈에 띄었다. 값비싸 보이는 예술품으로 장식되어 있고, 한쪽 끝에는 벽난로가 자리했으며 그 위에는 어떤 가문의 문장과 함께 엑스 자로 교차된 두 개의 검이 걸려 있었다. 2층으로 올라가는 길은 보이지 않았지만 벽난로 오른편에는 닫힌 문이 하나 있었다.

크리스는 무기를 내리고 문을 향해 다가갔다. 우연히 들어온 이 '버려진' 저택의 비현실적인 호화로움에 여전히 얼떨떨한 상태였다. 식당은 윤을 낸 붉은색 목재로 마감되어 있었고, 베이지색 치장벽토를 바른 벽에는 값비싸 보이는 그림들이 걸려 있었다. 중앙에는 방을 가득 채우다시피 한 커다란 원목 식탁이 놓여 있었다. 최소한 스무 명은 앉을 수 있었지만 세팅은 대여섯 명 정도로 갖춰져 있었다. 레이스 달린 식탁 매트에 쌓인 먼지의 양으로 보아 몇 주 동안 사용되지 않은 것 같았다.

'이건 말이 안 되잖아. 30년 동안 인적이 끊겼던 것 아닌가? 누군가 머물기도 전에 스펜서가 이곳을 폐쇄했다고 했잖아.'

크리스가 고개를 흔들었다. 누군가 이곳을 다시 사용하기 시작한 것이 틀림없었다. 그렇다면 어떻게 라쿤 시티의 모든 사람들이 스펜서 저택이 폐쇄된 채 숲 속에서 폐허로 변해가고 있다고 믿었던 걸까? 그리고 무엇보다도 엄브렐러 사는 왜 이 저택에 대해 아이언스 서장에게 거짓말을 한 걸까?

'살인, 실종, 엄브렐러, 질.'

하지만 실마리는 좀처럼 풀리지 않았다. 해답의 일부는 이미 갖고 있는 것 같은데 도대체 무슨 질문부터 던져야 할지 확실치 않았다.

크리스는 문으로 다가가 손잡이를 천천히 돌리며 반대편에 움직임이 있는지 귀를 기울였다. 하지만 오래된 괘종시계 소리 때문에 아무것도 들을 수 없었다. 시계가 벽에 고정되어 있어 시곗바늘이 움직일 때마다 거대한 방 안이 초침 소리로 가득 찼다.

문을 열자 앤티크한 조명으로 어둑하게 밝혀진 좁은 복도가 좌우로 이어져 있었다. 재빨리 양쪽을 모두 확인했다. 오른쪽에는 단단한 목재로 마감한 10미터 정도의 복도가 있었고, 그 맞은편에 문 두 개, 복도 끝에 문 하나가 있었다. 왼쪽 복도는 급히 꺾여서 그가 서 있는 곳에서는 끝이 보이지 않았고, 무늬가 있는 갈색 바닥의 끝자락만 보였다.

크리스가 얼굴을 찌푸리며 코를 찡긋거렸다. 공기 중에서 희미한 냄새가 느껴졌다. 무언가 불쾌한, 그리고 익숙한 냄새였다. 그는 그 냄새의 정체를 생각하며 문간에서 잠시 머물렀다.

어렸을 적 어느 여름, 친구들과 자전거를 타다가 달리는 도중에 자전거 체인이 풀린 적이 있었다. 결국 길가 도랑에 처박혀 로드킬 당한 동물의 사체에서 딱 한 뼘 떨어진 곳에 코를 박았다. 썩어 말라붙은 마멋의 사체였다. 시간이 꽤 많이 흐르기도 했고 여름의 열기로 바짝 말라버려 최악의 악취는 날아간 상태였지만 끔찍하기는 매한가지였다. 그는 사체 위에 점심에 먹은 것을 죄다 토하고, 심호흡을 한 뒤 그 자리에서 다시 한 번 속을 깨끗이 게웠다. 친구들은 신이 나서 그를 놀려댔다. 덕분에 크리스는 아직도 태양 아래 말라붙은 부패한 사체의 냄새를 기억하고 있다. 그건 마치 심하게 부패한 우유와 토사물이 섞인 냄새 같았다. 그런데 지금 같은 냄새가 악몽의 한 장면처럼 복도 안을 맴돌고 있었다.

그 순간 크리스의 오른편 첫 번째 문 뒤에서 누군가 부드럽게 발을 끌며 걷는 소리가 들려왔다. 장갑을 낀 주먹으로 벽을 훑는 것 같기도 했다. 누군가 있었다.

크리스는 조심스레 복도를 따라 문으로 향했다. 아직 확인하지 못한 왼편에 시선을 떼지 않고 조심하면서. 문에 가까워지자 작은 소리가 멈췄고, 문이 완전히 닫히지 않은 것을 발견했다.

'망설일 시간이 없어.'

문을 가볍게 밀자 안쪽으로 쉽게 열렸다. 녹색 도트가 점점이 디자인된 벽지를 바른 어둑한 방이었다. 그리고 방 안에는 어깨가 넓은 한 남자가 바로 몇 미터 앞에 서 있었다. 그림자에 반쯤 가려진 채 등을 돌린 상태였다. 그때 남자가 천천히 돌아섰다. 취하거나 부상당한 사람이 그렇듯 조심스레 발을 끌면서. 크리스가 조금 전에 느꼈던 죽음의 냄새가 그 남자에게서 파도처럼 밀려왔다. 그의 옷은 너덜너덜하게 뜯어지고 얼룩이 져 있었으며, 뒤통수의 머리카락이 듬성듬성 빠져 있었다.

'어딘가 아픈 게 분명해. 죽어가는 사람일지도…….'

크리스는 이 상황이 마음에 들지 않았고, 그의 본능이 어떻게든 해보라고 아우성을 치고 있었다. 크리스는 안으로 한 발 더 들어간 뒤 남자의 상체를 향해 베레타를 겨누었다.

"거기 멈춰, 움직이지 마!"

남자가 몸을 완전히 돌리고 크리스를 향해 어기적거리며 다가오기 시작했다. 마침내 남자의 몸이 어둑한 그늘에서 나와 모습을 드러냈다. 그의, 아니 그것의 얼굴은 죽은 듯 창백했다. 부패해 가는 입술 주변에 잔뜩 묻은 검붉은 피만 제외하고. 푹 들어간 양쪽 볼에는 바짝 마른 피부가 마치 덮개처럼 매달려 덜렁거리고, 컴컴한 우물 속 같은 눈구멍은 굶주림으로 이글거렸다. 놈이 뼈만 남은 손을 뻗었다.

크리스가 총을 쐈다. 세 발이 놈의 가슴 윗부분에 날아가 박히며 미세한 붉은색 안개를 흩뿌렸다. 놈이 숨을 헐떡이듯 신음하며 바닥으로 푹 쓰러졌다.

쿵쾅거리는 심장과 같은 속도로 머릿속이 핑핑 돌았다. 크리스는 비틀거리며 뒤로 물러섰다. 어깨가 문에 부딪히자 등 뒤에서 문이 닫히며 찰칵 하고 잠기는 소리가 어렴풋이 들렸다. 그는 지독한 냄새를 뿜으며 쓰러져 있는 괴물을 노려보았다.

'이미 죽은 거야. 죽었는데 살아서 돌아다니고 있다고!'

라쿤 시티에서 벌어지고 있는 식인 공격, 그 사건들 전부가 숲 근처에서 벌어졌다. 그리고 공포영화를 많이 봤기 때문인지 자신의 눈앞에 있는 것이 무엇인지 알고 있었다. 여전히 믿을 수 없었지만.

좀비.

아니, 그럴 리 없었다. 그건 허구가 아닌가. 그렇다면 증상이 좀비와 비슷한 일종의 질환일 수도 있었다. 대원들에게 알려야 했다. 그는 몸을 돌려 손잡이를 붙잡았지만 문은 꿈쩍도 하지 않았다. 그가 뒷걸음치다 닫았을 때 잠겨버린 것이 분명했다.

그때 그의 뒤에서 무언가 질척거리는 소리가 들렸다. 놀란 크리스가 돌아보며 목격한 것은 놈이 나무 바닥을 긁으며 힘겹게 일어서는 모습이었다. 단 하나의 목적을 가진 듯 놈은 침을 흘리며 처절한 몸짓으로 그를 향해 다가왔다. 크리스는 끈끈한 분홍색 액체가 흘러

나무 바닥에 고이는 것을 보고서야 퍼뜩 정신을 차렸다.

크리스가 다시 총을 발사했다. 두 발의 탄환이 위로 쳐든 놈의 부패한 얼굴에 박혔다. 울퉁불퉁한 머리통에 구멍 두 개가 뚫리자 놈의 아래턱에서 살점이 섞인 액체가 작은 강을 이루며 흘러내렸다. 놈은 무거운 한숨과 함께 넓게 번지는 붉은 핏물 속에 그대로 쓰러졌다.

놈이 그대로 쓰러져 있을지, 아니면 다시 일어날지 도박을 하고 싶지는 않았다. 크리스는 다시 한 번 헛되이 문손잡이를 잡아 흔들어보고는 조심스레 놈의 시체를 넘어 복도를 따라 움직였다. 왼편에 있는 문도 흔들어보았지만 역시 잠겨 있었다. 열쇠를 끼우는 곳에 조그만 무늬 같은 것이 새겨져 있었는데 마치 검 모양 같았다. 그는 혼란스러운 머릿속에 그 정보를 겨우 입력시킨 뒤 베레타를 손에 꽉 쥐고 계속 나아갔다.

오른쪽으로 갈라진 복도에 문이 하나 있었지만 무시했다. 그가 찾는 건 대원들이 있는 중앙 홀로 돌아갈 수 있는 길이다. 대원들도 총성을 들었겠지만 그 부패한 남자와 유사한 존재들도 총소리를 들었을 것이다. 이곳을 돌아다니고 있는 게 분명했다. 대원들도 이미 놈들과 싸우고 있을지 모른다.

왼편 복도 끝, 복도가 휘어지는 지점에 문이 하나 있었다. 크리스는 서둘러 다가갔다. 그놈의 썩는 냄새 때문에…….

'좀비라고 불러. 그게 맞잖아.'

그래, 그 좀비의 썩는 냄새 때문에 토할 것만 같았다. 문을 향해 다가가던 그는 악취가 오히려 심해지고 있음을 깨달았다. 한 걸음,

한 걸음 내디딜 때마다 냄새는 더욱 강렬해졌다.

문손잡이에 손을 올려놓는 순간, 굶주린 듯한 짐승의 낮은 신음 소리가 들렸다. 그런 중에도 장전된 총알이 두 발밖에 없다는 사실이 떠올랐다. 오른편 어둠 속에서 무언가 움직였다.

'재장전해야 해. 어딘가 안전한 곳에서.'

크리스가 벌컥 문을 열고 안으로 들어서자 반대편에서 기다리고 있던 또 다른 놈의 두 팔이 그를 맞았다. 살점이 벗겨져 나간 손가락이 그의 목을 향해 달려들었다.

///

세 발의 총성. 그리고 몇 초 뒤, 두 발의 총성이 더해졌다. 성처럼 넓은 중앙 홀에서도 그 소리는 또렷하게 들렸다.

'크리스!'

"질이 가보는 게……."

웨스커가 입을 열었지만 배리가 그의 말을 막았다.

"저도 갑니다."

배리는 이미 동쪽 벽에 난 문으로 향하고 있었다. 크리스라면 반드시 필요한 경우가 아닌 이상 총알을 낭비할 리 없었다. 그에게는 도움이 필요했다.

웨스커가 재빨리 고개를 끄덕였다.

"그렇게 해. 난 여기서 기다릴 테니."

배리가 문을 열고, 질이 뒤따랐다. 그들은 거대한 식당으로 들어섰다. 중앙 홀만큼 넓지는 않았지만 최소한 길이는 비슷했다. 반대편 끝, 차갑고 먼지투성이인 공기 중에 시끄럽게 울려대는 괘종시계를 지나자 또 다른 문이 있었다.

배리가 한 손에 권총을 들고 빠르게 문으로 다가갔다. 긴장감과 걱정이 밀려왔다. 빌어먹을, 이 임무는 엉망진창이라고! 스타스 팀은 종종 위험한 상황에 투입되곤 했지만 배리가 이토록 통제 불능이라고 느낀 경우는 애송이 시절 이후 처음이었다. 조셉은 죽었고, 겁쟁이 브래드는 대원들과 지옥의 개들을 뒤로한 채 도망갔으며, 이제는 크리스까지 위험에 처해 있었다. 애초에 웨스커가 명령한 대로 그를 혼자 보내는 게 아니었다.

질이 먼저 문으로 다가가 가느다란 손으로 문손잡이를 잡고는 배리를 쳐다보았다. 배리가 고개를 끄덕이자 그녀가 문을 열고, 몸을 낮춰 왼쪽으로 틀었다.

배리는 오른편을 맡았다. 둘이 동시에 텅 빈 복도를 좌우로 훑었다.

"크리스?"

질이 조용히 불러보았지만 대답은 없었다. 배리가 얼굴을 찡그리며 코를 킁킁거렸다. 썩은 과일 냄새 같은 것이 느껴졌다.

"내가 문마다 확인해보지."

배리의 말에 질이 고개를 끄덕이고는 민첩한 몸놀림으로 왼쪽에 붙어 천천히 움직였다.

배리가 첫 번째 문을 향해 다가섰다. 질이 뒤를 봐주고 있다는 생각에 마음이 든든했다. 그녀는 처음 왔을 때만 해도 이기적이고 예민한 여자라는 인상이었다. 하지만 곧 똑똑하고 재능 있는 군인임을 증명해 보이며, 알파 팀의 든든한 일원이 되어주었다.

그 순간, 질이 날카로운 비명을 질렀다. 배리가 돌아서자 무언가 부패하는 냄새가 좁은 복도를 가득 채웠다.

질이 복도 끝에서 주춤주춤 뒤로 물러섰다. 그녀의 총이 배리에게는 보이지 않는 무언가를 겨누고 있었다.

"멈춰!"

질의 목소리는 떨림을 감추지 못했고 표정은 두려움으로 질려 있었다.

그녀가 총을 발포했다. 한 번, 두 번. 여전히 배리를 향해 뒷걸음질 치는 그녀의 호흡은 빠르고 가늘었다.

"비켜, 왼쪽!"

질이 비켜서자 배리가 콜트를 들어 올렸고 키 큰 남자 한 명이 시야에 들어왔다. 그의 두 팔은 마치 몽유병 환자처럼 앞을 향해 들려 있었고, 노인의 손처럼 바싹 마른 두 손은 무언가를 그러쥐려는 듯 움직였다.

배리는 놈의 얼굴을 보았고 더는 망설이지 않았다. 그가 총을 발사했다. 357구경의 총알이 놈의 잿빛 머리통의 절반을 그대로 날려버리자 피가 솟구쳐 그 기이하고 끔찍한 얼굴을 따라 흘러내렸다. 이리저리 움직이는 뿌연 눈도 피에 물들었다.

놈이 뒤로 고꾸라지며 질의 발치에 널브러졌다. 배리 역시 경악을 금치 못한 채 서둘러 그녀의 곁으로 다가갔다.

"이게 대체 무슨 일……."

배리가 낮게 중얼거리는 순간, 복도 끝 카펫이 깔린 작은 휴식 공간에 무언가가 누워 있는 것이 보였다.

순간적으로 배리는 그것이 크리스라고 생각했지만 조끼에 스타스 브라보 팀의 휘장이 붙어 있는 것을 발견했다. 누구인지 알아보려 애쓰는 동안 또 다른 공포에 휩싸였다. 브라보 팀의 대원은 머리가 잘려 나가 있었다. 시신과 조금 떨어진 곳에서 나뒹구는 머리는 핏덩이로 완전히 뒤덮인 상태였다.

'맙소사, 케네스잖아.'

배리가 아는 최고의 현장 수색대원이자 착하기로 소문난 케네스 설리번. 그의 가슴에는 들쭉날쭉한 커다란 구멍이 뚫려 있었고, 피투성이 구멍 주변으로는 반쯤 먹힌 살덩이와 내장이 흩뿌려져 있었다. 왼손도 잘려나간 채 보이지 않았고, 근처에는 무기도 없었다. 그렇다면 조셉이 숲에서 찾은 총은 그의 것이 분명했다.

충격을 받은 배리는 그대로 고개를 돌렸다. 케네스는 조용하고 착실한 사람으로 화학 분야의 전문가였다. 이혼한 아내가 캘리포니아에서 외동아들을 부양하며 살고 있다고 했다. 배리는 집에 있는 두 딸 모이라와 폴리를 떠올리고는 자기 힘으로 어찌 할 수 없는 무력한 두려움을 느꼈다. 배리는 죽음이 무섭지 않았다. 하지만 아이들이 아버지 없이 자랄지도 모른다는 생각이 그를 두렵게 했다.

질은 처참히 망가진 케네스의 시신 옆에 쭈그려 앉아 벨트에 찬 가방을 뒤지기 시작했다. 그녀가 배리를 향해 미안한 표정을 지어 보이자 배리는 가볍게 고개를 끄덕였다. 그들에게는 총알이 필요했고 케네스는 이제 총알이 필요 없었다.

그녀는 9밀리미터 총알이 가득 채워진 탄창 두 개를 발견하고 엉덩이에 찬 주머니에 집어넣었다. 배리는 돌아서서 혐오감과 놀라움이 가득한 눈으로 케네스를 공격한 놈을 내려다보았다.

배리는 자신이 내려다보고 있는 이 괴물이 라쿤 시티를 공격하고 있는 식인 살인자들 중 한 명이 분명하다고 생각했다. 놈의 입 주변에는 피가 말라붙어 있었고, 손톱에는 살점들이 잔뜩 끼어 있었으며, 넝마가 된 셔츠는 핏물에 젖어 뻣뻣하게 굳은 상태였다. 이상한 점은 놈이 죽은 사람처럼 보였다는 사실이다.

언젠가 배리는 에콰도르에서 비밀 인질 구출 작전에 참여한 적이 있었다. 과격한 게릴라군 한 무리가 농부들을 몇 주씩 잡아둔 사건이었다. 인질 중 네 명이 초반에 이미 살해당한 상태였다. 스타스가 반란군들을 생포하는 데 성공한 뒤 배리가 사건의 전말을 조사하기 위해 생존자들 중 한 명과 함께 현장에 나갔다. 총을 맞은 네 구의 시신은 반란군이 머물고 있던 작은 나무 창고 뒤편에 버려져 있었다. 남미의 강렬한 태양 아래 3주를 보낸 그들의 얼굴 피부는 쪼글쪼글해졌고, 쩍쩍 갈라진 살점이 벗겨지며 힘줄과 뼈가 드러난 상태였다. 그는 아직도 그들의 얼굴을 또렷이 기억하고 있다. 그런데 지금 쓰러진 놈의 얼굴에서 그들의 모습이 겹쳐 보이는 것이 아닌가. 그건 틀림없이 죽은 사람의 얼굴이었다.

'게다가 한여름 도살장에서나 날 법한 냄새가 진동했단 말이야. 죽은 사람은 걸어 다니는 게 아니라고 누군가 이놈한테 알려주는 걸 깜빡하기라도 한 걸까.'

배리는 질의 얼굴에서 자신과 같은 충격과 혼란이, 눈에는 같은 의문이 담겨 있는 것을 보았다. 하지만 지금은 답을 찾을 수 없었다. 우선 크리스를 찾아 팀과 합류해야 했다.

그들은 함께 복도로 돌아가 세 개의 문을 모두 확인했다. 문손잡이를 흔들어보고 원목으로 만들어진 문을 힘껏 밀어보기도 했다. 모두가 단단히 잠겨 있었다.

'하지만 크리스가 이중 한 문으로 나갔을 텐데. 여기가 아니라면 갈 곳이 없어.'

문을 때려 부수는 것 말고는 달리 할 수 있는 일이 없었다.

"웨스커에게 보고해야 해요."

질이 말하자 배리가 고개를 끄덕였다. 혹시라도 이곳이 살인자들의 은신처라면 구체적인 공격 계획이 필요했다.

그들은 식당을 지나 다시 중앙 홀로 달려갔다. 피와 악취로 가득했던 복도를 지난 터라 정체된 공기의 퀴퀴한 냄새가 반갑기만 했다. 중앙 홀로 이어지는 문을 재빨리 통과했다. 배리는 웨스커가 이 상황을 어떻게 판단할지 궁금했다.

그 순간 배리가 우뚝 멈춰 섰다. 우아하지만 텅 빈 홀을 둘러본 그는 전혀 웃기지 않은 짓궂은 장난에 당한 것 같은 기분이 들었다.

웨스커가 사라지고 없었다.

제6장

"웨스커! 웨스커 대장!"

배리의 굵은 목소리가 차가운 방 안에 메아리쳤다.

그는 홀 뒤편 줄지어 늘어선 아치형 기둥을 향해 달려가며 질을 향해 외쳤다.

"아무 데도 가지 마!"

질이 계단으로 걸어갔다. 갑자기 어지럼증이 몰려오는 것 같았다. 처음에는 크리스가 사라지더니 이젠 대장까지. 자리를 비운 건 5분도 채 되지 않았다. 게다가 웨스커가 기다리고 있겠다고 하지 않았던가. 왜 가버린 거지? 그녀는 혹시 전투 흔적이 있는지 주변을 둘러보았다. 하지만 다 쓰고 버려진 탄창도, 핏자국도, 전투를 암시하는 그 어떤 흔적도 보이지 않았다.

배리가 거대한 계단 반대편에서 다시 나타났다. 그는 고개를 절레절레 흔들며 천천히 질의 곁으로 다가왔다. 질이 얼굴을 찌푸리며 아랫입술을 깨물었다.

"웨스커가 그것들 중 하나와 맞닥뜨린 걸까요?"

그녀의 물음에 배리가 한숨을 쉬었다.

"라쿤 경찰이 웨스커를 구출한 것 같지는 않아. 게다가 정말 문제가 생겼다면 우리도 총소리를 듣지 않았을까."

"꼭 그런 것만은 아니죠. 불시에 습격을 당해 끌려갔을 수도……."

그들은 잠시 생각에 잠겨 아무 말 없이 서 있었다. 질은 걸어 다니는 시체를 만난 것에 아직도 충격을 받은 상태지만 비교적 잘 버텨내고 있다고 생각했다. 라쿤 시티 외곽 숲 지역에는 다름 아닌 좀비 무리가 우글거리고 있었던 것이다.

'지금껏 연쇄살인마들이 등장하는 쓰레기 같은 소설들을 읽어댔는데, 사람을 뜯어먹는 좀비는 그렇게 받아들이기 힘들어?'

생각해보니 그다지 믿기 어려울 것도 없었다. 지옥에서 온 개 떼나 은밀하게 유지된 대저택의 경우도 마찬가지였다. 이것들이 실제로 존재한다는 데에는 의심의 여지가 없었다. 문제는 '대체 왜?'였다. 저택은 이 살인 사건들과 무슨 관계가 있는 걸까? 아니면 좀비들이 라쿤 숲을 점령했듯 우연히 이 저택도 차지하게 된 것일까?

'그리고 베키와 프리실라가 마지막으로 본 게 저것들이었을까?'

질은 마지막 상념을 강제로 떨쳐냈다. 지금 그 아이들을 떠올리는 건 어리석은 짓이다.

"그럼 대장을 찾으러 갈까요, 아니면 여기서 기다릴까요?"

마침내 질이 입을 열었다.

"찾으러 가자. 케네스도 여기까지 왔으니 나머지 브라보 팀원들도 이 저택 어딘가에 있을지 몰라. 이곳은 길을 잃기 쉬워. 그리고 크리스는……."

배리가 엷은 미소를 지었지만 질은 그의 눈에 담긴 근심을 읽을 수 있었다.

"크리스와 웨스커 대장은 어딘가에 있을 거야. 찾을 수 있을 거다. 둘 다 걸어 다니는 시체 몇 놈 갖고는 끄떡도 안 할 사람들이니까."

그 말과 함께 그가 조끼 주머니에 손을 넣더니 손수건에 싸인 무언가를 꺼내 질에게 건넸다. 그녀는 얇은 천에 싸인 가느다란 금속 물체를 느끼고 그것이 무엇인지 바로 알아차렸다.

"지난달에 연습하라며 나한테 줬던 공구야. 지금 상황에서는 네가 나보다 더 유용하게 쓸 테지."

질이 고개를 끄덕이며 락픽(자물쇠를 열 때 쓰는 작은 공구-옮긴이)을 받아 엉덩이에 찬 가방에 넣었다. 배리가 그녀의 '전직'에 관심을 보이기에 예전에 가지고 있던 공구에서 몇 개를 빌려준 적이 있었다. 어쩌면 쓸모가 있을지도 모른다. 가방에 넣은 작은 공구가 무언가 딱딱하고 매끄러운 표면에 닿았다.

'트렌트한테 받은 마이크로컴퓨터!'

긴박한 상황 탓에 라커룸에서의 기이한 만남을 까맣게 잊고 있었다. 그녀는 배리에게 말하려다가 트렌트의 기묘한 경고를 떠올리며 도로 입을 닫았다.

'저라면 지금 이 대화를 누구에게도 언급하지 않을 겁니다.'

엿이나 먹으라고 그래. 어차피 크리스한테도 거의 말할 뻔했잖아.

'그래서 크리스는 지금 어디에 있는 거야? 트렌트가 말한 꽤 심각한 결과가 이미 발생하지 않았다고 누가 장담할 수 있지?'

질은 자신이 무슨 생각을 하고 있는지 뒤늦게 깨닫고 웃음을 터뜨릴 뻔했다. 트렌트와의 일은 지금 이 상황과 아무 관련도 없을 것이다. 그리고 배리를 믿든 안 믿든, 적어도 트렌트를 믿을 수 없다는 것만은 확실했다. 그래도 일단은 그 일에 대해 함구하기로 결정했다. 컴퓨터 안에 어떤 내용이 담겨 있는지 확인하기 전까지는.

"흩어져야 할 것 같아. 위험한 건 알지만 최대한 많은 곳을 수색해야 하니까. 누구든 찾게 되면 다시 이리로 돌아오자고. 여기를 작전 본부로 쓰는 거야."

배리가 턱수염을 쓰다듬으며 진지한 눈으로 질을 바라보았다.

"혼자서 할 수 있겠어? 아니면 같이 찾아도 되고."

"아니, 맞는 말씀이에요. 제가 서쪽 건물을 맡겠습니다."

일반적인 경찰과 달리 스타스는 파트너와 둘씩 짝을 지어 다니는 경우가 드물었다. 그들은 위험한 상황에서 자신의 몸은 스스로 지키도록 훈련받았다.

배리가 고개를 끄덕였다.

"좋아. 난 돌아가서 아까 그 문들을 힘으로 열 수 있는지 살펴볼게. 항상 돌아 나올 문과 총알은 확보해두고…… 그리고 조심하라고."

"배리도요."

배리가 씩 웃더니 자신의 콜트 파이선을 들어 보였다.

"난 괜찮을 거야."

더 이상 나눌 말이 없었다. 질은 곧장 아까 웨스커가 열어보지 않았던, 서쪽 벽에 난 문으로 향했다. 배리는 서둘러 식당으로 돌아갔다. 문이 열렸다가 닫히는 소리가 들렸다. 이제 그녀 혼자였다.

'자, 갈 데까지 가보자고.'

푸른색으로 칠한 문이 매끄럽게 열리며 중앙 홀만큼이나 서늘하고 조용한, 작고 어두운 방이 나타났다. 실내는 온통 푸른빛이었다. 줄줄이 늘어선 조도가 낮은 레일 조명이 벽에 걸린 그림 액자들을 비췄다. 방 한가운데에는 한쪽 어깨에 항아리를 짊어지고 선 여자의 커다란 조각상이 서 있었다.

질은 문을 닫고 어두운 내부에 눈이 적응할 때까지 잠시 기다렸다. 그녀가 방금 들어온 문 맞은편에 두 개의 문이 더 있었다. 왼쪽 문은 열려 있었지만 누군가 들어오지 못하게 막아놓은 듯 앞에 작은 궤가 받쳐져 있었다. 웨스커가 그리로 갔을 가능성은 없었다.

질은 오른편 문으로 다가가 손잡이를 돌려보았지만 잠긴 상태였다. 그녀는 한숨을 쉬며 주머니에 손을 넣었다. 문득 미니디스크 단말기의 매끄럽고도 묵직한 무게감이 느껴져 잠시 망설였다.

'트렌트라는 작자가 그리도 중요하다고 말한 게 대체 뭔지나 확인해보자고.'

질은 단말기를 꺼내 잠시 살펴보고는 스위치를 눌렀다. 야구 카드 크기의 스크린이 깜빡거리며 켜졌고, 몇 번 더 누르자 작은 글씨 몇 줄이 모니터에 나타났다. 그것을 훑어보자 지역 신문에서 보았던 이름과 날짜들을 확인할 수 있었다. 트렌트는 라쿤 시티에서 벌어진 살인 및 실종 사건들을 다룬 신문 기사들과 스타스에 대한 기사 몇 건을 모아둔 모양이었다.

'딱히 새로울 건 없는데.'

질은 대체 요지가 뭘까 생각하며 내용들을 훑어보았다. 여러 건의 신문 기사 뒤에는 몇 개의 이름들이 나열되어 있었다.

윌리엄 버킨, 스티브 켈러, 마이클 디즈, 존 하위, 마틴 크랙혼, 헨리 사튼, 엘렌 스미스, 빌리 래빗슨

질이 얼굴을 찌푸렸다. 아는 이름이 하나도 없었다. 아니, 가만. 빌리 래빗슨이라는 이 사람, 혹시 크리스가 말한 친구 아닌가? 엄브렐러 사에서 일하다 실종되었다던 그 빌리? 확실치는 않았다. 크리스에게 물어봐야 했다.

'크리스를 찾을 수 있다면 말이지.'

이건 시간 낭비였다. 서둘러 다른 팀원들을 찾아나서야 했다. 그녀는 버튼을 눌러 저장된 데이터의 끝으로 가보았다. 그러자 아주 작은 선들이 모여 하나의 패턴을 이룬 그림 한 장이 나타났다. 격자무늬가 그려진, 정사각형과 직사각형이 여러 개 있었다. 그 밑에는 기묘한 단어들이 적혀 있었는데, 역시 트렌트라는 그 이상한 작자로부터 들을 법한 수수께끼 같은 메시지였다.

기사의 열쇠, 호랑이의 눈, 네 개의 문장(새 생명의 문), 동쪽-독수리/서쪽-늑대

'정말 쏙쏙 머리에 잘 들어오네. 이제 모든 걸 또렷이 알 것 같군.'

질이 속으로 비아냥거렸다. 평면도처럼 생긴 이 그림은 일종의 지도가 분명했다. 제일 큰 공간이 한가운데에 있고, 조금 작은 것이 왼쪽으로 뻗어 있었다.

질은 순간 심장이 멈추는 것 같았다. 대체 트렌트가 어떻게 알았을까? 질은 작은 화면을 뚫어져라 쳐다보았다.

그건 바로 이 저택의 1층 평면도였다. 그녀는 또 한 번 버튼을 눌렀다. 이번에 나온 그림 역시 조금 전의 것과 유사한 것으로 보아 2층 평면도가 분명했다. 평면도는 그게 끝이었지만 그 정도면 충분했다.

질이 판단하기에 스펜서 저택이 라쿤 시티에서 벌어지는 모든 사건의 핵심이라는 데에는 의심의 여지가 없었다. 그렇다면 그것은 곧 모든 해답이 이곳에 있다는 뜻이다.

///

크리스가 배에 총구를 대고 두 번 연속 방아쇠를 당기자 좀비가 신음을 흘렸다. 놈의 부패한 몸통 때문에 총소리가 훨씬 작게 들렸다. 놈이 지독한 숨을 그의 얼굴에 내뿜으며 그대로 고꾸라졌다.

크리스가 놈을 밀어냈다. 금방이라도 욕지기가 올라올 것 같았다. 그의 두 손과 총열에 끈적이는 액체가 잔뜩 묻어 뚝뚝 떨어졌다. 놈이 바닥으로 쓰러지더니 팔다리를 움찔거리며 발작을 해댔다.

크리스가 한 발 물러서서 심호흡을 하며 베레타를 조끼에 문질러 닦았다. 토하지 않기 위해 필사적으로 애썼다. 홀에서 만난 좀비는 바짝 말라 있었는데 이놈은, 이런 표현을 써도 될지 모르겠지만 싱싱했다. 곪고, 썩고, 축축했으니까.

크리스가 힘겹게 침을 삼켰다. 그러자 토하고 싶은 충동이 천천히 가라앉았다. 딱히 비위가 약한 체질도 아닌데 이 빌어먹을 냄새는 감당이 안 된다.

'정신 차려. 더 있을 수도 있다고.'

그가 방금 들어선 복도는 온통 짙은 나무로 되어 있고 빛이 약했다. 자신의 귀에서 고동치는 맥박 소리 말고는 아무 소리도 들리지 않았다. 그는 시체를 내려다보았다. 대체 이것이 무엇일까, 아니 무엇이었을까. 놈의 뜨겁고도 지독한 숨결을 얼굴에서 그대로 느꼈다. 놈들은 그저 걸어 다니는 못생긴 시체에 불과한 게 아니다.

모든 점에서 그건 좀비였다. 그를 물어뜯으려 했고, 라쿤 시티의 시민들 몇 명을 이미 먹어 삼켰다. 대원들에게 돌아가 모두 함께 빠져나간 후 지원군을 데려와야 했다. 이 상황을 감당하기에는 화력이 턱없이 부족했다.

크리스는 끈적거리는 총에서 다 쓴 탄창을 빼내고 빠르게 재장전했다. 이제 겨우 열다섯 발 남았다. 가슴이 답답했다. 수렵용 긴 칼이 한 자루 있었지만 칼 하나로 좀비들과 맞설 생각을 하니 막막해졌다.

왼쪽에 평범해 보이는 문이 하나 있었지만, 손잡이를 돌려보니 잠겨 있었다. 눈을 가늘게 뜨고 열쇠 끼우는 곳을 살펴보았다. 갑옷처럼 생긴 무늬가 새겨져 있었다. 놀랍지도 않았다. 처음엔 검 문양이더니 이제는 갑옷까지, 분명 무언가가 있었다.

크리스는 넓은 복도를 따라 움직이며 주변 소리에 귀를 기울였고, 코로 몇 차례 숨을 깊이 들이쉬었다. 하지만 조끼와 양손에 묻은 끈적거리는 점액의 악취 때문에 주변에 놈들이 있는지 없는지 도통 파악할 수가 없었다. 그래도 놈들과 맞닥뜨리지 않으려면 방법은 그것뿐이었다.

복도가 왼쪽으로 꺾이며 이어지자 그는 베레타를 겨눈 채 재빨리 모퉁이를 돌았다. 천장을 지지하는 기둥 때문에 시야가 부분적으로 가려졌지만 한 남자의 등을 볼 수 있었다. 잔뜩 굽은 어깨와 얼룩진 옷차림으로 보아 놈들 중 하나가 분명했다.

크리스는 놈을 정확히 겨냥하기 위해 재빨리 오른쪽으로 붙었다. 놈과의 거리는 약 10미터, 총알을 낭비하고 싶은 생각은 없었다. 그때 딱딱한 나무 바닥에 부딪힌 크리스의 신발 소리에 놈이 휘청거리며 천천히 몸을 돌렸다. 움직임이 너무도 느린 나머지 크리스는 잠시 머뭇거리며 놈이 움직이는 모습을 지켜보았다.

크리스를 향해 비틀거리며 맹목적으로 다가오는 놈의 피부는 얇은 점액층에 감싸인 듯 번들거렸고 흐릿한 빛이 반사되었다. 놈이 천천히 두 팔을 들어 올리자, 머리카락이 다 빠져버린 창백한 머리통이 야윈 목 위에서 불안하게 흔들렸다. 놈은 계속해서 다가왔다.

크리스가 왼쪽으로 한 걸음 피하자 좀비도 방향을 틀었다. 그리고 느린 걸음으로 거리를 좁혀왔다.

'영화랑 똑같군. 위험하지만 멍청해. 따돌리기도 쉽고.'

궁지에 몰릴 경우를 대비해 총알을 아껴야 했다. 홀 끝에 계단이 있었다. 크리스는 숨을 들이쉬며 마음의 준비를 했다. 그러고는 움직일 공간을 확보하기 위해 한 걸음 뒤로 물러섰다.

그 순간 바로 뒤에서 헐떡이는 듯한 신음 소리가 들리고, 새로운 악취가 밀려오며 그의 후각을 자극했다. 크리스는 재빨리 몸을 돌렸다. 놈을 눈으로 확인하기도 전에 불길한 예감이 그를 덮쳤다.

아까 배에 총을 맞고 쓰러졌던 그 좀비가 고작 몇 미터 떨어진 곳에서 그를 향해 다가오고 있었다. 놈은 파열된 뱃가죽에서 썩어 버린 내장을 흘리면서도 크리스를 향해 손을 뻗었다. 놈이 죽었는지 확인하지도 않았고 놈을 죽이지도 못했다. 이제 그 멍청한 행동 때문에 꼼짝없이 죽게 생겼다.

'이런 제길!'

크리스는 재빨리 두 놈을 피해 복도를 따라 달렸다. 달리는 내내 스스로를 원망했다. 굵은 기둥을 지나 계단에 다다랐다고 생각한 순간, 크리스는 그 자리에 우뚝 멈춰 서고 말았다. 계단 꼭대기에서 무언가가 그를 기다리고 있었다. 너덜너덜한 행색의 좀비를 확인한 순간, 크리스는 총을 들어 올리며 방향을 틀 수밖에 없었다. 굶주린 듯 어기적거리며 자신을 향해 다가오고 있는 좀비들을 향해서.

그때 계단 밑 어둠 속에서 그르렁대는 소리와 함께 나무 긁는 소리가 들려왔다. 한 놈이 더 있다! 그는 꼼짝없이 포위되고 말았다. 놈들을 한꺼번에 상대할 방법이 없었다.

'문!'

계단 옆면에 나 있는 문이 눈에 들어왔다. 하마터면 그림자에 가려져 못 보고 지나칠 뻔했다. 크리스는 있는 힘껏 달려가 문손잡이를 잡았다. 그를 둘러싼 놈들이 포위망을 좁혀오는 가운데 그는 문이 열리기만을 기도했다.

문이 잠겼다면 그는 죽은 목숨이었다.

///

레베카 체임버스에게 지금보다 더 무서운 순간은 없었다. 길지 않은 18년이라는 인생을 통틀어 단 한 번도. 마치 영원처럼 길게 느껴지는 순간 속에서 그녀는 부패한 살점들이 문을 스치며 내는 작은 소리를 들어야만 했다. 수단과 방법을 짜내려 필사적으로 노력했지만 시간이 흐르면서 두려움만 커져갔다. 문에는 잠금장치가 없었고, 이 저택으로 달려오면서 권총을 잃어버렸다. 이 작은 창고에는 다양한 화학약품과 종이 뭉치가 잔뜩 쌓여 있었지만 반쯤 남은 살충제 스프레이 한 통을 빼고는 무기로 쓸 만한 것이 하나도 없었다.

창고 문 뒤에 서 있는 레베카가 손에 쥔 것은 바로 그 스프레이였다. 놈들이 마침내 문손잡이 돌리는 방법을 알아낸다면, 그것을 놈들의 눈에 뿌린 뒤 줄행랑을 칠 작정이었다.

'놈들이 배꼽 빠지게 웃는 틈을 타 빠져나갈 수 있을지도 모르지. 세상에, 살충제라니. 이렇게 훌륭한 무기가 또 있을까.'

어딘가 가까운 곳에서 총성을 들었지만 이제는 더 이상 들리지 않았다. 팀원 중 한 명이 아닐까 하는 그녀의 바람은 시간이 흐르면서 점점 사그라졌다. 그렇게 혼자 남았다는 절망에 빠지려던 찰나 벌컥 문이 열리더니 누군가가 숨을 헐떡이며 안으로 뛰어들었다.

레베카는 주저하지 않고 냅다 앞으로 달려들어 살충제를 뿌렸다. 살충제가 구름처럼 퍼지며 놈의 얼굴을 덮었다. 지금이야! 그녀가 달아나기 위해 몸에 잔뜩 힘을 준 순간, 놈이 비명을 지르며 풀썩 문을 향해 쓰러지자 문이 그대로 쾅 닫혔다. 놈이 괴롭다는 듯 더듬거리며 눈을 문질렀다.

가만, 그건 놈들이 아니었다. 레베카가 공격한 것은 알파 팀원 중 한 명이었다.

"이런, 맙소사!"

레베카가 구급상자를 뒤지기 시작했다. 스타스의 일원을 만났다는 데서 오는 안도감과 창피함이 동시에 몰려들었다.

그녀는 허둥지둥 깨끗한 천과 작은 물병을 꺼내 그에게 다가갔다.

"눈을 감고 있어요. 문지르지 말고요."

알파 팀 대원이 두 손을 내리자 얼굴이 벌겋게 변해 있었다. 그제야 그가 누구인지 알아볼 수 있었다. 크리스 레드필드, 그녀의 선배이자 하필이면 스타스 대원들 중에서도 가장 잘생긴 사람. 레베카는 얼굴이 달아오르는 것을 느꼈다. 그리고 지금 그가 그녀를 볼 수 없다는 사실이 갑자기 반가웠다.

'잘하는 짓이다, 레베카. 첫 작전에서 강한 인상을 남길 수 있는 방법으로 이보다 좋은 게 없지. 총도 잃어버려, 길도 잃어버려, 팀원의 눈도 멀게 해······.'

레베카는 크리스를 구석에 있는 작은 간이침대로 데려가 앉힌 후 배운 대로 그의 눈을 응급처치하기 시작했다.

"머리를 뒤로 젖히세요. 조금 따갑겠지만 그냥 물이에요. 괜찮죠?"

그녀가 물에 적신 천으로 크리스의 눈을 가볍게 눌러 닦았다. 더 독한 살충제를 뿌리지 않은 게 다행이었다.

"대체 뭘 뿌린 거야?"

그가 빠르게 눈을 깜빡이며 물었다. 눈물과 물이 뒤섞여 얼굴 위로 줄줄 흘러내렸지만 다행히 심한 부상은 아닌 것 같았다.

"음, 살충제요. 상표는 떨어지고 없지만 주성분은 아마 페르메트린일 거예요. 자극성이 있긴 하지만 약효가 그리 오래 가진 않아요. 총을 잃어버렸어요. 당신이 뛰어 들어올 때 놈들인 줄 알았어요. 물론 놈들은 아직 문을 여는 방법을 알아내지 못했지만요. 그리고 앞으로도 아마……."

레베카는 자신이 횡설수설하고 있음을 깨닫고 입을 다물었다. 응급처치를 멈추고 뒤로 물러서자 크리스가 얼굴을 대충 닦아내고는 잔뜩 충혈된 눈으로 그녀를 올려다보았다.

"레베카 체임버스, 맞지?"

그녀가 잔뜩 기죽은 얼굴로 고개를 끄덕였다.

"네, 맞아요. 정말 죄송해요."

"괜찮아. 그건 그렇고, 꽤 괜찮은 무기인걸."

크리스가 씩 웃으며 대답했다.

그가 자리에서 일어나 얼굴을 찌푸린 채 작은 창고를 둘러보았다. 서류 뭉치로 가득 찬 열린 트렁크 하나, 대부분 이름표가 붙지 않은 화학약품 병이 늘어선 선반, 간이침대 하나, 책상 하나. 무기로 쓸 만한 것을 찾기 위해 레베카가 이미 다 훑어본 모양이었다.

"나머지 팀원들은?"

그의 물음에 레베카가 고개를 저었다.

"모르겠어요. 헬기에 무슨 문제가 생겨서 착륙을 했는데, 산짐승의 공격을 받았어요. 개처럼 생겼는데. 공격을 받자마자 엔리코가 도망치라고 했어요."

레베카가 어깨를 으쓱이며 대답했다. 마치 아무것도 모르는 열두 살로 돌아간 것 같았다.

"숲 속에서 방향을 돌려 정신없이 달리다 보니 저택 현관 앞이었어요. 누군가 문을 부쉈는지, 문이 열려 있었고요."

레베카는 크리스의 강렬한 눈빛을 피했고 말소리가 잦아들었다. 나머지는 말하지 않아도 뻔했다. 무기가 없었고, 길을 잃었으니 이곳에 숨어든 것이다. 누가 봐도 딱한 모습이었다.

"이봐, 다른 방도가 없었잖아. 엔리코가 도망치라고 명령해서 도망쳤고, 넌 그저 명령을 따른 것뿐이야. 저 밖에는 괴물들, 좀비들…… 사방에 놈들이 널려 있어. 나 역시 길을 잃었고, 나머지 알파 팀원들은 어디 있는지도 몰라. 지금까지 무사한 것만으로도……."

그때 놈들 중 한 놈이 낮고 구슬프게 울부짖었고 크리스는 입을 다물었다. 그의 표정은 침울했다. 레베카가 부르르 몸을 떨었다.

"그럼 이제 어떻게 하죠?"

"다른 사람들을 찾아야지. 그리고 함께 여기서 나갈 길을 알아내야 해. 문제는 레베카는 총이 없고 나는 총알이 거의 다 떨어졌다는 거지."

크리스가 한숨을 쉬며 자신의 권총을 내려다보았다.

그러자 레베카가 환한 표정을 지으며 엉덩이에 차고 있던 가방에 손을 넣었다. 그녀는 꽉 찬 탄창 두 개를 꺼내 그에게 건넸다. 그에게 뭐라도 줄 것이 있어 무척 기뻤다.

"아! 그리고 책상 위에서 이걸 찾았어요."

레베카는 검이 그려진 은색 열쇠 하나를 내밀었다. 무슨 열쇠인지는 모르지만 쓸모가 있을지도 모르겠다고 생각했다. 크리스는 열쇠를 유심히 살핀 뒤 주머니에 넣었다. 그는 열린 트렁크로 다가가 그곳에 쌓인 종이 뭉치를 내려다보았다. 크리스는 얼굴을 찡그린 채 그것들을 대강 넘겨보았다.

"생화학을 전공했지? 혹시 이거 읽어봤어?"

레베카가 그의 곁으로 다가와 고개를 흔들었다.

"아뇨. 문만 보고 있느라 바빴거든요."

크리스가 종이를 넘겨주자 레베카가 재빨리 훑어보았다. 거기에는 신경전달물질과 성분 지표가 적혀 있었다.

"두뇌 화학에 관한 거예요. 하지만 수치가 완전 엉망인데요. 세로토닌과 노르에피네프린 수치가 너무 낮은데. 여길 좀 보세요. 도파민 수치가 말도 안 되게 높다고요. 이렇게 되면 정신분열증이……."

레베카는 크리스의 얼굴에 나타난 어리둥절한 표정을 보고는 미소를 지었다. 열여덟 살에 대학교를 졸업한 영재이다 보니 자신의 말에 상대방이 그런 반응을 보이는 경우가 종종 있었다. 졸업 직후 스타스에서는 그녀를 채용하면서 그녀가 최종적으로 연구하고 싶어 하는 분자생물학에 집중할 수 있도록 연구원 한 팀과 그녀만의 실험실을 제공하겠다고 약속했었다. 물론, 기본 훈련을 모두 마치고 약간의 실무 경험을 쌓은 뒤에 말이다. 다른 곳 어디에서도 머리 좋은 꼬마 한 명을 고용하는 데 그 정도로 적극적인 관심을 보이지 않았다.

그때 문에서 쿵 하는 소리가 들렸고 그녀의 미소가 사라졌다. 안 그래도 지금 제대로 된 실무 경험을 충분히 쌓는 중이었다.

크리스는 주머니에서 검 모양이 그려진 열쇠를 도로 꺼낸 뒤 진지한 얼굴로 그녀를 보았다.

"열쇠 구멍 위에 검 문양이 그려진 문을 지나쳐왔어. 지금 가서 이 열쇠로 열어보고 혹시 그곳이 중앙 홀로 이어지는지 확인해볼게. 레베카는 여기 남아서 이 파일들을 살펴봐. 뭔가 쓸모 있는 게 있을지도 몰라."

그녀의 망설임이 얼굴 표정에 그대로 드러났다. 크리스는 부드럽게 미소 지으며 다시 입을 열었다. 그의 목소리는 그녀를 안심시키려는 듯 낮고 부드러웠다.

"레베카 덕분에 총알도 충분하잖아. 오래 걸리지 않을 거야."

그녀가 마음을 진정시키려 애쓰면서 고개를 끄덕였다. 물론 겁은 났지만 그런 모습을 보인다고 상황이 나아질 리 없었다. 아마 그 역시 두려울 것이다.

크리스가 문으로 다가가며 말을 이었다.

"라쿤 경찰이 금세 도착할 테니까, 혹시라도 내가 돌아오지 않거든 여기서 계속 기다려."

그가 권총을 들어 올리고는 다른 손으로 문손잡이를 잡았다.

"자, 준비해. 내가 나가자마자 저 트렁크를 문 앞에 옮겨놔. 돌아오면 밖에서 소리칠 테니 바로 문 열어주고."

레베카가 다시 고개를 끄덕이며 미소를 지었다. 크리스는 문을 열고 양쪽을 살핀 뒤 밖으로 나섰다. 레베카는 문을 닫고 그대로 문에 기댄 채 귀를 기울였다. 잠시 침묵이 흐른 뒤 그다지 멀지 않은 곳에서 총성이 들려왔다. 다섯 발, 아니면 여섯 발. 그러고는 아무 소리도 나지 않았다.

몇 분 뒤 그녀는 트렁크를 밀어 문을 막았다. 필요한 경우 쉽게 치울 수 있도록 경첩 앞쪽으로 절반만 가렸다. 레베카는 그 앞에 무릎을 꿇고 앉아 생각을 가다듬으며 서류 뭉치를 집어 들었다. 끔찍한 곳에 내던져진 초짜 애송이가 된 기분을 애써 떨쳐내면서.

레베카는 한숨을 내쉬며 서류를 펼쳐 읽기 시작했다.

제7장

잠금장치를 여는 건 식은 죽 먹기였다. 한 줄로 이어진 평평한 회전식 장치 세 개. 이거라면 클립 두 개만으로도 금방 열었을 것이다. 지도에 따르면 그 문은 긴 복도로 이어져야 한다.

그럼 그렇지. 질은 컴퓨터 스크린을 오랫동안 바라보고는 다시 가방에 넣었다. 복도 서너 개를 통과하고 방 몇 개를 지나면 저택을 나가는 출구가 하나 더 있는 것으로 보였다. 가는 길에 웨스커와 다른 대원들도 찾아보고, 동시에 탈출로를 확보할 수 있을 것 같았다. 질은 장전된 베레타를 들고 좁은 복도로 들어섰다.

그곳은 기이함의 완벽한 예였다. 복도 자체는 특이할 게 없었다. 좁은 통로용 양탄자와 벽지는 기본적인 황갈색과 갈색으로 이루어져 있었고, 넓은 창문으로는 오직 바깥의 어둠만이 비쳤다. 하지만 벽 앞에 늘어선 전시용 수납장들은 이야기가 달랐다.

수납장은 총 세 개가 있는데, 그 위에는 각각 작은 램프와 함께 하얗게 표백된 인간의 뼈가 진열되어 있었고, 그 사이사이에는 용도를 알 수 없는 작은 물건들이 함께 늘어서 있었다. 질은 그 앞을 따라 걸으며 이 기이한 광경 앞에 잠깐씩 멈춰 섰다. 두개골, 팔과 다리 뼈, 손뼈와 발뼈. 적어도 세 쌍의 해골이 거기에 있었고, 송송 구멍이 뚫린 그 창백한 뼈 사이에는 깃털, 진흙으로 빚은 구슬, 울퉁불퉁하게 뒤틀린 가죽 조각 같은 것들이 놓여 있었다.

질은 가죽 조각 하나를 집어 들었다가 재빨리 내려놓고는 바지에 손을 쓱쓱 문질렀다. 확실치는 않았지만 햇볕에 그을린 사람의 피부를 소금에 절여놓았다면 꼭 이런 느낌이 날 것 같았다. 뻣뻣하고 조금은 기름진…….

그 순간, 그녀 바로 뒤의 창문이 폭발하듯 안쪽을 향해 깨졌다. 그리고 유연한 근육질의 생명체 하나가 복도로 뛰어들더니 으르렁거리며 그녀를 향해 달려들었다. 돌연변이 개들 중 하나였다. 놈의 눈은 피처럼 붉었다. 질을 향해 달려드는 놈의 이빨은 산산조각 난 창틀에서 떨어지고 있는 날카로운 유리 조각만큼이나 위험해 보였다.

두 개의 수납장 사이에 낀 채 질이 총을 발사했지만 각도가 맞지 않았다. 발포된 총알이 그녀의 발치에서 마룻바닥에 상흔을 내며 튀었고, 놈은 목 깊숙한 곳에서 그르렁거리는 소리를 내며 그녀를 향해 뛰어올랐다.

놈이 질의 허벅지에 강하게 부딪쳐오는 바람에 그녀는 벽 쪽으로 나가떨어졌다. 놈은 이빨을 부딪치며 그녀를 물어뜯기 위해 안간힘을 썼다. 썩은 고기 냄새가 질을 덮쳤고, 그녀는 자신이 두려움과 역겨움에 몸서리치고 있다는 사실도 알지 못한 채 총을 쏘고 또 쏘았다. 놈의 괴성은 죽어가는 개가 내지르는 비명만큼이나 본능적이고 원시적이었다.

다섯 번째로 발사된 총알이 놈의 몸통에 박히며 마침내 나가떨어졌다. 놈은 강아지처럼 낑낑거리더니 바닥에 쓰러졌고, 검붉은 피가 황갈색 카펫 위로 퍼져 나갔다.

질은 떨리는 숨을 가까스로 들이쉬며 움직이지 않는 개를 향해 총을 겨눈 채 그대로 서 있었다. 놈의 팔다리가 잠시 경련을 일으키더니 거대한 앞발이 붉게 젖은 바닥을 몇 차례 긁고는 이내 조용해졌다. 그것이 죽기 직전의 경련, 육체에서 생명이 빠져나가는 징후임을 확인한 질은 긴장을 풀었다. 허벅지에는 멍이 들겠지만 다행히 놈은 죽었다.

질은 눈을 가린 앞머리를 쓸어 넘기고는 그 옆에 쭈그리고 앉아 기괴하게 노출된 근육 조직과 거대한 턱뼈를 살펴보았다. 숲 속에서 도망칠 때는 너무 어둡고 정신이 없어 조셉을 죽인 놈들을 자세히 보지 못했다. 하지만 복도의 밝은 빛 속에서 보니 그녀의 처음 생각이 틀리지 않았다는 걸 알 수 있었다. 놈은 마치 피부를 벗겨놓은 개를 연상케 했다.

그녀는 자리에서 일어나 줄지어 늘어선 창문들을 경계하며 뒤로 물러섰다. 바깥에 도사리고 있는 위험한 괴물들을 방어하는 데 저 창들은 아무런 도움도 되지 않는 게 분명했다. 복도는 왼쪽으로 급격히 꺾였고, 그녀는 벽을 장식한 괴이한 전시품 몇 개를 더 지나쳐 서둘러 이동했다.

긴 복도 끝에 설치된 문은 열려 있었고, 다시 또 하나의 복도로 이어졌다. 이곳은 조명이 밝지 않았지만 적어도 조금 전 그곳만큼 소름 끼치지는 않았다. 차분한 분위기의 회녹색 벽에는 평범한 풍경과 고요한 경관이 담긴 그림이 몇 점 걸려 있었고, 사람의 뼈 같은 이상한 물건은 보이지 않았다.

오른쪽으로 난 첫 번째 문은 잠겨 있었고, 열쇠 구멍에 갑옷 문양이 새겨져 있었다. 질은 컴퓨터에서 본, 기사의 열쇠 어쩌고 하는 구절을 떠올렸지만 일단 지금은 그 생각을 접어두기로 했다. 트렌트가 준 지도에 의하면 그 문 반대편에 방이 하나 있는데 다른 곳으로 이어지지 않는 고립된 곳이었다. 게다가 웨스커가 이쪽으로 왔다면 굳이 지나간 뒤 문을 잠그지는 않았을 것이다.

'그렇지만 크리스도 일부러 사라지지는 않았을 거 아니야. 이곳에서는 어떤 것도 지레짐작하지 말자.'

다음으로 열어본 문 뒤에는 천장에서 돌아가는 커다란 실링팬과 발이 네 개 달린 구식 욕조까지, 고풍스러운 분위기의 작은 욕실이 나왔다. 최근에 사용된 흔적은 없었다.

질은 이 작고 갑갑한 곳에 잠시 서서 깊이 숨을 들이쉬었다. 복도에서 돌연변이 개를 맞닥뜨리고 아드레날린이 급격히 솟구친 이후 아직 그 여파가 남아 있었다. 그녀는 자라면서 위험을 즐기는 법을 배웠다. 연장 몇 개와 자신의 기지만을 동원해 낯선 곳을 몰래 드나들면서 느끼는 짜릿한 쾌감. 스타스에 들어온 이후 그 어렸던 날의 치기와 흥분은 지원군과 총이라는 현실에 밀려 조금씩 사라졌다. 그런데 그 쾌감이 다시 돌아왔다. 예상치는 못했지만 그렇다고 달갑지 않은 것은 아니었다. 죽음에 직면했다가 무사히 목숨을 건졌을 때 만끽하는 단순한 쾌감을 느끼지 않았다고 스스로를 속일 수는 없었다. 솔직히 말해 기분이 좋았다. 살아 있는 것 같았다.

'그렇다고 벌써부터 파티를 벌이지는 말자고. 이 지옥 같은 곳에서 스타스 대원들이 산 채로 잡아먹히고 있다는 걸 잊은 거야?'

그녀의 머릿속에서 비꼬는 목소리가 들려왔다.

질은 조용한 복도로 다시 나가 또 하나의 모퉁이를 조심스레 돌았다. 배리는 크리스를 찾았는지, 혹시 둘 중 누군가 브라보 팀원들을 찾진 않았는지 궁금했다. 지도가 있으니 남들보다 유리하다는 생각도 들었다. 그래서 움직이는 김에 탈출 가능성이 있는 출구도 찾아본 다음 중앙 홀로 돌아가 배리를 기다리기로 했다. 트렌트의 컴퓨터에 담긴 정보가 있으니 둘이 힘을 합치면 더 빠르고 철저하게 수색할 수 있을 것이다.

복도 끝에는 서로 마주보는 두 개의 문이 있었고 오른쪽 문이 그녀가 원하는 쪽이었다. 손잡이를 돌리자 반갑게도 빗장이 돌아가며 찰칵, 소리가 들렸다.

어두운 복도로 들어서자 좀비 한 놈이 눈에 들어왔다. 3미터 남짓한 곳, 문 옆에 거대하고 창백한 그림자 하나가 서 있었다. 그녀가 무기를 들어 올리자 놈이 다 썩어버린 입술에서 굶주림에 찬 낮은 신음을 흘리며 그녀를 향해 다가오기 시작했다. 팔 하나는 옆구리에서 힘없이 흔들리고 있었다. 어깨뼈가 부러진 채 돌출되어 있는 것이 보이는데도 놈은 부패한 주먹을 쥐었다 폈다를 반복했다. 또 다른 팔은 그녀를 향해 뻗어 있었다.

'머리, 머리를 겨냥해.'

차가운 어둠 속에서 총소리는 놀라울 정도로 컸다. 첫 발이 놈의 왼쪽 귀를 날리고, 두 번째와 세 번째 총알이 눈썹 바로 위 파리한 두개골에 구멍을 냈다. 검붉은 액체가 피부가 벗겨진 얼굴에서 흘러나와 무릎으로 줄줄 떨어졌다. 생기라고는 전혀 없는 두 눈동자가 뒤로 넘어가 보이지 않았다.

복도 끝, 오른쪽의 그림자 속에서 발을 질질 끄는 소리가 들려왔다. 그녀가 가고자 하는 곳이었다. 질은 어둠 속에서 총을 겨눈 채 그것이 더 가까이 다가오기를 기다렸다. 그녀의 온몸이 긴장으로 팽팽히 당겨졌다.

'도대체 몇 놈이나 있는 거야?'

좀비가 모퉁이를 돌아 모습을 드러내자 그녀가 방아쇠를 당겼다. 땀이 흥건한 손 안에서 베레타가 가볍게 튕겼다. 두 번째 총알이 놈의 오른쪽 눈알을 꿰뚫자, 놈이 어둡고 매끄러운 마룻바닥 위로 쓰러졌다. 터진 눈알에서 나온, 끈적끈적한 액체가 뼈만 남은 얼굴 곳곳에 튀었다.

질은 여전히 그 자리에서 기다렸지만 죽은 놈들의 시체 주변에서 서서히 퍼져 나가는 피 웅덩이 말고는 움직이는 것이 없었다. 그녀는 악취를 피하기 위해 입으로 숨을 쉬면서 서둘러 복도 끝으로 움직여 오른쪽 모퉁이를 돌았다. 질은 지체 없이 짧고 좁은 통로를 지나 마침내 막다른 골목의 녹이 슨 금속 문 앞에 섰다.

문이 삐거덕 소리와 함께 열리자 신선한 공기가 훅 밀려들었다. 시체 안치소 같은 서늘한 저택 내부에서 느끼는 바깥 공기는 따뜻하고 상쾌했다. 질은 밤공기 속에서 매미와 귀뚜라미 소리를 들으며 자기도 모르게 씩 미소를 지었다. 출구를 찾기 위한 마지막 여정에 이른 것이다. 아직 완전히 밖으로 나간 것은 아니지만 숲의 냄새와 소리만으로도 이제 거의 다 됐다는 안도감과 성취감을 느꼈다.

'뒷문까지 안전한 길을 확보했어. 우선 북쪽으로 이동하고 벌목용 도로로 나간 다음 바리케이드까지 걸어가면 되겠지.'

질은 천장이 덮인 보도로 나섰다. 높은 콘크리트 벽에 둘러싸인 녹색 모자이크 돌바닥이었다. 천장 근처에 간간이 작은 구멍이 나 있어 그 사이로 엷은 소나무 향기가 섞인 산들바람이 흘러들었다. 아치 모양의 구멍마다 담쟁이덩굴이 길게 자라 바깥 풍경을 떠올리게 했다. 그녀는 어두침침한 통로를 빠르게 지났다. 지도에 의하면 이 끝에는 방이 하나 있고, 오른쪽으로는 아마 보관 창고가 있을 것이다.

모퉁이를 돈 질은 육중한 금속 문 앞에 섰다. 반사적으로 손잡이에 손을 댄 그녀의 얼굴에서 미소가 사라졌다. 열쇠 구멍이 막혀 있었던 것이다. 앞에 쭈그려 앉아 작은 구멍을 쑤셔보았지만 소용없었다. 누군가 에폭시 수지로 열쇠 구멍을 완전히 틀어막아 버렸다.

질이 다시 한 번 문을 살폈다. 그러자 문의 왼쪽 금속판 위에 뚫린 구멍이 눈에 들어왔다. 육각형 모양으로 된 네 개의 구멍은 주먹 크기만 했고, 가는 선으로 이어져 있었다. 질은 손전등이 있다면 얼마나 좋을까, 생각하며 그 아래 새겨진 문구를 보기 위해 눈을 찡그렸다. 그리고 새겨진 글자에 덮인 먼지를 손으로 문지르며 글을 읽어내려 갔다.

태양이 서쪽으로 지고, 달이 동쪽에서 뜰 때, 별은 하늘에 나타나기 시작할 것이고, 바람은 땅을 향해 불어올 것이다. 그때 새로운 생명의 문이 열릴 것이다.

질이 눈을 깜빡였다. 네 개의 구멍이라…….

'컴퓨터에 있던 글귀! 네 개의 문장(紋章, 특정 단체나 가문을 나타내는 상징적인 마크로 그림이나 문자로 되어 있다-옮긴이), 그리고 새 생명의 문 이야기도 있었지. 그게 잠금장치를 여는 암호의 조합이구나. 네 개의 문장을 끼워라, 그러면 문이 열린다. 하지만 그건 곧 네 개의 문장을 먼저 찾아야 한다는 뜻이잖아.'

문을 밀어본 질은 마지막 남은 희망이 사라지는 것을 느꼈다. 문은 꿈쩍도 하지 않았다. 꼼짝없이 다른 길을 찾아야만 했다. 물론 문장을 찾을 수 있다면 이야기가 달라지겠지만 이런 곳이라면 몇 년이 걸릴지 알 수 없었다.

그때 멀리서 짐승 한 마리가 우는 소리가 들리자 곧 저택 근처에 있는 개들이 메아리처럼 울부짖었다. 그 기이한 하울링이 숲 속의 적막을 깼다. 밖에 최소한 수십 마리는 있는 게 분명했다. 돌연 질은 이 길로 탈출하는 것이 그다지 좋은 생각이 아니라는 사실을 깨달았다. 총알이 부족했고, 복도마다 다음 끼니를 찾기 위해 굶주림 속에서 어기적거리며 돌아다니는 좀비들로 가득했다.

질은 무겁게 한숨을 내쉰 뒤 다시 안으로 발걸음을 돌렸다. 앞으로 닥쳐올 차가운 죽음의 냄새가 두려웠다. 하지만 모퉁이마다 기다리고 있을 위험에 맞서기 위해 자신을 추스르려 애썼다.

스타스 대원 모두 꼼짝없이 갇힌 신세였다.

///

크리스는 총알을 아껴야 했기에 창고에서 나오자마자 전속력으로 어두운 복도를 달리기 시작했다. 그의 군화가 마룻바닥에 부딪히며 요란한 소리를 냈다.

여전히 세 놈뿐이었고 모두가 계단 근처에 모여 있었다. 크리스는 놈들을 피해 재빨리 움직였다. 그는 복도의 모퉁이를 돌아 다른 복도로 이어지는 문에 다다르자마자 몸을 돌려 전형적인 사격 자세를 취했다. 권총을 쥔 손목을 다른 손으로 받치고 손가락은 방아쇠 위에 얹었다.

좀비들이 신음 소리와 함께 비틀비틀 모퉁이를 돌아 하나씩 모습을 드러냈다. 크리스는 숨을 가다듬고 정신을 집중한 뒤 신중하게 표적을 겨냥했다.

그런 다음 방아쇠를 당겨, 처음 두 발을 첫 번째 놈의 뭉그러진 코에 맞혔다. 이어서 세 번째 총알이 다른 놈의 이마를 꿰뚫고 나무로 된 뒷벽에 박히자 질척한 점액이 잔뜩 튀었다.

두 놈이 쓰러지기도 전에 크리스는 세 번째 좀비를 겨냥했다. 두 번의 총성이 더 울리고 마지막 남은 좀비의 눈썹이 안으로 무너져 들어가더니 그대로 풀썩 고꾸라졌다.

크리스는 만족해하며 베레타를 내렸다. 그는 스타스에서도 뛰어난 명사수였고 상도 두어 번 수상했다. 정확히 조준할 시간만 주어진다면 꽤 훌륭한 결과를 낼 수 있다는 사실을 다시 한 번 확인한 것이다. 하지만 빠르게 총을 뽑아 사격하는 건 그의 전공이 아니라, 배리의 특기였다.

크리스는 등 뒤에 있는 문을 조심스럽게 열었다. 긴박한 상황을 상기하자 다시 움직임이 빨라졌다. 알파 팀 대원들 모두 자기 목숨은 스스로 지킬 수 있는 사람들이다. 그건 크리스 자신도 마찬가지였다. 하지만 레베카에게는 이번이 첫 번째 임무였고, 지금은 총마저 분실한 상태였다. 일단 그녀부터 무사히 탈출시켜야 했다.

그는 녹색 벽지를 바른 복도의 따뜻한 빛 속으로 다시 들어가 재빨리 양쪽 방향을 확인했다. 정면에 보이는 복도는 어두운 그림자에 가려져 안전한지 그렇지 않은지 알 길이 없었다.

오른쪽으로는 검 무늬가 새겨진 문이 있었고, 그가 처음으로 처리한 좀비가 아직도 바닥에 널브러져 있었다. 놈이 움직이지 않는다는 사실이 고마웠다. 영화와 마찬가지로 좀비를 죽이는 가장 확실한 방법은 머리를 쏘는 것이 분명했다.

크리스는 검이 새겨진 문을 향해 조심스레 다가가 권총으로 왼쪽, 오른쪽, 다시 왼쪽을 겨냥했다. 불의의 습격은 이제 사절이다. 그는 문 반대편의 작은 샛길도 살피고 그곳이 안전하다는 걸 확인한 뒤, 작은 열쇠를 구멍 안에 넣었다.

열쇠는 부드럽게 돌아갔다. 크리스는 복도보다 조금 더 밝은 작은 침실 안으로 들어섰다. 한쪽 구석에 놓인 책상 위에 밝은 등이 하나 켜 있었다. 일단은 안전해 보였다. 좁은 간이침대 밑 혹은 책상 맞은편 벽장 속에 무언가 숨어 있지만 않다면.

크리스는 몸을 떨며 문을 닫았다. 모든 아이가 어릴 때 처음으로 갖는 두려움과 다르지 않았다. 벽장 속의 괴물이나 침대 밑에 사는 괴물, 아무것도 모르는 아이가 무심코 다가올 때까지 기다렸다가 발목을 확 잡아채는…….

'세상에, 도대체 지금 몇 살이냐.'

크리스는 두려움을 떨쳐냈다. 유아적인 상상력에 스스로도 창피함을 느끼면서. 그는 천천히 방 안을 살피며 도움이 될 만한 것을 찾았다. 다른 문도 없고, 중앙 홀로 돌아가는 길도 보이지 않았다. 하지만 레베카를 위해 살충제 스프레이보다 나은 무기를 찾을 수 있을지도 모른다.

방 안에는 오크나무로 된 탁자와 책장, 이불을 정리하지 않은 간이침대와 책상이 하나 있었다. 그것이 전부였다. 그는 재빨리 책들을 훑어본 뒤 침대 발치를 돌아 책상으로 다가갔다. 책상 램프 옆에 얇은 노트 한 권이 놓여 있었다. 겉표지가 천으로 싸여 있고 제목도 없는 것으로 보아 일기장 같았다. 책상 위는 먼지가 쌓여 있었지만 일기장은 최근에 손길이 닿은 흔적이 있었다.

호기심이 생긴 크리스는 그것을 집어 들어 마지막 몇 장을 넘겨보았다. 무슨 일이 벌어지고 있는지 그에 대한 단서를 찾을 수 있지 않을까. 그는 침대 가장자리에 앉아 일기장을 읽기 시작했다.

1998년 5월 9일

보안팀의 스캇과 앨리어스, 연구팀의 스티브와 함께 포커를 쳤다. 스티브가 크게 땄는데 속임수를 쓴 것 같다. 나쁜 놈.

크리스는 피식 웃음이 나왔다. 하지만 다음 날짜로 넘어가자 그의 미소가 그대로 굳어버렸다. 심장이 멈추는 것 같았다.

1998년 5월 10일
높으신 분들 중 한 명이 날 새로운 실험에 배치했다. 마치 껍질을 벗겨놓은 고릴라처럼 보인다. 살아 있는 동물을 먹이로 주란다. 돼지 한 마리를 던졌더니 그걸 가지고 노는 것 같았다. 돼지 다리를 찢고, 내장을 끄집어내고, 한참을 가지고 놀고 나서야 먹기 시작했다.

실험이라고? 좀비를 말하는 걸까? 크리스는 흥분한 채로 계속 읽어나갔다. 일기장은 분명 이곳에서 일하던 누군가의 것이었다. 어쩌면 그가 품었던 의구심보다 훨씬 더 거대하고 끔찍한 음모가 있을지 모른다는 생각이 들었다.

1998년 5월 11일
새벽 5시쯤, 스캇이 날 깨웠다. 깜짝 놀랐다. 그는 우주복처럼 생긴 방호복을 입은 채였다. 나한테도 똑같은 걸 주더니 입으라고 했다. 지하 실험실에서 사고가 있었다고 했다. 이런 일이 일어날 줄 알았다. 연구팀의 그 머저리들은 쉬는 법이 없다니까. 심지어 밤에도.

1998년 5월 12일

어제부터 그 망할 우주복을 계속 입고 있다. 온몸이 더러워지고 여기저기 죄다 가렵다. 망할 개들이 날 이상한 눈으로 보는 것 같아서 오늘은 밥을 주지 않기로 했다. 굶어죽든가 말든가.

1998년 5월 13일

등이 온통 부어오르고 가려워서 의무실에 갔다. 큰 반창고를 붙여주더니 이제는 방호복을 입을 필요가 없다고 했다. 잠만 쏟아진다.

1998년 5월 14일

아침에 발에 생긴 물집을 또 하나 발견했다. 어쩔 수 없이 개 우리까지 발을 질질 끌며 갔다. 오늘은 개들이 하루 종일 조용하다. 이상한 일이다. 그러다가 몇 놈이 탈출한 걸 발견했다. 누구라도 알게 되면 난 끝장이다.

1998년 5월 15일

정말 오랜만에 얻은 휴일인데 몸이 영 엉망이다. 그래도 낸시를 만나려고 했는데, 저택을 나가려 하자 경비들이 막았다. 아무도 여길 나가지 못하도록 저지하라고 회사에서 지시했단다. 심지어 전화도 못하게 한다. 전화선을 모조리 빼버렸다! 대체 이게 무슨 짓이지?

1998년 5월 16일

어젯밤에 여길 탈출하려고 했던 연구원 한 명이 총을 맞고 죽었다는 소문이 돌고 있다. 몸 전체가 뜨겁고, 가렵고, 계속 땀이 줄줄 흐른다. 팔에 부어오른 곳을 긁었더니 썩은 살점 하나가 떨어져나갔다. 그 냄새에 허기가 느껴진다는 걸 깨닫고 미친 듯이 토했다.

일기장의 글씨체가 조금씩 엉망이 되어가고 있었다. 페이지를 넘긴 크리스는 마지막 몇 줄을 겨우 알아볼 수 있었다. 몇 줄이 종이 전체에 걸쳐 아무렇게나 휘갈겨져 있었다.

5월 19일
열은 없는데 가렵다. 배고파서 개밥 먹는다. 가려워. 가려워. 스캇이 왔는데 못생겨서 죽였다. 맛있다.
가려워. 맛있어.

일기장의 나머지는 비어 있었다.
크리스는 일어서서 일기장을 조끼 안에 넣었다. 온갖 생각이 빠르게 지나갔다. 퍼즐 조각이 몇 개 맞춰지는 기분이었다. 은밀한 저택에서 이루어진 은밀한 연구, 숨겨진 실험실에서의 사고, 누출된 바이러스 아니면 일종의 감염이 이곳에서 일하던 사람들을 변형시켰다. 인간이었던 그들을 좀비로.
'그리고 그중 몇 명이 밖으로 빠져나간 거야.'
라쿤 시티에서 살인과 실종이 5월 말쯤 시작됐으니, 이곳에서 발생한 '사고'의 시기와 일치했다. 하지만 이 저택에서 정확히 어떤 실험이 있었던 것일까, 그리고 엄브렐러는 얼마나 깊숙이 관여한 것일까.

'그리고 빌리는 어떻게 연루된 걸까?'

그 생각은 하고 싶지 않았다. 하지만 떨쳐내려 애쓰는 와중에도 문득 두려운 생각에 사로잡혔다. 혹시 바이러스가 아직도 감염성이 있다면?

그는 서둘러 문으로 다가갔다. 조금이라도 빨리 레베카에게 이 사실을 알려야 할 것 같았다. 그녀의 전공을 생각할 때, 어쩌면 이 저택 어딘가에 있을 비밀 실험실에서 무엇이 유출되었는지 알아낼 수 있을지도 모른다.

크리스는 무겁게 숨을 삼켰다. 지금 이 순간에도 그를 비롯한 다른 스타스 대원 그 누구라도 감염될 수 있었다.

제8장

질과 배리가 흩어져 모습을 감춘 뒤 웨스커는 중앙 홀 발코니에 앉아 있었다. 무엇보다 시간이 중요하다는 걸 알고 있었지만 행동에 착수하기 전에 가능한 몇 가지 시나리오를 확실히 그리고 싶었다. 이미 중대한 실수를 저질렀고, 더 이상의 실수는 원치 않았다. 라쿤 시티의 알파 팀원들은 똑똑했기 때문에 조금의 실수도 위험했다.

지시를 받은 건 이틀 전이었지만 이렇게나 빨리 그 지시를 이행하게 될 줄은 몰랐다. 브라보 팀의 헬기가 추락한 것은 순전히 우연이었다. 브래드 비커스가 겁쟁이가 되어 내뺀 것도. 그렇다 해도 좀 더 철저히 준비했어야 했다. 이런 식으로 곤란한 상황에 처하는 건 그의 원칙에 위배되는 일이었다. 이건 너무나 아마추어 같다.

웨스커는 한숨을 내쉬며 잠시 생각을 접었다. 자기비판의 시간은 나중으로 미뤄야 했다. 직접 여기까지 오게 될 줄은 몰랐지만 결국

오게 되었고, 선견지명이 부족하다고 자신을 아무리 자책해봤자 달라지는 것은 없었다. 게다가 지금은 해야 할 일이 너무 많았다.

저택 주변의 지리는 잘 알고 있었고 실험실은 손바닥 보듯 꿰고 있었지만, 저택 내부에 들어와 본 건 몇 차례에 불과했다. 게다가 라쿤 시티에 '공식적으로' 전근을 온 후로는 한 번도 들어온 적이 없었다. 이곳은 돈 많은 광인의 사주에 따라 천재 건축가가 설계한 미로였다. 스펜서가 정신이상자였다는 것에는 의심의 여지가 없었고, 그래서인지 이 저택을 지을 때 온갖 기이한 기계장치들을 가득 집어넣었다. 60년대 후반에 인기를 모았던 우스꽝스러운 스파이 드라마에서나 볼 법한 것들을 말이다.

'이 일을 필요 이상으로 어렵게 만든 그런 스파이 장르 말이지. 숨겨진 열쇠, 비밀의 통로. 마치 미친 과학자와 시한폭탄까지 갖춰진 스파이 스릴러물에 갇힌 것 같군.'

그의 본래 계획은 알파 팀과 브라보 팀을 동시에 이 저택으로 데려와 괴물들을 모조리 해치운 뒤 지하 실험실로 이동해 그곳을 깨끗이 정리하는 것이었다. 물론 닫힌 문을 여는 데 필요한 마스터키와 비밀번호도 다 가지고 있었다. 애초에 지시받을 때 같이 하달되었던 것으로, 이것만 있으면 저택에 있는 문 대부분을 열 수 있었다. 그런데 문제는 정원으로 나가는 문은 열쇠가 없다는 것이다. 그 문은 퍼즐로 잠겨 있었다. 그리고 현재로써는 그 문이 숲을 통과해 지나가는 것을 제외하고 실험실로 갈 수 있는 유일한 길이었다.

'숲으로 가는 일은 절대 없을 거야. 두 걸음도 떼기 전에 개 떼가 달려들겠지. 게다가 121들이 빠져나오기라도 하면……'

웨스커는 1년 전, 우리에 너무 가까이 다가갔던 신참 경비원에게 어떤 일이 일어났는지를 떠올리고 몸서리쳤다. 그 애송이는 도움을 청할 겨를도 없이 목숨을 잃고 말았다. 웨스커는 한 소대를 지원군으로 데리고 가지 않는 한 밖으로 나갈 생각이 전혀 없었다.

저택과 마지막으로 접촉한 것은 6주 전의 일이었다. 바로 마이클 디즈가 극도의 불안감에 사로잡혀 화이트 오피스의 높으신 분들 중한 명에게 건 전화 덕분이다. 디즈 박사는 바이러스에 감염된 사람들이 저택에서 나가는 것을 막기 위해 퍼즐 잠금장치의 열쇠 네 조각을 숨기고 저택을 봉쇄해버렸다. 그때 이미 그들 모두 바이러스에 감염되어 부작용 중 하나인 피해망상증에 사로잡혀 있었다. 그러니 실험실의 연구원들이 천천히 제정신을 잃어가면서 어떤 장치와 함정들을 망가뜨렸는지는 오직 신만이 알 것이다.

디즈 박사 또한 예외는 아니었지만 그는 다른 사람들보다 조금더 오래 버티는 데 성공했다. 각 개인의 신진대사 차이 때문이라고들었다. 엄브렐러 사는 이미 저택과 프로젝트 전체를 모조리 파괴해버리겠다고 결정을 내린 상태였다. 하지만 제정신이 아닌 상태로헛소리를 지껄이는 디즈 박사에게는 곧 지원군이 파견될 거라고 안심시켰다. 거기까지 들은 웨스커는 한바탕 신나게 웃었다. 화이트오피스의 인간들이 바이러스가 더 퍼질 위험을 감수할 리 없었으니까. 그들은 라쿤 시티가 끔찍한 재앙에 시달린 두 달간 손 놓고 있으면서, 무능한 라쿤 경찰이 수사를 진행하게 놔두었다. 그러는 동안 저택 내에 퍼진 바이러스는 서서히 힘을 잃었고, 마지막 뒷정리를 하도록 웨스커를 보낸 것이다. 지금쯤이면 바이러스의 기운이 거의 사라지고 없을 테지.

웨스커는 무심코 손가락으로 두툼한 카펫을 쓸어내리며 디즈 박사의 전화에 관한 브리핑 내용을 떠올렸다. 좋든 싫든 모든 일은 오늘 밤 안으로 끝나야 했다. 위에서 요구한 증거들을 수집한 뒤 실험실로 가야 했고, 그것은 곧 퍼즐 잠금장치에 필요한 조각들을 찾아야 한다는 뜻이었다. 사람을 죽이는 까마귀니, 거대한 거미니 하는 디즈 박사의 말은 거의 알아들을 수가 없었다. 하지만 퍼즐 잠금장치를 열 수 있는 문장이 그려진 열쇠는 '스펜서만이 찾을 수 있는 곳에 숨겨져 있다'고 똑똑히 말했다. 이 저택에서 일했던 사람이라면 누구나 스펜서가 첩보영화에 나오는 기계 장치들을 무척 좋아했다는 사실을 알고 있었다. 하지만 안타깝게도 웨스커는 이 저택과 관련된 자세한 사항들을 알아두지 않았다. 그런 정보가 필요하리라 생각지 않았기 때문이다. 문장을 숨길 수 있는 특이한 장소 몇 군데를 떠올렸다. 가장 먼저 눈이 짝짝이인 호랑이 상이 떠올랐다. 그 다음으로는 가스가 나오는 전시실의 갑옷과 서재 안 비밀의 문…….

'하지만 그걸 다 찾아다닐 시간이 없어. 혼자서는 힘들지.'

웨스커는 갑자기 웃음기를 띠며 자리에서 벌떡 일어섰다. 어째서 여태 이 생각을 하지 못했는지 의아하기만 했다. 혼자서 다 해야한다고 누가 그랬던가? 새로운 계획을 세우고 문장을 찾기 위해 일단 스타스 대원들을 따돌려야 했지만 그가 이 모든 걸 혼자 해야 할이유는 없었다. 하지만 크리스는 이 일에 어울리지 않는다. 그는 이일에 감정적으로 깊이 관련되어 있다. 그리고 질은 아직 파악하지 못한 대상이다. 하지만 배리는…… 배리 버튼은 가족을 끔찍이 아끼는 사람이다. 질과 크리스는 배리를 신뢰했고.

'그 친구들이 아직 집 안을 헤매고 다닐 동안 나는 자폭 시스템을 작동시킨 다음 빠져나오면 임무를 완수한 셈이지.'

웨스커는 여전히 웃으며 식당 발코니로 이어지는 문으로 다가갔다. 자신이 이 작은 모험을 은근히 기대하고 있다는 사실을 깨닫고 조금 놀랐다. 이 계획은 다른 대원들과 자신의 전투 기술을 비교할 수 있는 좋은 기회였다. 또 사고로 바이러스의 테스트 대상이 되어 아직도 주변을 어기적거리며 돌아다니고 있는 좀비들은 물론이고, 스펜서와도 대결할 수 있는 기회였다. 게다가 제대로 일을 마무리한다면 웨스커 자신은 큰 부자가 될 것이다.

어쩌면 아주 재미있는 게임이 될지도 모른다.

제9장

까악!

질은 소리가 나는 방향으로 재빨리 베레타를 겨눴다. 그녀의 뒤로 문이 닫히면서 구슬픈 비명 소리가 방 전체에 메아리쳤다. 다음 순간 그녀는 소리의 출처가 무엇인지 깨닫고는 긴장을 풀며 어색한 미소를 지었다.

'도대체 저 녀석들은 여기서 뭘 하고 있는 거야?'

질은 아직도 저택의 뒤편쯤에 있었고, 중앙 홀로 돌아가기 전에 다른 방 몇 곳을 더 확인해보기로 결정했다. 첫 번째 문은 잠겨 있었고, 열쇠 구멍에 투구 문양이 새겨져 있었다. 생전 처음 보는 장치여서 락픽도 소용없었다. 그래서 그녀는 복도 맞은편의 다른 문을 열어보기로 했다. 이 문은 쉽게 열렸고, 질은 잔뜩 긴장한 채 들어갔었다. 별의별 상상을 다 했지만 뜻밖에도 그녀를 맞은 건 방을 따라 설치된 레일 조명 지지대를 횟대 삼아 줄줄이 앉아 있는 한 무리의 까마귀 떼였다.

또 다른 커다란 까마귀가 서글프게 울어댔고 질은 그 소리에 몸을 떨었다. 적어도 열두 마리는 되는 녀석들이 반들거리는 깃털을 퍼덕이며 툭 불거져 나온 눈으로 그녀를 쳐다보고 있었다. 그녀는 재빨리 위험한 대상이 있는지 둘러보았지만 일단은 괜찮은 듯했다.

U자 모양의 방은 저택 안의 다른 곳들과 마찬가지로 추웠다. 아니, 어쩌면 더 추울지도 몰랐다. 그리고 가구가 하나도 없었다. 전시관 같은 곳인지 벽에 걸린 그림과 초상화 말고는 아무것도 없었다. 낡은 마룻바닥에는 검은 깃털이 수북이 흩어져 있고 마른 새똥이 쌓여 있었다. 질은 다시 한 번 까마귀들이 어떻게 여기 들어왔는지, 그리고 얼마나 오래 여기 있었는지 궁금해졌다. 새들의 모습에는 분명 이상한 구석이 있었다. 보통의 까마귀보다 훨씬 더 커 보였고, 비정상적일 정도로 집중한 채 그녀를 주시하고 있었다.

질은 다시 한 번 몸서리를 치며 문 쪽으로 돌아섰다. 이 방에는 중요한 것이 없었고 새들 때문에 소름이 끼쳤다. 이제는 가야 할 시간이다.

그녀는 나가는 길에 그림들을 힐끗 쳐다보았다. 대부분이 초상화였는데, 묵직한 액자 아래에 스위치가 하나씩 있는 것을 발견했다. 그녀는 그 스위치가 레일 조명을 켜고 끄는 장치라고 생각했다. 한 가지 이상한 점이 있다면 이렇게 평범한 작품을 감상하기 위해 누가 이리도 정교한 전시실을 만들었냐는 것이다. 아기, 젊은이…… 그림이 형편없지는 않았지만 그렇다고 명작도 아니었다.

질은 문의 차가운 금속 손잡이를 잡은 채 잠깐 멈춰 서서 얼굴을 찌푸렸다. 문 오른편 눈높이쯤에 작은 스위치 조작부가 있고 '개별 조명'이라고 명시되어 있었다. 버튼 중 하나를 누르자 등 하나가 꺼지면서 방이 조금 어두워졌다. 까마귀 서너 마리가 마음에 안 든다는 듯 까악, 하고 울며 새까만 날개를 퍼덕거렸다. 질은 생각에 잠긴 채 다시 조명을 켰다.

'이게 조명 스위치라면 그럼 아래에 있는 스위치는 뭐야?'

어쩌면 이 방에 그녀가 생각하는 것 이상의 무언가가 있을지도 몰랐다. 그녀는 방을 가로질러 첫 번째 그림으로 다가갔다. 하늘을 나는 천사들과 구름 사이로 비치는 햇빛이 그려진 커다란 그림이었다. 그림의 제목은 '요람에서 무덤까지'. 그 아래에는 스위치가 없었고 질은 그 옆의 그림으로 걸음을 옮겼다.

그것은 중년의 남자를 그린 초상화였다. 피로로 잔뜩 지쳐 있는 주름진 얼굴의 남자는 정교하게 그려진 벽난로 옆에 서 있었다. 입고 있는 정장의 모양새와 깨끗이 빗어 넘긴 머리 모양으로 보아 1940년대 후반이나 1950년대 초반에 그려진 것 같았다. 아래에는 단순한 온오프 스위치가 하나 있었고 아무것도 적혀 있지 않았다. 질이 스위치를 왼쪽에서 오른쪽으로 밀자 찰칵, 하고 전기가 들어오는 듯한 소리가 들렸다.

그와 동시에 그녀의 뒤에서 까마귀들이 비명을 지르며 위로 솟구쳐 날아올랐다. 질의 귀에 들리는 것이라고는 놈들이 까만 날개를 퍼덕이는 소리와 그녀를 향해 떼 지어 날아오며 거칠게 울어대는 소리뿐이었다.

질은 달리기 시작했다. 문이 아득히 멀리 떨어져 있는 것 같았고, 심장이 터질 듯 뛰었다. 그녀가 문손잡이를 잡음과 동시에 가장 먼저 날아온 까마귀 몇 마리가 그녀를 덮치더니 뾰족한 발톱으로 목 뒷덜미의 부드러운 피부를 할퀴었다. 오른쪽 귀 바로 뒤에서 날카로운 통증이 느껴지자 질은 볼을 스치는 깃털을 향해 정신없이 손을 휘저었다. 성난 비명이 그녀를 에워싸는 동안 그녀 역시 비명을 질렀다. 질이 손을 허우적거리자 까마귀 한 마리가 놀란 듯 까악, 소리를 내뱉더니 그녀를 놔주고 잠시 뒤로 떨어졌다.

'너무 많아. 어서 나가야 해!'

질은 문을 벌컥 열고 복도로 몸을 날린 뒤 바닥에 떨어지자마자 문을 발로 걷어차 닫았다. 그리고 숨을 고르며 잠시 그대로 누워 있었다. 좀비들의 악취에도 불구하고 복도의 차가운 침묵이 고맙게 느껴졌다. 다행히 까마귀는 한 마리도 방을 빠져나오지 못했다.

심장박동이 정상으로 돌아오자 그녀는 몸을 일으켜 앉은 뒤 귀 뒤의 상처를 조심스레 만져보았다. 피가 조금 묻어나긴 했지만 심각하진 않아서 벌써 응고되고 있었다. 운이 좋았다. 혹시라도 발이 걸려 넘어졌더라면 무슨 일이 일어났을지 생각하니 소름이 끼쳤다.

그런데 왜 가만히 있던 녀석들이 갑자기 공격했을까? 스위치가 무슨 역할을 했기에? 스위치를 눌렀을 때 전기가 들어오는 듯한 소리가 들렸던 것이 떠올랐다. 불꽃이 튀는 듯한 소리.

'맞아, 그 횃대!'

이 단순한 함정을 누가 만들었는지는 몰라도 감탄하지 않을 수 없었다. 스위치를 누르면 까마귀들이 앉아 있던 금속 바에 전류가 흐르도록 만든 것이 분명했다. 공격 훈련을 받은 까마귀 이야기는 들어본 적이 없었지만 달리 설명할 길이 없었다. 이것은 곧 누군가 그 방에 있는 무언가를 비밀로 유지하기 위해 상당히 고심했다는 뜻이었다. 그 해답을 얻기 위해서는 방으로 돌아가야 했다.

'복도에서 한 번에 한 놈씩 쏠 수도 있어.'

하지만 그 아이디어는 마음에 들지 않았다. 백발백중을 장담할 수도 없었고, 그렇게 되면 총알을 너무 많이 낭비하게 된다.

'오직 바보들만이 빤한 정답 하나만 내놓고 더 이상 나아가지 않는 법이란다. 머리를 쓰거라, 질.'

질이 아버지의 말씀을 떠올리며 작게 미소 지었다. 그건 스타스에 들어오기 전에 받았던 훈련들을 떠올리라는 뜻이다. 어린 시절의 기억 중에는 아버지가 빌린 매사추세츠의 삐걱거리는 낡은 집을 숲에 숨어 관찰했던 기억이 남아 있다. 불 꺼진 텅 빈 창문들을 바라보면서 아버지는 '한탕 가능한 후보를 탐색하는' 방법을 설명해주셨다. 아버지는 그것을 일종의 게임처럼 만드셨고, 이후 10년 동안 침입과 탈출의 세세한 방법들을 가르쳐주셨다. 유리를 깨뜨리지 않고 유리창을 제거하는 방법부터 삐걱거리는 소리가 나지 않게 나무 계단을 올라가는 방법까지. 그리고 수시로 말씀하신 게 하나 있다. 모든 수수께끼에는 하나 이상의 정답이 있다는 것.

새들을 죽이는 건 너무 빤한 정답이다. 질은 눈을 감고 정신을 집중했다.

'스위치와 초상화, 어린 소년, 아기, 젊은이, 중년의 남자······.'

요람에서 무덤까지.

'요람에서 무덤까지…….'

일단 방법이 떠오르고 나자 해답이 어찌나 단순한지, 그것을 진작 생각해내지 못한 게 창피할 정도였다. 그녀는 자리에서 일어나 엉덩이를 툭툭 털고 까마귀들이 다시 횃대로 돌아가 앉으려면 얼마나 걸릴지 생각했다. 그놈들이 다시 자리를 잡고 나면 비밀을 캐내는 데 아무 문제가 없을 것이다.

질은 문을 조금 열고 날개를 퍼덕거리는 소리에 귀를 기울이며 이번에는 조금 더 신중하게 움직이리라 다짐했다. 이 저택에서는 버튼 하나라도 잘못 누르면 치명적인 결과를 초래할 수 있으니 말이다.

///

"레베카? 들여보내줘. 나야, 크리스."

그러자 무거운 물체가 벽을 스치는 소리가 들리더니 창고의 문이 삐걱거리며 열렸다. 레베카가 옆으로 비켜서자 서둘러 안으로 들어와 조끼에서 일기장을 꺼냈다.

"어떤 방에서 이 일기장을 발견했어. 이곳에서 뭔가 수상한 연구가 진행됐던 모양이야. 정확히 어떤 종류인지는 모르겠지만."

"바이러스학이요."

레베카가 종이 뭉치 하나를 들어 올리며 웃어 보였다.

"여기에 유용한 게 있을 거라는 선배의 말이 옳았어요."

크리스가 그녀의 손에서 서류를 받아 들어 첫 장을 읽어보았다. 그가 보기에는 숫자와 글자로 이루어진 암호 같았다.

"이게 뭔데? DH5a-MCR."

"변종 차트예요. 그건 메틸화시토신을 함유하고 있는 게놈 은행을 발생시키는 숙주죠. 아니면 아데닌 잔여물일 수도 있고, 그건 상황에 따라 달라요."

크리스는 그녀를 향해 눈썹을 치켜세웠다.

"내가 그 말을 한마디도 못 알아듣는다고 가정하고 다시 설명해 보면 어떨까? 그러니까 뭘 찾았다고?"

레베카가 얼굴을 붉히고는 다시 종이 뭉치를 받아 들었다.

"죄송해요. 한마디로 말하자면 여기에는 바이러스 감염에 대한 음, 내용이 아주 많아요."

크리스가 고개를 끄덕였다.

"그건 알겠군. 바이러스."

그는 재빨리 일기장을 넘겨 실험실에서 발생한 사고가 처음으로 보고된 날부터 날짜를 세어 나갔다.

"5월 11일에 이곳 실험실에서 사고가 발생했어. 그러고 나서 8일, 아니면 9일 이내에 이 글을 쓴 사람이 저 괴물들 중 하나로 변했지."

레베카의 눈이 커다래졌다.

"처음 증상이 언제 나타났는지 적혀 있어요?"

"24시간이 채 안 돼서 가렵다고 했어. 붓고 물집이 잡힌 건 48시간 이내고."

"그렇다면, 세상에……."

레베카의 얼굴이 창백해졌다. 크리스도 고개를 끄덕였다.

"그래, 내 생각도 같아. 우리가 감염되었는지 아닌지 알 수 있는 방법이 있을까?"

"더 자세한 정보가 없이는 안 돼요. 저것들은 다……"

레베카가 종이 뭉치로 가득한 트렁크를 가리키며 말을 이었다.

"꽤 오래됐어요. 10년은 넘은 것 같고, 실제 사례에 대한 구체적인 언급도 없어요. 하지만 그 정도 속도와 독성을 갖춘, 공기로 전염되는 바이러스라면…… 그게 아직도 생존해 있다면 지금쯤 라쿤 시티 전체가 감염되었어야 해요. 확신할 순 없지만 이제는 감염성이 없는 것 같아요."

자신과 스타스 대원들이 안전하다니 크리스는 잠시 마음이 놓였다. 하지만 그 '좀비'들이 어떤 질병의 희생자들이라면 참으로 안타까운 일이다. 설사 그들이 자초한 일이라도 말이다.

"다른 사람들을 어서 찾아야 해. 누구든 내막을 모른 채 우연히 실험실에 발을 들이기라도 한다면……"

레베카 역시 그 생각을 하고는 얼굴이 파랗게 질렸다. 하지만 용기 있게 고개를 끄덕이고 서둘러 문을 향해 움직였다. 크리스는 그녀가 조금만 경험을 더 쌓으면 훌륭한 스타스 대원이 되리라 생각했다. 화학 분야에 있어 전문가인 데다가, 다른 대원들을 구하기 위해서라면 총 한 자루 없이도 비교적 안전한 이곳을 기꺼이 떠날 용기가 있으니 말이다.

레베카가 크리스 곁에 바짝 붙은 채 둘은 어두운 복도를 서둘러 지났다. 첫 번째 복도로 돌아가는 문에 다다르자 크리스는 베레타를 확인한 뒤 레베카에게 당부했다.

"가까이 있어. 우리의 목표 지점은 오른쪽 복도 끝에 있는 문이야. 아마 총을 쏴서 열어야 할 거고, 주변에 좀비가 한두 놈 있을 테니 내 뒤쪽을 맡아줘야 해."

"알겠습니다."

레베카가 조용하지만 절도 있게 대답하자 크리스는 심각한 상황에도 불구하고 미소를 지었다. 엄밀히 말하자면 그가 레베카의 상사인 건 맞지만 막상 상사 대접을 받으니 기분이 조금 이상했다.

크리스는 문을 통과한 다음, 정면의 어둠을 향해 곧장 총을 겨누었다가 오른편의 복도로 총구를 돌렸다. 움직이는 것은 없었다.

"가자."

그가 속삭이자 둘은 복도를 달려 길을 막고 쓰러진 좀비를 빠르게 뛰어넘었다. 레베카는 몸을 돌려 등 뒤의 열린 공간을 바라보았고, 크리스는 문이 쉽게 열리면 얼마나 좋을까 생각하며 문손잡이를 돌려보았다.

당연히 쉽게 열릴 리 없었다. 그는 한 걸음 뒤로 물러서 신중히 총을 겨누었다. 잠긴 문에 총을 쏘는 건 영화에서 보는 것처럼 쉽지도, 안전하지도 않은 일이다. 그렇게 가까이에서 쏜 총알이 금속을 맞고 튕기기라도 하면 총을 쏜 사람이 죽을 수도 있다.

"크리스 선배!"

그가 뒤를 힐끗 돌아보자 복도 반대편 끝에서 그들을 향해 어기적거리며 다가오는 형체가 보였다. 어둑한 조명 속에서도 팔 하나가 없다는 걸 알 수 있었다. 부패에 의한 악취가 그들을 향해 퍼져오는 동시에 좀비가 불분명한 신음을 흘리며 천천히 앞으로 다가왔다.

크리스는 다시 몸을 돌려 문을 향해 두 번 연속 총을 발사했다. 문틀이 쪼개지고 나무 조각들이 깨져 나오면서 안에 삽입되어 있던 잠금장치의 금속판이 모습을 드러냈다. 그가 문손잡이를 거칠게 잡아당기자 장치가 풀리면서 문이 열렸다.

크리스는 레베카의 팔을 잡고 문을 통과하면서 뒤쪽을 향해 베레타를 겨누었다. 그 사이 놈은 거리를 좁혀왔지만 어째서인지 크리스가 죽인 좀비의 시체 앞에 멈춰 있었다. 크리스가 공포와 혐오감에 사로잡혀 바라보고 있는 가운데, 외팔 좀비는 털썩 무릎을 꿇더니 하나 남은 손을 죽어 있는 좀비의 쪼개진 두개골 안에 쑥 집어넣었다. 그러고는 다시 한 번 가래가 끓는 듯한 신음을 흘리더니 질척거리는 회색 물질을 한 움큼 쥐어다가 입으로 가져가는 게 아닌가.

'이런 빌어먹을.'

크리스는 자기도 모르게 몸을 떨고는 허겁지겁 레베카에게 달려가 문을 닫고 그 끔찍한 광경을 차단시켰다. 레베카는 안색이 창백했지만 침착해 보였고, 다시 한 번 크리스는 그녀의 용기에 감탄했다. 그녀는 어렸지만 강했다. 어쩌면 그가 열여덟 살이었을 때보다 훨씬 강한지도 모르겠다.

복도 전체를 한눈에 둘러본 크리스는 몇 가지 달라진 점을 발견했다. 오른쪽으로 약 6미터 떨어진 곳에 머리 윗부분이 날아간 좀비 한 놈이 쓰러져 있었다. 위를 바라본 채 쓰러져 있는 놈의 눈구멍은 피로 가득했다. 왼쪽에는 그가 처음 수색하러 왔을 때 열어보지 않은 문 두 개가 있었는데, 그중 복도 맨 끝에 있는 문이 열린 채 깊은 어둠이 드러나 있었다.

'적어도 스타스 대원 중 한 명은 이 길로 왔구나. 아마 날 찾으러 왔겠지.'

"가자."

크리스는 베레타를 쥔 손에 힘을 주고 열린 문 쪽으로 이동했다. 레베카와 함께 중앙 홀로 돌아가고 싶었지만 팀원 중 하나가 열린 문으로 지나갔다는 사실만으로도 그곳을 확인할 필요가 있었다.

오른쪽의 닫힌 문을 지날 때 레베카가 멈칫하며 낮게 속삭였다.

"열쇠 구멍 옆에 검 문양이 새겨져 있어요."

크리스는 열린 문 너머로 내려앉은 어둠에 정신을 집중하고 있었지만 그녀의 말을 듣는 순간 깨달은 것이 있었다. 우선순위를 잊고 있었다는 사실이다. 다른 대원들이 아직 그를 기다리고 있을지는 모르겠지만 어쨌거나 그에게 주어진 본래 임무는 수색을 마친 뒤 중앙 홀로 돌아가는 것이다. 따라서 중앙 홀을 확인해보지도 않은 채 비무장 상태의 신참을 데리고 위험한 방향으로 가는 것은 옳지 않았다.

크리스는 한숨을 내쉬고는 총을 내렸다.

"아니야. 중앙 홀로 돌아가자. 여기는 나중에 와서 확인해도 되니까."

크리스의 말에 레베카가 고개를 끄덕였다. 둘은 함께 식당으로 향했고, 크리스는 누군가가 중앙 홀에 있기만을 간절히 빌었다.

배리는 기어오는 괴물을 향해 콜트를 발사했다. 묵직한 총알이 그의 신발을 향해 손을 뻗는 놈의 물컹물컹한 두개골을 산산조각 냈다. 놈이 부르르 떨며 털썩 쓰러짐과 동시에 작은 점액들이 그의 얼굴에 튀었다. 배리는 얼굴을 찌푸리며 손등으로 얼굴을 문질렀다. 주방 벽의 흰색 타일은 그의 얼굴보다 훨씬 더 더러워졌고, 붉은 피가 타일의 줄눈을 타고 흘러 갈색의 리놀륨 바닥에 검붉은 웅덩이를 만들었다. 역겨웠다.

총을 든 손을 내리자 왼쪽 어깨에 통증이 느껴졌다. 위층의 문이 꽤 단단히 잠겨 있었던 모양이다. 어깨에 느껴지는 뻐근한 타박상이 그 증거였다. 자신 앞에 쓰러져 있는 좀비 시체를 내려다보던 배리는 다시 위로 올라가 또 하나의 문을 작살내야 한다는 걸 깨달았다. 이제는 확실해졌다. 크리스는 이 길로 오지 않았다. 그가 이리로 왔다면 조금 전까지 기어 다니던 좀비는 진작 죽었어야 했다.

'대체 어디에 있는 거야, 크리스?'

세 개의 잠긴 문 중에서 배리는 순전히 직감으로 복도 끝에 있는 것을 골랐었다. 텅 빈 승강기 통로를 지나고 좁은 계단을 내려와 그가 도착한 곳은 어둡고 조용한 복도였다. 복도 끝에 있는 하얀 주방은 버려진 곳 같았다. 카운터에는 먼지가 두껍게 쌓여 있고 벽에는 부식된 얼룩이 많았다. 최근에 사용한 흔적도, 크리스가 지나간 흔적도 없었다. 싱크대 건너편에 있는 문은 잠긴 상태였다. 그래서 막 이곳을 나가려는데 마룻바닥에 쌓인 흐트러진 먼지 자국을 발견하고 그것을 따라갔던 것이다.

다시 위로 올라가 두 번째 문을 열어보기 전에 마지막으로 주변을 확인해야 했다. 배리는 깊게 한숨을 쉬며 악취를 풍기는 괴물을 넘었다. 상자가 몇 개 쌓여 있고 구식 승강기 통로가 있었다. 이곳역시 비어 있었다. 위에 있던 승강기도 작동하지 않았기에 굳이 버튼을 누르지 않았다. 게다가 금속 살대에 붙은 녹을 보니 한동안 아무도 사용하지 않은 게 분명했다.

배리는 왔던 길로 걸음을 옮기며 질은 어찌하고 있을지 생각했다. 이 지긋지긋한 곳을 탈출하는 건 빠르면 빠를수록 좋았다. 배리는 이제껏 이 저택만큼 어떤 장소를 싫어해본 적이 없었다. 이곳은춥고, 위험하고, 일주일 정도 코드가 뽑힌 채 방치된 고기 냉장고같은 냄새가 났다. 그는 쉽게 겁을 먹거나 상상의 나래를 펴는 사람이 아니었지만, 왠지 이곳에서는 모퉁이를 돌 때마다 하얀 시트를뒤집어쓴 유령이 쇠사슬을 철컹거리며 나타날 것만 같았다.

그때 그의 뒤쪽에서 무언가 덜컹거리는 소리가 들렸다. 배리는재빨리 몸을 돌렸다. 텅 빈 공간을 향해 권총을 겨눈 그는 두려움으로 뱃속이 단단히 뭉쳐졌다. 눈이 커지고 입술이 말랐다. 또 한 번금속이 철컹거리는 소리에 이어 기계가 작동하는 낮은 진동음이 들려왔다.

배리는 숨을 깊이 들이쉬고 내쉬며 마음을 가다듬었다. 유령이아니다. 누군가 승강기를 작동시킨 것이다.

'누구지? 크리스와 웨스커는 자취를 감췄고 질은 건물의 다른 쪽에 있을 텐데.'

그는 콜트를 내린 채 그 자리에서 기다렸다. 이 괴물들은 문을 여는 것은 고사하고 승강기 버튼을 누를 정도로 똑똑한 것 같진 않았지만 일단은 신중을 기하기로 했다. 승강기와는 적어도 6미터 정도 떨어져 있으니 누군가 모퉁이를 돌아 나오면 장애물 없이 겨냥할 수 있었다. 혼란스러운 머릿속에서 한 줄기 희망의 빛이 반짝였다. 어쩌면 브라보 팀원 중 한 명일 수도 있다. 아니면 이 저택에 살던 누군가가 나타나 무슨 일이 있었는지 알려줄지도…….

그때 묵직한 쇳소리와 함께 승강기가 주방에서 멈췄다. 빽빽한 금속 경첩이 삐거덕거리더니 발소리가 이어졌다.

배리 앞에 나타난 사람은 다름 아닌 웨스커였다. 늘 쓰고 다니는 선글라스는 잘 그을린 이마 위에 얹힌 채였다.

배리는 권총을 내렸다. 안도감이 들자 그는 피식 미소를 지었다. 웨스커 역시 걸음을 멈추고 웃어 보였다.

"배리! 안 그래도 찾고 있었어."

웨스커가 가볍게 말했다.

"젠장, 정말 놀랐습니다! 승강기가 작동하는 소리를 듣고 심장마비 일으킬 뻔했다고요."

배리가 잠시 말을 멈추었다. 그의 미소가 흔들렸다.

"대장, 어디 가셨던 겁니까? 돌아왔더니 사라지셨더군요."

웨스커의 웃음기가 더욱 짙어졌다.

"그건 미안하네. 볼일이 있었거든. 있잖나, 어쩌나 급한지 통 참을 수가 있어야지."

배리가 다시 미소 지었지만 그 말에 적잖이 놀랐다. 그렇게 위험한 상황에 처했는데 소변을 보러 유유자적 사라졌다고?

웨스커가 손을 들어 올려 이마에 얹혀 있던 선글라스를 내리며 시선을 차단시켰다. 배리는 갑자기 불안해졌다. 웨스커의 미소는 어쩐지 점점 더 크게 번지는 듯했다. 저러다 하얀 치아가 전부 보일 것 같았다.

"배리, 자네 도움이 필요해. 화이트 엄브렐러라고 들어봤나?"

배리가 고개를 저었다. 점점 더 불편해졌다.

"화이트 엄브렐러는 엄브렐러 주식회사의 일부야. 아주 중요한 부서지. 그곳에서 다루는 분야는 생물학 연구라고 할 수 있네. 스펜서 저택에는 그에 속한 연구시설이 있는데 얼마 전에 사고가 있었어."

웨스커가 주방 중앙의 카운터 한곳을 쓱쓱 문지르더니 아무렇지 않게 거기 기댔다. 그의 어조는 안부를 주고받듯 평범했다.

"화이트 엄브렐러는 스타스 조직과도 긴밀한 관계를 맺고 있지. 그래서 그 사고를 처리하는 데 뭐랄까, 도움을 달라는 요청을 받았네. 아주 미묘한 상황이고 화이트 엄브렐러는 자신들이 연루되어 있다는 사실이 새어나가지 않길 바라거든. 자, 그래서 내가 해야 할 일은 이 저택에 있는 실험실로 가서 그들에게 불리한 증거를 없애는 거야. 화이트 엄브렐러가 최근 라쿤 시티에서 벌어지고 있는 사건의 원인 제공자라는 증거 말이지. 그런데 문제가 있어. 그 실험실로 들어가는 데 필요한 열쇠가 없다는 거야. 아, 열쇠는 하나가 아니라 여러 개야. 그래서 자네가 필요해. 이 열쇠들을 찾는 데 도움을 줘야겠어."

배리는 아무 말도 못하고 웨스커를 쳐다보기만 했다. 머릿속이 텅 비어버리는 기분이었다. 사고, 생물학 연구를 진행하던 비밀 연구소.

'그러면 숲 속을 헤집고 다니며 사람을 잡아먹는 개와 좀비들도 다 그것 때문에……'

격분한 배리는 권총을 들어 여전히 웃고 있는 웨스커의 얼굴을 겨냥했다.

"미쳤어? 그런 증거를 없애는 일을 내가 도와줄 거라 생각했나, 이 정신 나간 자식아!"

웨스커가 천천히 고개를 흔들었다. 마치 떼쓰는 어린아이를 보고 있는 듯한 표정이었다.

"아, 배리, 이해를 못하는군. 자네한테 선택권이 있는 게 아니야. 화이트 엄브렐러의 내 친구 몇이 지금 자네 집 밖에서 자네 아내와 딸들이 자는 걸 지켜보고 있단 말이지. 날 도와주지 않으면 가족들이 곤란하게 될 거야."

배리는 자신의 얼굴에서 피가 빠져나가는 것을 느꼈다. 자신의 신체를 이루고 있는 모든 세포가 강렬한 증오심에 휩싸이는 걸 느끼며 그는 콜트의 공이를 젖혔다.

"아, 깜빡했군. 그 방아쇠를 당기기 전에 알려줄 게 있네. 내가 우리 친구들한테 연락을 하지 않으면 자네 집 앞에 있는 사람들이 지시대로 일을 진행하게 되어 있거든."

웨스커의 말이 배리의 머릿속을 가득 채우고 있는 분노를 깨트렸다. 두려움에 질린 그의 손이 축축하게 젖었다. 캐시, 아이들…….

"거짓말이지?"

배리가 낮은 목소리로 물었다. 그러자 웨스커의 미소가 마침내 사라지고 평상시처럼 통 읽을 수 없는 가면 같은 표정으로 돌아갔다.

"아니야. 궁금하면 마음대로 해보든가. 대신 나중에 가족들의 무덤에 찾아가 사과해야 할 거야."

그가 차갑게 대꾸했다.

잠시 동안 아무도 움직이지 않았다. 차가운 공기 중으로 침묵이 손에 만져질 듯 가라앉았다. 배리가 천천히 콜트의 공이를 원위치하고 총을 내렸다. 그의 어깨가 축 처졌다. 가족의 목숨을 가지고 도박을 할 수는 없다. 아니, 그럴 생각조차 없었다. 가족은 그의 전부였다.

웨스커가 고개를 끄덕이더니 주머니에 손을 넣어 열쇠가 여러 개 달린 고리 하나를 꺼냈다. 그의 태도가 사무적으로 바뀌었다.

"이 집 어딘가에 구리로 된 네 개의 금속 문장이 있어. 찻잔 정도의 크기고, 그림이 새겨져 있지. 태양, 달, 별, 바람 이렇게. 저택 반대편에 뒷문이 있는데 이 네 개의 문장이 그 문을 여는 데 필요한 열쇠야."

웨스커가 고리에서 열쇠 하나를 꺼내더니 탁자 위에 올려놓고 배리를 향해 밀었다.

"이 열쇠를 사용하면 저택 반대쪽의 문을 모두 열 수 있어. 적어도 1층과 2층의 중요한 문은 다 열 수 있지. 네 개의 문장을 모두 찾아서 내게 준다면 네 아내와 아이들은 무사할 거다."

배리는 감각이 없는 손가락으로 열쇠를 집었다. 그 어느 때보다도 두렵고 나약해진 기분이었다.

"크리스와 질은 어쩔 셈이지?"

"둘은 자네의 수색을 도와줄 거야. 누구라도 만나면 자네가 발견한 뒷문이 탈출구일 수 있다고 말해. 그들이라면 자네의 뜻에 기꺼이 협조해줄 테니까. 확실히 하려면 가능한 모든 문을 열어봐야 하거든."

웨스커가 다시 미소를 지었다. 친근하기 짝이 없는 미소였다.

"물론, 날 만났다고 이야기하면 안 돼. 일이 복잡해지거든. 그리고 혹시라도 내게 문제가 생기면, 그러니까 예를 들어 내가 등에 총을 맞는다거나 하면 어떻게 되는지 알지? 이 이야기는 우리 둘만 아는 걸로 하자고."

열쇠에는 작은 그림이 새겨져 있었다. 갑옷의 흉갑 문양이었다. 배리는 열쇠를 주머니에 넣었다.

"그럼 당신은 어디에 있을 생각이지?"

"아, 걱정 마. 곧 만나게 될 테니까. 때가 되면 연락하지."

배리는 애원하듯 웨스커를 쳐다보았다. 목소리에서 두려움으로 인한 떨림을 지울 수 없었다.

"내가 돕고 있다고 당신 친구들에게 말해줄 건가? 잊지 않고 연락하겠다고 약속할 수 있어?"

웨스커가 승강기를 향해 걸어가며 어깨 너머로 대꾸했다.

"날 믿게, 배리. 내가 시키는 대로만 하면 걱정할 일은 하나도 없을 테니까."

승강기 문이 열리고 닫히는 소리가 나더니 웨스커는 그대로 사라졌다.

배리는 우두커니 서서 웨스커가 있던 공간을 노려보며 이 협박에서 벗어날 방법을 찾고자 애썼다. 하지만 빠져나갈 방법이 없었다. 진실과 가족 중 어떤 것이 더 중요한지는 이미 답이 정해져 있었다. 가족을 잃는다면 단 하루도 살 수 없지만, 진실은 밝히지 않아도 살 수 있다.

그는 입을 굳게 다문 채 계단으로 다시 돌아갔다. 아내 캐시와 딸들을 지키기 위해서라면 무엇이든 할 생각이다. 하지만 이 일이 끝나면, 가족들이 안전하다는 확신이 생기고 나면…….

'네놈이 달아날 구멍은 없을 거다, 웨스커 대장.'

배리는 자신의 거대한 주먹을 있는 힘껏 틀어쥐고는 웨스커가 반드시 죗값을 치르도록 만들겠다고 다짐했다. 이자까지 쳐서 말이다.

제10장

질은 별 문양이 새겨진 묵직한 구리 문장을 그림의 제자리, 다른 세 개의 구멍 위에 끼워 넣었다. 가벼운 찰칵, 하는 소리가 들리며 금속판에 꼭 맞아 들어갔다.

'하나는 됐고.'

그녀는 의기양양한 표정으로 퍼즐 잠금장치에서 한 걸음 물러섰다.

전시실로 돌아갔을 때 까마귀들은 횃대에 가만히 앉은 채 방을 가로지르는 그녀를 지켜보기만 했다. 질이 단순한 수수께끼를 푸는 동안 가끔씩 까악, 하고 소리를 낼 뿐이었다. 그곳엔 '요람에서 무덤까지'라는 이름에 걸맞게 갓 태어난 신생아부터 다소 엄해 보이는 노인에 이르기까지, 총 여섯 개의 초상화가 걸려 있었다. 사진을 본 적은 없지만 아마 스펜서 경의 초상화일 것이라 생각했다.

마지막 그림은 창백한 안색의 남자가 관 속에 안치된 채 조문객들에게 둘러싸여 있는, 그러니까 죽음을 담은 그림이었다. 그 그림 아래에 부착된 스위치를 올리자 액자의 네 모퉁이에서 작은 금속 말뚝이 튀어나오더니 그림이 아래로 툭 떨어졌다. 그 뒤에는 벨벳을 댄 작은 공간이 있었고, 그 안에 구리 문장이 놓여 있었다. 그것을 손에 넣은 질은 아무 문제없이 전시실을 빠져나왔다. 까마귀들이 실망했다면 미안한 일이지만.

문장을 끼워 넣은 그녀는 다시 저택 안으로 돌아가기 전 상쾌한 밤공기를 마지막으로 깊이 들이마신 뒤, 주머니에서 트렌트가 준 마이크로컴퓨터를 꺼내 들었다. 어두침침한 복도에 쓰러져 있는 시체를 조심스럽게 넘어가면서 그녀는 지도를 들여다보며 어느 쪽으로 가야 할지 생각했다.

우선 왔던 길로 되돌아가야 할 것 같았다. 그녀는 복도를 연결하는 여닫이문을 다시 통과해, 풍경화가 걸려 있는 차분한 분위기의 회녹색 방으로 들어갔다. 지도에 따르면, 맞은편에 있는 문을 열면 작은 정사각형 모양의 방이 나오고 이 방은 다시 더 큰 방으로 이어졌다.

그녀는 긴장한 채 손잡이를 잡고 문을 밀면서 동시에 낮은 자세로 베레타를 겨눴다. 작은 방은 실제로도 정사각형 모양이었고 다행히 비어 있었다.

질은 일어나 방으로 들어섰다. 오른쪽에 난 문으로 다가가며 단순하고 우아하게 꾸며진 방을 훑어보았다. 연한 색의 천장은 높았고, 벽은 금색 도트가 박힌 크림색 대리석으로 되어 있어 전체적으로 아름다웠으며 매우 값비싸 보였다. 그녀는 잠시 아버지와 함께 지냈던 과거가 그리워졌다. 건수가 생길 때마다 장대한 계획을 세우고 큰돈을 꿈꾸면서 얼마나 즐거웠던가. 그 큰돈으로 살 수 있는 게 바로 이런 것들이겠지.

그녀는 다시 차가운 금속 손잡이를 붙잡고 마음을 가다듬은 뒤 문을 열었다. 베레타를 조준한 채 주변을 훑은 그녀는 이내 긴장을 풀었다. 그곳에는 그녀뿐이었다.

오른쪽으로는 화려하게 장식된 붉은색, 금색 태피스트리(여러 가지 색실로 그림을 짜 넣은 벽걸이용 직물-옮긴이) 아래로 벽난로가 있었다. 모던한 디자인의 낮은 소파와 타원형 커피 테이블이 오렌지빛의 동양적인 카펫 위에 놓여 있었다.

그리고 뒤쪽 벽에는 놀랍게도 펌프 연사식 산탄총이 두 개의 고리에 걸쳐진 채 천장의 조명 빛을 받으며 찬란히 빛나고 있었다. 질은 씩 웃으며 서둘러 방을 가로질렀다. 이런 행운을 만나다니 믿을 수가 없었다.

'제발 총알도 함께, 총알도 함께…….'

총은 그녀의 전문 분야가 아니었지만, 산탄총 앞에 서자 어느 회사의 제품인지 바로 알 수 있었다. 스타스에서 사용하는 것과 같은 다섯 발짜리 레밍턴 M870이었기 때문이다.

질은 베레타를 총집에 꽂고 여전히 미소를 띤 채 두 손으로 총을 들어 올렸다.

하지만 다음 순간, 총의 무게가 사라지자 산탄총을 고정하고 있던 두 개의 고리가 찰칵 소리와 함께 위로 올라갔다. 그와 동시에 벽 뒤에서 묵직한 소리가 들려왔다. 마치 균형 잡힌 금속이 위치를 바꾸는 듯한 소리였다.

질은 그 소리의 정체를 몰랐지만 어쩐지 마음에 들지 않았다. 그녀는 재빨리 몸을 돌려 방 안에 어떤 움직임이 있는지 살폈다. 그녀가 들어왔을 때와 달라진 것은 없었다. 비명을 질러대는 까마귀 떼도 없었고, 경보가 울리거나 불빛이 번쩍이지도 않았다. 벽에서 떨어지는 그림도 없었다. 함정은 보이지 않았다.

질은 안도의 한숨을 내쉬며 재빨리 레밍턴을 확인했다. 놀랍게도 총알이 가득 장전되어 있었다. 누군가 손질을 해놨는지 총열은 깨끗했고 희미하게 세정제와 기름 냄새가 났다. 지금 이 순간만큼은 그녀에게 있어 최고의 냄새였다. 양손에서 느껴지는 묵직한 무게는 그녀의 불안감을 덜어주었다. 그것은 바로 힘의 무게였다.

그녀는 방의 나머지 구역을 수색했다. 아쉽게도 탄약을 더 찾지는 못했다. 그래도 레밍턴을 얻은 건 대단한 수확이다. 스타스 조끼에는 산탄총이나 소총을 소지할 수 있게 등에 총집이 달려 있다. 어깨 너머로 총을 꺼내 조준하는 실력이 그리 좋지는 않았지만 적어도 손에 들고 다닐 필요가 없어 유용했다.

그 방에 더 이상 흥미로운 것은 없었다. 질은 문으로 걸어갔다. 서둘러 중앙 홀로 돌아가 지금까지 발견한 것들을 배리에게 알려주고 싶었다. 1층에서 열 수 있는 방은 모조리 확인했다. 이제 2층으로 올라가 브라보 팀원들과 사라진 알파 팀 동료들을 찾으면 된다.

'그러고 나면 시체 안치소 같은 이곳을 바로 빠져나갈 수 있겠지.'

질은 방을 나와 조금 전 지나온 작지만 우아한 대리석 방으로 걸음을 옮겨 방 안에 깔린 점판암 타일 위를 가로질렀다. 문손잡이를 쥔 그녀는 배리가 크리스와 웨스커를 찾아냈길 빌었다.

'이리로는 오지 않은 게 확실하니까.'

그런데 이상했다. 문이 잠겨 있었다. 질은 얼굴을 찌푸린 채 작은 금색 손잡이를 돌려보았다. 철컥거리며 조금 흔들리긴 했지만 열리지 않았다. 그녀는 문틀과 문 사이에 난 틈을 들여다보았다. 갑자기 불안해졌다.

그런데 문손잡이 옆에 강철로 된 잠금장치가 걸려 있는 것이 아닌가. 그것도 사방이 강화 금속으로 마무리된, 아주 견고해 보이는 잠금장치였다.

'하지만 열쇠 구멍은 하나뿐인데, 그리고 그건 문손잡이에 있고.'

질은 손잡이를 이리저리 돌리고 흔들어보았다.

그 순간 기어가 돌아가는 듯한 소리가 방 안을 가득 채우고 위에서 먼지가 비처럼 쏟아졌다. 돌로 된 벽 뒤 어딘가에서 금속이 규칙적으로 육중한 소리를 내며 움직이고 있었다.

'이건 또 뭐야?'

놀란 질이 위를 올려다보았다. 그녀는 심장이 오그라드는 듯한 기분을 느꼈다. 목에서 숨이 턱 하고 걸렸다. 조금 전까지만 해도 멋지다고 생각했던 높은 천장이 움직이고 있었다. 돌과 돌이 맞닿아 갈리며 모퉁이의 대리석이 먼지처럼 갈려 우수수 떨어졌다. 천장이 바닥을 향해 점점 아래로 내려왔다.

그녀는 한달음에 산탄총을 발견한 방문으로 달려가 문손잡이를 붙들고는 힘껏 돌렸다.

하지만 그 문 역시 단단히 잠긴 상태였다.

'젠장! 상황이 안 좋아! 안 좋다고!'

머릿속에서 시끄럽게 경보음이 울리는 것을 느끼며 질은 다른 문으로 되돌아갔다. 겁에 질린 그녀의 시선이 점점 낮아지는 천장으로 향했다. 초당 5에서 7센티미터, 그럼 1분도 안 되어 바닥과 맞닿을 것이 분명했다.

질은 산탄총을 들어 홀 쪽으로 나가는 문을 겨냥했다. 강화 강철로 만든 데드볼트를 산산조각 내려면 총을 몇 번이나 쏴야 하는지는 생각하지 않기로 했다. 이게 그녀가 가진 전부였다. 그런 장치에는 락픽도 소용없을 테니까.

첫 발이 폭발하듯 문에 맞아 파편들이 사방으로 튀었고, 그녀가 걱정한 결과가 그대로 나타났다. 데드볼트를 지지하고 있는 금속판이 문 한가운데까지 이어져 있었던 것이다. 그녀는 대책을 강구하고자 머리를 굴렸지만 떠오르는 건 아무것도 없었다. 저 문에 구멍을 뚫기에는 총알이 부족했고, 베레타에는 표적에 맞음과 동시에 납작하게 부서지는 할로우 포인트 총알이 들어 있었다.

'문에 균열이 생기고 몸으로 부순다면……'

이번에는 문틀을 조준한 뒤 다시 한 번 총을 발포했다. 귀청이 떨어질 듯한 소음과 함께 목재와 대리석 조각들이 튀었지만 충분치 않았다. 아니, 턱도 없었다. 천장은 철컥대는 소리와 함께 하강을 계속했다. 이제 머리 위로 3미터도 채 남지 않았다. 꼼짝없이 깔려 죽게 될 판이다.

'하느님, 이렇게 죽고 싶지는 않다고요.'

그때였다.

"질? 질이야?"

작은 목소리가 복도에서 들려왔다. 그 소리를 듣자 살 수 있다는 한줄기 희망을 느꼈다. 배리!

"도와줘요, 배리! 문을 부숴요, 지금 당장!"

질이 소리쳤다. 그녀의 목소리는 높고 떨렸다.

"물러서!"

질이 휘청거리며 물러서자 엄청난 힘이 문을 강타하는 소리가 들렸다. 나무 문틀이 부르르 떨렸지만 부서지진 않았다. 질은 좌절과 공포에 찬 비명을 질렀다. 겁에 질린 그녀의 시선은 문과 천장 사이를 바쁘게 오갔다.

또 한 번 묵직한 충격이 문에 전해졌다. 천장은 이제 손에 닿을 만큼 내려앉았다.

'배리, 서둘러요, 제발!'

세 번째 충격, 마침내 나무가 우지끈 소리를 내며 부서졌다. 문이 벌컥 열리고 벌건 얼굴로 땀을 흘리는 배리가 문간에 나타났다. 그가 손을 뻗었다.

질이 몸을 날렸고, 배리가 그녀의 손목을 잡아 낚아채 듯 복도로 끌어당겼다. 둘 다 바닥으로 쓰러짐과 동시에 뒤에서는 문이 찌그러지며 경첩이 떨어져 나갔다. 천장은 아랑곳없이 계속해서 하강했고, 빠각 하는 소름 끼치는 소리와 함께 문은 산산조각 나고 말았다.

곧이어 쾅, 하는 소리가 울려 퍼지며 천장과 바닥이 맞닿았다. 그게 끝이었다. 집 안은 다시 묘지처럼 조용해졌다. 그들은 비틀대며 자리에서 일어섰다. 질이 문간을 바라보았다. 문틀 전체가 거대한 석판으로 막혀 있었다. 방금 전까지만 해도 천장이었던 그 석판은 족히 2톤은 되어 보였다.

"괜찮아?"

배리가 물었지만 질은 한동안 아무 대답도 하지 못했다. 여전히 떨리는 손에 쥐고 있는 산탄총만 내려다볼 따름이었다. 함정 따윈 없다고 얼마나 자신했던가. 이 저택에 들어온 후 처음으로 이런 생각이 들었다. 이 끔찍한 곳에서 빠져나갈 수 있을까.

///

그들은 텅 빈 중앙 홀에 서 있었다. 크리스는 계단 앞 카펫 위를 서성거렸고, 레베카는 불안한 얼굴로 난간 옆에 섰다. 거대한 로비는 크리스가 처음 보았을 때와 똑같이 차갑고 불길했다. 벽은 침묵한 채 이곳에 어떤 비밀이 숨겨져 있는지 알려주지 않았다. 스타스 대원들은 모두 사라졌고, 그들이 어디로, 왜 가버렸는지 아무런 단서도 없었다.

그때 저택 깊은 곳 어딘가에서 육중한 무언가가 움직이며 우르릉거리는 소리가 들렸다. 거대한 문이 쾅 하고 닫히는 것 같았다. 둘은 머리를 갸우뚱하고 귀를 기울였지만 소리는 한 번으로 끝이었다. 크리스는 그것이 어느 방향에서 들려왔는지조차 알 수 없었다.

'대단해. 아주 잘됐어. 좀비에, 미친 과학자에, 이제는 한밤중에 쿵쿵대는 것들까지. 정말 훌륭해.'

크리스는 자신이 덜 당황한 것처럼 보이길 바라며 레베카를 향해 미소 지었다.

"메시지 하나 남기질 않았네. 그렇다면 B안으로 가야겠어."

"B안은 뭔데요?"

레베카의 물음에 크리스가 한숨을 푹 내쉬었다.

"나도 알면 다행이게. 하지만 일단 검 문양이 그려진 열쇠로 그 방부터 열어보자. 다른 팀원들이 돌아오길 기다리는 동안 정보를 더 모을 수 있을지도 모르지. 이를테면 지도 같은 것 말이야."

레베카가 고개를 끄덕였다. 크리스가 앞장선 채 둘은 식당을 통과해 아까 그 길로 돌아갔다. 레베카를 위험에 노출시키고 싶지 않았지만 혼자 남겨둘 수도 없었다. 중앙 홀은 더더욱. 그곳은 조금도 안전하게 느껴지지 않았다.

재깍거리며 돌아가는 괘종시계를 지나는데 크리스의 신발 아래에서 무언가 작고 딱딱한 것이 퍼석 부서졌다. 그가 쭈그려 앉아 진한 회색의 석고 덩이를 집어 올렸다. 근처에 두세 개가 더 있었다.

"아까 지나올 때 이런 거 본 적 있어?"

레베카가 고개를 흔들자 크리스는 석고 조각이 더 있나 찾아보기 위해 고개를 숙였다. 그 역시 이런 것을 본 기억이 없었다. 테이블 맞은편에 부서진 석고 더미가 있었다.

그들은 정교하게 장식된 벽난로를 지나, 긴 테이블을 돌아서 부서진 석고 앞에 멈췄다. 크리스가 발끝으로 석고 조각들을 건드려보았다. 각도나 모양으로 볼 때 조각상 같았다.

'뭐였든 이제는 쓰레기가 됐네.'

"중요한 거예요?"

레베카의 물음에 크리스가 어깨를 으쓱거렸다.

"그럴 수도 있고, 아닐 수도 있고. 일단 한번 살펴볼 필요는 있겠어. 이런 상황에서는 어떤 게 단서가 될지 모르니까."

오래된 시계의 초침 소리는 문을 지나 악취로 가득 찬 좁은 복도까지 이어졌다. 크리스는 주머니에서 은색 열쇠를 꺼낸 든 채 오른편으로 방향을 틀었다.

다음 순간, 그는 재빨리 베레타를 꺼내 들고 레베카에게 다가섰다. 홀 끝의 문이 닫혀 있었다. 그들이 아까 나올 때만 해도 열린 상태였는데 말이다.

감시당하는 느낌은 없었다. 움직임도 없었다. 그런데 그들이 로비에 있는 사이에 누군가가 이곳을 지나간 것이다. 그렇게 생각하니 불안해졌다. 사방에서 은밀히 무슨 일인가가 벌어지고 있다는 크리스의 불길한 예감이 적중하는 것만 같았다. 왼편에 쓰러져 있는 괴물은 여전히 피가 잔뜩 고인 눈으로 낮은 천장을 올려다보는, 아까와 똑같은 자세였다. 크리스는 대체 누가 놈을 죽인 걸까 생각했다. 시체와 그 너머의 미확인 지역을 수색해야 한다는 걸 알고 있었지만 레베카를 안전한 어딘가에 데려다놓기 전까지는 그럴 생각이 없었다.

"가자."

크리스가 속삭이자 그들은 잠긴 문을 향해 신중히 다가갔다. 크리스는 복도를 감시하며 레베카에게 열쇠를 넘겼다. 이내 가벼운 찰칵 소리와 함께 복잡하게 패널이 덧대진 문이 열렸다.

크리스는 방 안을 수색하기도 전에 그곳이 안전하다는 것을 느낄 수 있었다. 그가 레베카에게 들어오라고 손짓했다. 그곳은 피아노가 갖춰진 고급 술집처럼 꾸며져 있었다. 바닥에 고정된 등받이 없는 의자 몇 개와 함께 빌트인 카운터가 있고, 그 맞은편에는 소형 그랜드 피아노가 공간 대부분을 차지하고 있었다. 은은한 조명 때문인지, 아니면 부드러운 색상 때문인지 그곳은 차분하고 고요한 분위기를 풍겼다. 정확히 무슨 방인지는 몰라도 크리스는 이곳이 이제껏 본 그 어떤 방보다 안전한 장소라고 생각했다.

'내가 다른 사람들을 찾는 동안 레베카가 잠시 머무르기에 적당한 곳인 것 같군.'

레베카가 먼지 쌓인 검정색 피아노 의자 가장자리에 앉아 있는 동안 크리스는 그 방을 조금 더 수색했다. 화분 두어 개, 작은 탁자, 피아노 뒤로 우묵하게 들어간 좁은 벽감이 있었고 나무로 된 책장 두 개가 뒤편에 있었다. 유일한 출입구는 그들이 들어온 문뿐이었다. 레베카가 숨어 있기엔 안성맞춤이었다.

크리스는 베레타를 총집에 넣고 피아노 앞에 있는 레베카에게 다가갔다. 어떻게 하면 말을 잘 전달할 수 있을까 생각했다. 홀로 남겨두겠다는 말로 겁을 주고 싶진 않았다. 그녀가 머뭇머뭇 미소를 지으며 그를 올려다보았다. 삐죽삐죽한 붉은색 앞머리 때문에 실제보다 더 어리게, 아니 마치 어린아이처럼 보였다.

'그래도 내가 조종사 자격증을 따는 데 걸린 시간보다도 짧은 시

간에 대학교를 졸업한 아이야. 어린애 취급하지 마. 아마 나보다 훨씬 똑똑할 거야.'

크리스는 속으로 한숨을 쉬고는 웃어 보였다.

"내가 주변을 살펴보는 동안 레베카는 여기 있으면 어떨까?"

그 말에 레베카의 미소가 조금 흔들렸지만 침착하게 그의 시선을 마주보았다.

"그래야겠죠. 전 총이 없기도 하고, 혹시라도 문제가 생기면 나 때문에 선배까지 속도가 떨어질 수 있으니까요."

레베카는 더 크게 미소 지으며 덧붙였다.

"하지만 수학 공식에 당했다고 울면서 날 찾아오진 마세요."

크리스가 너털웃음을 터뜨렸다. 그녀의 농담도 웃겼지만 그녀에 대한 자신의 잘못된 생각도 우스꽝스러웠다. 절대 과소평가할 친구가 아니다. 그는 문으로 다가가 손잡이에 손을 올린 채 잠시 멈췄다.

"최대한 빨리 돌아올게. 내가 나가면 바로 문 잠그고 절대 혼자 돌아다니지 마, 알겠지?"

레베카가 고개를 끄덕이자 그는 밖으로 나간 뒤 문을 닫았다. 크리스는 문이 잠기는 소리가 들릴 때까지 기다렸다가 베레타를 뽑아 들었다. 절도 있는 걸음으로 복도를 걷기 시작하자 그의 얼굴에 서려 있던 미소가 모두 지워졌다.

썩어가는 괴물에게 가까워질수록 악취가 한층 심해졌다. 그는 짧게 공기를 마시며 시체로 다가가 그 뒤로 복도가 이어지는지 살펴보았다. 그런 다음 시체에 난 총알구멍을 들여다보던 크리스가 우뚝 멈췄다. 벽감 안쪽에 머리가 없는 채로 온통 피를 뒤집어쓴 두 번째 시체가 있었던 것이다. 크리스는 한 걸음 떨어진 곳에 놓인 창백한 머리를 들여다보고 그것이 케네스 설리번임을 깨달았다. 시체가 된 브라보 팀 대원의 모습에 그는 다시 한 번 거센 분노와 결의를 느꼈다.

'이건 아니야, 빌어먹을. 조셉에 케네스까지. 그리고 분명 빌리도 죽었겠지. 도대체 누가 또 죽었을까? 멍청한 사고 하나 때문에 얼마나 많은 사람들이 더 죽어야 하는 거야?'

크리스는 식당으로 이어지는 문을 향해 뚜벅뚜벅 걸어갔다. 중앙 홀에서 시작해 스타스 대원들이 갈 수 있는 모든 길을 다 확인하고 그동안 만나는 괴물들을 모조리 처리할 작정이었다.

동료들을 헛되이 죽게 놔둘 수 없었다. 설사 그것이 그가 생전에 마지막으로 하는 일이 될지라도 그것만은 막을 것이다.

한편, 크리스가 나간 뒤 레베카는 문을 잠그고 마음속으로 그에게 행운을 빌었다. 그녀는 먼지 쌓인 피아노로 돌아와 의자에 앉았다. 크리스가 그녀에 대해 책임감을 느끼는 게 분명했다. 총을 떨어뜨리다니, 정말로 바보 같은 짓이었다고 다시 한 번 생각했다.

'최소한 총이라도 가지고 있었다면 크리스 선배가 그렇게 걱정하진 않을 텐데. 경험은 없지만 기본 훈련은 받았잖아. 다른 사람들과 똑같이.'

레베카는 손가락 하나를 들어 먼지 쌓인 건반 위를 죽 그었다. 창고에서 서류 뭉치 중 일부를 가져올 걸 그랬다. 거기에서 얻을 만한 유용한 정보가 더 있을지는 모르겠지만 적어도 기다리면서 읽을거리는 생기는 것 아닌가. 그녀는 가만히 앉아 있지 못하는 성미였고, 딱히 할 일도 없어 더 무료해졌다.

'피아노 연습이나 해보든가.'

그녀의 머릿속에서 밝은 목소리가 들려왔다. 레베카는 살짝 웃으며 건반을 내려다보았다.

'아니, 됐거든.'

어릴 때 그만둬도 된다는 엄마의 허락이 떨어지기 전까지, 장장 4년이라는 긴 시간 동안 피아노를 붙잡고 얼마나 헛고생을 했던가.

그녀는 자리에서 일어나 조용한 방을 둘러보며 다른 할 일이 있나 찾아보았다. 바 쪽으로 다가가 안을 들여다보았지만 보이는 것이라고는 먼지 쌓인 잔과 냅킨이 놓인 선반 몇 개뿐이었다. 술병이 서너 개 있었고 대부분은 비어 있었다. 바 뒤 카운터 위에 값비싸 보이는 와인이 몇 병 놓여 있는 걸 발견했다.

레베카는 좋은 와인이네, 하고 생각했다가 곧 떨쳐버렸다. 술을 좋아하지도 않을뿐더러 지금은 술에 취할 때가 아니다. 그녀는 한숨을 쉬며 방의 이곳저곳을 살펴보았다.

피아노 말고는 볼 만한 게 없었다. 왼쪽 벽에는 여자의 작은 초상화가 걸려 있었다. 짙은 색 액자에 담긴 단조로운 초상화였다. 피아노 옆 바닥에는 천천히 죽어가고 있는 화분이 하나 있었다. 고급 레스토랑에서 흔히 볼 수 있는 잎이 많은 나무였다. 그리고 벽에서부터 이어진 탁자에는 뒤집힌 마티니 잔이 놓여 있었다. 상황이 이렇다 보니 피아노가 꽤 흥미로워 보이기 시작했다.

레베카는 피아노를 지나쳐 오른편에 난 공간을 들여다보았다.

한쪽으로 밀린 두 개의 빈 책장이 있었는데 특별한 것은 없어 보였다.

아니, 잠깐. 그녀가 얼굴을 찌푸리며 책장에 다가섰다. 바깥쪽에 나와 있는 작은 책장은 비어 있었지만 그 뒤에 있는 건 확인해볼 필요가 있었다.

그녀는 책장의 옆면에 손을 대고 힘껏 밀었다. 바깥쪽 선반이 앞으로 밀려 나갔다. 그다지 무겁지 않아 쉽게 움직였고, 마룻바닥의 먼지 위에 자국이 남았다.

레베카는 숨겨진 선반을 살폈지만 이내 실망했다. 움푹 팬 낡은 나팔, 먼지 낀 유리 과자 그릇, 장식용 꽃병 두어 개, 작은 받침대에 세워진 악보 몇 장이 전부였다. 악보의 제목을 들여다본 그녀는 잠시 아련한 향수를 느꼈다. 그 악보는 그녀가 가장 좋아하는 월광 소나타였다.

그녀는 노랗게 바랜 악보를 집어 들었다. 열 살인가 열한 살 때, 그 곡을 익히느라 얼마나 오랜 시간 연습했던가. 사실 자신이 피아니스트가 될 재목이 아님을 깨닫게 만든 바로 그 곡이었다. 그 아름답고도 섬세한 곡조는 그녀가 피아노 앞에 앉을 때마다 처참히 망가지곤 했다.

레베카는 악보를 들고 피아노 앞에 서서 생각에 잠긴 채 한참을 바라보았다. 달리 할 일도 없었다.

'게다가 다른 팀원 중 누군가가 이 소리를 듣고 찾아올지도 모르잖아. 끔찍한 소음의 근원지가 어디인지 알아내려고 말이야.'

그녀는 씩 웃으며 의자의 먼지를 털어내고 자리에 앉아 보면대에 악보를 펼쳤다. 앞부분의 음표들을 읽는 동안 손가락이 거의 자동적으로 제자리를 찾았다. 마치 피아노를 그만둔 적이 없는 사람처럼. 마음이 편안해졌다. 이 저택 안에서 벌어지고 있는 끔찍한 일들과는 완전히 무관해지는 기분이었다.

머뭇거리던 레베카는 연주를 시작했다. 초반의 구슬픈 곡조가 고요함으로 이어지자 그녀는 자신도 모르게 긴장을 풀었다. 마음이 편안해지고 두려움이 조금씩 사라졌다. 여전히 실력은 좋지 못했고 박자도 여느 때처럼 엉망이었지만, 음은 모두 정확했고 멜로디의 힘은 기교의 부족함을 메우고도 남았다.

'건반이 조금만 덜 뻑뻑했으면 좋았을 텐데.'

그때 그녀 뒤에서 무언가가 움직였다.

레베카가 벌떡 일어나는 바람에 피아노 의자가 뒤로 쾅 넘어갔다. 그녀는 사방으로 시선을 움직이며 자신에게 덤벼들 좀비를 찾았다. 그런데 그녀의 눈에 들어온 건 너무나 의외라서 그대로 선 채 얼어붙었다. 자신이 본 것을 좀처럼 이해할 수 없었다.

벽이 움직이고 있었던 것이다.

피아노의 마지막 음이 여전히 차가운 공기 중에 퍼지고 있는 동안 그녀의 오른편 빈 벽에 붙은 1미터 높이의 패널이 천장으로 올라가더니 천천히 멈춰 선 것이다.

그녀는 움직이지 않고 무언가 끔찍한 일이 벌어지기만을 기다렸다. 하지만 침묵 속에서 몇 초가 지나는 동안 아무 일도 일어나지 않았다. 방은 여전히 조용하고 안전했다.

숨겨진 악보. 이상하리만큼 뻑뻑한 건반.

'어떤 기계장치에 연결된 것처럼?'

좁게 열린 틈 사이로 사람이 드나들 수 있는 높은 벽장 크기의 숨겨진 공간이 보였다. 방처럼 은은한 조명이 켜져 있었다. 그 안은 흉상과 받침대 말고는 텅 비어 있었다.

레베카는 열린 틈으로 다가가다 우뚝 멈춰 섰다. 치명적인 함정이나 독이 묻은 표창 같은 것들이 머릿속을 채웠다. 들어갔다가 끔찍한 장치 같은 게 작동되면 어떡하지? 문이 닫혀서 그 안에 갇히고 크리스 선배가 영영 돌아오지 않으면?

'스타스 대원 중 이번 임무에서 아무 일도 하지 못한 유일한 대원이 되고 싶어? 용기를 좀 내봐.'

레베카는 마음을 굳게 먹고 안으로 들어가 조심스레 주변을 둘러보았다. 함정 같은 건 눈에 띄지 않았다. 평범한 치장 벽토는 크림을 섞은 커피색이었고 어두운 나무로 가장자리가 마감되어 있었다. 작은 방의 빛은 오른편에 있는 온실의 창을 통해 들어오는 것이었다. 더러운 유리창 너머로 죽어가는 식물이 보였다.

그녀는 뒤쪽에 있는 받침대를 향해 조금 더 가까이 다가갔다. 그 위에 세워진 흉상 조각은 베토벤이었다. 월광 소나타를 작곡한 그의 근엄한 얼굴과 짙은 눈썹을 알아볼 수 있었다. 받침대에는 방패처럼 생긴 두꺼운 금 엠블럼이 박혀 있었다. 접시만 한 크기였다.

레베카는 단순한 모양의 받침대 기둥 옆에 쭈그리고 앉아 그 엠블럼을 바라보았다. 단단하고 두꺼워 보였다. 위에는 조금 더 연한 금색으로 왕실의 문장 같은 것이 새겨져 있었다. 어딘가 모르게 낯익었다. 같은 모양을 이 집 어딘가에서 본 적이 있다.

'맞다, 식당! 벽난로 위에 있었어!'

다른 점이라면 벽난로 위에 있던 것은 나무로 되어 있었다. 크리스가 부서진 조각상을 살피는 동안 그녀는 분명 그것을 보았다.

호기심이 생긴 그녀는 엠블럼에 손을 대고 앞면의 패턴을 만져보았다. 그러고는 살짝 올라온 가장자리를 양손으로 붙잡고 힘을 주어 들어올렸다. 묵직한 엠블럼은 쉽게 빠져 나왔다. 처음부터 고정되어 있지 않았던 모양이다.

그러자 그녀 뒤로 비밀의 문이 다시 내려오면서 그녀를 안에 가두었다.

레베카는 망설이지 않고 엠블럼을 빈 공간에 도로 끼워 넣었다. 그러자 벽이 매끄럽게 다시 위로 올라갔다. 안심이 된 그녀는 생각에 잠긴 채 금으로 된 묵직한 엠블럼을 내려다보았다.

누군가 이것을 숨겨두고자 이 복잡한 장치를 만들었으니 이 엠블럼은 중요한 것이 틀림없었다. 그렇다면 어떻게 이것을 가지고 나가지? 식당 벽난로 위에 있던 것도 비밀 통로를 열어주는 기능을 하나?

'벽난로 위의 나무 엠블럼도 이것과 같은 크기가 아닐까?'

확실하지는 않았지만 본능적으로 그것이 정답임을 깨달았다. 두 개를 맞바꾼다면? 나무 엠블럼을 이용해 문을 열어둔 상태에서 금 엠블럼을 가져가 벽난로 위에 끼운다면?

레베카는 씩 웃으며 다시 피아노 방으로 돌아갔다. 크리스가 꼼짝 말고 기다리라고 했지만 1, 2분 정도면 충분할 것이다. 그러면 그가 돌아왔을 때 보여줄 것이 생긴다. 이 저택의 비밀을 해결하는

데 큰 보탬이 될지도 몰랐다.

무엇보다도 자신이 결코 쓸모없는 사람이 아니라는 증거가 되어 줄 테니까.

제11장

배리와 질은 천장이 덮인 보도 위, 퍼즐 잠금장치 옆에 서서 상쾌한 밤공기를 들이마셨다. 높은 담벼락 너머에서 귀뚜라미와 매미가 끊임없이 울어댔다. 아직도 바깥에는 평범한 세상이 존재한다고 알려주는 듯했다.

죽을 뻔한 위기를 겨우 넘긴 질은 아직도 머리가 빙글빙글 돌고 속이 메스꺼웠다. 배리는 신선한 공기가 도움이 될 거라고 이야기하며 그녀를 뒷문 쪽으로 데려갔다. 아직 크리스나 웨스커를 찾진 못했지만 배리는 둘 다 살아 있다고 믿는 것 같았다. 그는 자신이 지나온 길을 되짚어가며 그녀에게 지금까지 있었던 일을 빠르게 이야기해주었다. 질은 벽에 기댄 채 따뜻한 공기를 깊이 들이마셨다.

"그때 질의 총소리를 듣고 달려온 거야."

배리가 무심코 짧은 턱수염을 어루만지며 그녀에게 미소를 지어 보였다. 어딘가 머뭇거리는 듯한 미소였다.

"운이 좋았지. 2초만 늦었어도 질 샌드위치가 됐을 거야."

질은 고개를 끄덕이며 고마움의 미소를 보냈다. 그러면서도 그가 약간 불편해 보이고 억지로 농담을 건네는 듯한 느낌을 받았다. 이상했다. 배리는 위험이 닥쳤을 때 쉽사리 긴장하는 사람처럼 보이진 않았는데.

'아니, 어찌 보면 당연한 일이지. 이런 곳에 갇혀버렸고 팀원들이 어떻게 됐는지 알 길이 없으니까. 저택 전체가 우릴 잡아먹으려 드는 것 같잖아. 솔직히 웃을 일은 아니지.'

"혹시라도 배리가 위험에 처한다면 내가 은혜를 갚을 수 있으면 좋겠어요. 정말로요. 내 목숨을 구해줬잖아요."

질의 진심 어린 말에 배리가 살짝 얼굴을 붉히며 고개를 돌렸다.

"도움이 됐다니 다행이군. 좀 더 조심해. 이곳은 위험하니까."

그녀는 자신이 얼마나 죽음과 가깝게 맞닥뜨렸는지 다시 한 번 떠올리며 고개를 끄덕였다. 그녀는 소름이 끼쳤지만 강제로 그런 생각을 떨쳐냈다. 지금은 크리스와 웨스커에게 정신을 집중해야 했다.

"그러면 배리는 두 사람이 무사하다고 믿는 거죠?"

"그럼. 탄피 말고도 건물 반대편에 괴물 시체가 줄줄이 널려 있어. 모두 머리를 깨끗이 관통당했지. 크리스의 솜씨가 틀림없어. 내가 위층에서 두 놈을 더 죽여야 했으니 아마 중간 어딘가에 숨어 있는 것 같아."

배리가 벽에 박혀 있는 구리 그림판을 향해 고갯짓했다.

"그럼 별 문장은 이미 여기 있었던 거야?"

질은 그 말을 듣고 얼굴을 찌푸렸다. 갑자기 화제를 바꾸자 당황스러웠다. 크리스는 배리의 가장 가까운 친구 중 한 명이 아닌가.

"아니요. 함정이 설치되어 있던 다른 방에서 찾았어요. 여긴 곳곳에 함정이 있는 것 같아요. 어쩌면 우리 둘이 웨스커와 크리스를 찾으러 다녀야 할지도 몰라요. 그들이 함정에 빠질지도 모르고 아니면 우리 둘 중 누군가에게 무슨 일이 벌어질지도 모르잖아요."

배리가 고개를 흔들었다.

"글쎄, 난 모르겠어. 물론 질의 말이 맞아. 조심해야지. 하지만 방이 너무 많고, 우리의 최우선순위는 탈출구를 찾는 거잖아. 그러려면 둘이 흩어져야 나머지 문장도 찾을 수 있고 동시에 크리스도 찾을 수 있을걸. 그리고 웨스커 대장도."

배리의 태도는 달라진 것이 없었지만 질은 배리가 무언가 불편해하고 있다는 인상을 받았다. 그가 구리 그림판을 자세히 살펴보려 고개를 돌렸지만 질에겐 마치 눈을 피하는 것처럼 보였다.

"게다가 이제는 우리가 무슨 문제에 직면했는지 알잖아. 상식적으로 행동하기만 한다면 괜찮을 거야."

"배리, 괜찮아요? 어쩐지 조금…… 지쳐 보여요."

지쳐 보인다는 건 적절한 표현이 아니었지만 그것이 질의 머리에 떠오른 유일한 단어였다.

그가 한숨을 쉬더니 마침내 그녀를 똑바로 쳐다보았다. 실제로 지쳐 보이기도 했다. 눈 밑에 다크 서클이 짙게 내려와 있었고 그의 넓은 어깨는 축 처져 있었다.

"아니, 괜찮아. 그냥 크리스가 걱정돼서."

질이 고개를 끄덕였지만 그에게 무언가 숨기는 게 있다는 느낌을 떨칠 수 없었다. 그녀를 함정에서 구해준 후 배리는 평소와 달리 유난히 가라앉아 있었다. 심지어 불안해 보이기까지 했다.

'피해망상증이야? 이 사람은 배리 버튼이라고. 라쿤 스타스의 기둥! 방금 전에 내 목숨을 구해준 사람이고. 대체 뭘 숨기고 있겠어?'

질은 자신이 지나치게 의심하고 있다고 생각했지만 그럼에도 트렌트가 준 컴퓨터에 대해서는 입을 다물기로 결심했다. 이제껏 겪은 모든 일을 고려할 때 누군가를 완전히 신뢰한다는 게 쉽지 않았다. 게다가 배리는 이미 이 저택의 구조에 대해 파악한 듯했고 지도에 대해 알려줄 필요가 없어 보였다.

'그래, 계속 의심이나 하고 있어. 잘하면 웨스커 대장이 이 모든 걸 계획한 주범이라는 생각까지 하겠네.'

질은 자신을 향해 콧방귀를 뀌고는 벽에서 몸을 뗐다. 둘은 천천히 집 안으로 돌아갔다. 웨스커 대장에 대한 말도 안 되는 상상이야말로 진짜 피해망상이었다.

그들은 문 앞에서 멈췄다. 질은 마지막으로 상쾌한 공기를 몇 모금 더 들이마신 뒤 마음을 진정시켰다. 배리는 자신의 콜트 파이선을 꺼내 빈 약실을 다시 채우기 시작했다. 그의 표정이 침울했다.

"난 건물 동쪽으로 돌아가서 크리스의 흔적을 찾아볼게. 질은 위로 올라가서 다른 문장들을 찾아보는 게 어때? 그러면 우리 둘이서 모든 방을 확인한 후 다시 중앙 홀로 돌아갈 수 있으니까."

질이 고개를 끄덕이자 배리가 문을 열었다. 녹슨 경첩이 삐걱거

리는 소리를 냈다. 냉기가 그들을 감싸고 지나가자 질은 한숨을 내
쉬었다. 춥고 어두운 방들의 미로, 아직 열지 못한 문들과 그 뒤에
숨은 비밀을 마주할 만반의 준비를 해야 했다.

"괜찮을 거야."

배리가 따뜻한 손을 그녀의 어깨에 얹으며 부드럽게 말했다. 뒤
에서 문이 닫히자마자 그는 한 손을 들어 웃으며 인사했다.

"행운을 빌어."

배리는 그녀가 대답하기도 전에 서둘러 걸음을 옮겼다. 또 한 번
낡은 금속성 소리가 들리더니 그는 복도 끝의 양문을 통해 자취를
감췄다.

질은 그가 사라진 곳을 잠시 쳐다보았다. 또다시 이 춥고 악취로
가득한 어두침침한 복도에 홀로 남겨졌다. 그녀는 확신했다. 배리
가 무언가를 숨기고 있다고. 정말로 무슨 문제가 있는 걸까, 아니면
그저 두려움에 지친 동료를 보호하려는 걸까?

'크리스나 웨스커의 시체를 발견했는데 나한테 숨기려는 게 아
닐까.'

불길한 추측이지만 그의 기이하고도 다급한 행동은 충분히 설명
할 수 있었다. 누가 봐도 그는 최대한 빨리 이곳을 나가고 싶어 했
고, 그녀가 서쪽에 머무르기를 바랐다. 그리고 그 퍼즐 잠금장치에
집착하는 것으로 보아 크리스나 웨스커의 행방보다는 자신들의 탈
출에 더 신경을 쓰는 것 같았다.

그녀는 복도에 쓰러져 있는 두 좀비의 시체와 그들을 둘러싸고
있는 끈적거리는 피 웅덩이를 내려다보았다. 어쩌면 존재조차 하지

않는 동기를 찾기 위해 지나치게 애쓰는 것인지도 모른다. 배리도 그녀처럼 겁에 질리고, 죽음이 닥칠지 모른다는 두려움에 지쳐버린 게 아닐까.

'이제 이런 생각은 그만하고 할 일이나 해. 다른 대원들을 찾든 못 찾든, 여길 빠져나가야 한다는 사실만큼은 그의 말이 옳아. 돌아가서 사람들에게 이곳에 대해 알려야 해.'

질은 어깨를 펴고 총을 든 채 계단으로 이어지는 문을 향해 걸어갔다. 여기까지 무사히 왔으니 조금만 더 가면 된다. 많은 사람들의 목숨을 앗아간 미스터리를 풀어야 했다.

'아니면 애만 쓰다가 여기서 죽든가.'

그녀가 머릿속으로 조그맣게 속삭였다.

포레스트 스페이어가 죽었다. 잘 웃고, 성격 좋고, 언제나 추레한 차림으로 돌아다니는 전형적인 남부 사나이는 더 이상 존재하지 않았다. 그 포레스트는 사라지고 포레스트의 껍데기를 쓴 채 피투성이가 되어 벽에 기대 쓰러져 있는 처참한 시신만 남았다.

크리스는 시신을 내려다보았다. 멀리서 들려오는 밤의 소리들이 2층 파티오 난간을 타고 신음하는 갑작스러운 강풍에 묻혀버렸다. 유령처럼 으스스한 소리였지만 포레스트는 들을 수 없었다. 앞으로 다시는 아무 소리도 듣지 못할 것이다.

크리스는 움직이지 않는 시체 옆에 앉아 조심스레 차디찬 손가락 밑에서 포레스트의 베레타를 빼냈다. 쳐다보지 않으리라 다짐했지만 포레스트의 벨트 주머니에 손을 뻗는 순간 그의 눈이 있었던 자리에 남은 끔찍한 빈 공간을 홀린 듯 바라보고 있는 자신을 발견했다.

'빌어먹을, 어떻게 된 거야? 무슨 일을 당한 거야, 친구?'

포레스트의 시신은 수많은 상처로 뒤덮여 있었다. 대부분의 상처가 손가락 한두 마디정도의 길이였고, 그 주변의 살점은 마구 헤집어져 피가 흘렀다. 무딘 칼로 수백 번은 찔린 듯 각각의 상처마다 피부와 근육들이 무참히 뜯겨 있었다. 흉곽 일부는 그대로 드러나 너덜너덜해진 붉은 피부 아래로 흰 뼈가 드러났다. 하지만 무엇보다도 눈동자가 사라진 공허한 시선이 최악이었다. 마치 포레스트의 목숨을 빼앗는 것만으로는 만족하지 못한 듯, 그의 영혼마저 빼앗으려 한 것처럼 보였다.

포레스트의 주머니 속에는 베레타 탄창 세 개가 들어 있었다. 크리스는 탄창을 주머니에 쑤셔 넣고 재빨리 일어나 처참히 훼손된 시신에서 눈을 뗐다. 그리고 어두운 숲을 내다보며 깊이 숨을 들이쉬었다. 머릿속이 뒤죽박죽되어 조리 있는 생각을 이어갈 수 없었다.

레베카와 헤어지고 중앙 홀로 돌아갔던 그는 어떤 문이 잠겨 있지 않은지 모두 열어보기로 작정했고, 위층의 조그만 방에서 피 묻은 손자국을 발견했다. 그리고 시끄러운 새 울음소리를 들었을 때 어떤 놈이건 모조리 쓸어버리겠다는 일념으로 무작정 뛰어들었었다.

'까마귀, 분명 까마귀 소리 같았어. 그것도 한 무리의 까마귀, 아니 까마귀의 살인. 한 무리의 개, 한 무리의 고양이…… 까마귀 무리는 까마귀의 살인이라고 부른다지(15세기경 까마귀 무리를 세는 단위로 a flock of crows 대신 살인이라는 뜻의 단어 murder가 쓰여 a murder of crows로 불렸다. 이 표현은 사라졌다가 20세기 이후 주로 문학 및 예술 분야에서 중의적인 의미로 사용되고 있다-옮긴이).'

크리스가 눈을 깜빡였다. 피로에 지친 그의 머리가 저장되어 있던 정보를 무작위로 뽑아내는 중이었다. 크리스는 얼굴을 찌푸린 채 다시 포레스트의 망가진 시신 옆에 앉아 들쭉날쭉한 상처를 자세히 살폈다. 심각한 자상 외에 긁힌 자국도 수십 개가 있었다. 여러 줄의 패턴이 있는 자국이었다.

'발톱, 날카로운 발톱이 달린 동물의 발.'

그 순간 퍼덕이는 날갯짓 소리가 들렸다. 그는 천천히 몸을 돌렸다. 포레스트의 베레타를 쥐고 있던 손이 갑자기 차가워졌다.

1미터도 채 떨어지지 않은 난간 위에 거대하고 날렵한 새 한 마리가 앉아 번쩍이는 검은 눈으로 그를 쳐다보고 있었다. 매끄러운 깃털이 부풀대로 부푼 몸 위에서 번들거렸고, 무언가 붉고 젖은 길쭉한 물체가 부리에 매달려 있었다.

새가 한쪽으로 머리를 갸우뚱하더니 시끄러운 소리로 울어대자 부리에 매달려 있던 포레스트의 살점이 난간 위로 떨어졌다. 다음 순간, 사방에서 화답이라도 하듯 까마귀들의 울음소리가 밤공기를 뒤흔들었다. 수십 마리의 검은 물체가 괴성을 지르며 차양 아래에서부터 날아올랐다. 거대한 날개를 퍼덕이면서.

크리스는 포레스트의 텅 빈 두 눈을 떠올리며 몸을 날렸다. 작은

방으로 뛰어 들어가 문을 닫자 새들이 울부짖는 소리가 더욱 높아
졌다. 심장박동 소리가 귓전을 울렸고 아드레날린이 솟구치듯 분비
되었다.

크리스는 반복해서 심호흡을 했다. 잠시 뒤 그의 심장박동이 정
상으로 돌아왔다. 까마귀들의 울음소리가 점차 멀어지더니 곧 바람
소리에 실려 완전히 사라졌다.

'제기랄, 얼마나 더 멍청하게 굴어야 정신을 차리겠어? 머저리
같은 자식!'

싸울 상대를 찾아서, 스타스 대원의 죽음에 복수할 기회를 찾아
서 무작정 파티오로 나왔었고 그곳에서 포레스트의 시신을 발견했
을 때, 충격과 슬픔으로 아무 생각도 하지 못했다. 좀 더 이성적이
고 냉정하게 대처했다면 그런 유형의 상처와 새의 발톱을 더 빨리
연관 지을 수 있었을 것이고, 다음 먹잇감을 찾아 슬금슬금 모여든
놈들을 더 빨리 알아차렸을 것이다.

크리스는 아무런 준비도 없이 무작정 뛰어든 자신을 자책하며
중앙 홀로 돌아가는 문으로 향했다. 계속해서 이런 실수를 저지를
수는 없다. 당장 눈앞에 있는 것을 놓쳐서도 안 된다. 실수했다고
처음부터 다시 시작할 수 있는 게임이 아니었다. 사람들이, 아니 동
료들이 죽어나가고 있었다.

'정신 똑바로 차리지 않으면 나도 똑같은 신세가 될 거야. 복도
어딘가에 널브러진 채 처참한 시체가 되겠지. 광기로 들끓는 이 저
택의 또 다른 희생자가 되어서 말이야.'

크리스는 머릿속에서 앵앵거리는 잔소리를 멈추고 심호흡을 한

뒤 로비로 돌아가 문을 닫았다. 쓸데없이 자책만 하는 건, 이 위험한 환경에서 복수를 하겠다며 맹목적으로 달려드는 것만큼이나 멍청한 짓이다. 중요한 것에 정신을 집중해야 했다. 헤어진 알파 팀원들과 레베카.

그는 포레스트의 총을 허리춤에 끼우고 계단을 향해 걸어갔다. 이제 레베카도 자신을 보호할 무기가 생겼다. 그때였다.

"크리스 선배!"

예상치 못한 목소리에 놀란 크리스가 계단 밑을 내려다보자 계단 아래에서 레베카가 그를 올려다보며 웃고 있었다.

그가 서둘러 계단을 뛰어 내려갔다. 레베카를 보니 반가웠다.

"무슨 일 있어? 괜찮은 거야?"

그가 다가가자 레베카는 여전히 미소를 띤 채 은색 열쇠 하나를 내밀었다.

"쓸 만한 걸 하나 찾았죠."

크리스는 열쇠를 받아들고 손잡이 부분에 작은 방패 문양이 새겨져 있는 것을 확인한 뒤 조끼 안에 집어넣었다. 레베카가 환한 얼굴로 웃고 있었다.

"선배가 나간 뒤에 피아노를 쳤는데 벽에서 비밀 문이 열리지 뭐예요. 그 안에 방패같이 생긴 금 엠블럼이 있었는데, 그걸 식당에 있는 나무 엠블럼과 맞바꿨더니 괘종시계가 움직였고, 그 뒤에 열쇠가 있었어요."

레베카가 그의 얼굴을 유심히 살피더니 말을 멈추었다. 웃음기도 사라졌다.

"죄송해요. 돌아다니면 안 된다는 거 알지만 선배가 너무 멀리 가기 전에 따라잡을 수 있을 거라고 생각했어요."

"괜찮아. 생각지도 못했는데 만나서 놀란 것뿐이야. 자, 받아. 나도 살충제보다 쓸 만한 무기를 찾았어."

크리스는 레베카에게 베레타와 탄창 두 개를 건넸다. 그녀는 베레타를 손에 들고 생각에 잠긴 채 내려다보았다.

그녀가 다시 고개를 들었을 때 그녀의 눈빛은 가라앉아 있었다.

"누구 거예요?"

크리스는 거짓말을 할까 생각했지만 그녀가 믿지 않으리란 것을 알았다. 그리고 깨달았다. 어째서 필요 이상으로 레베카를 보호하려 하는지, 슬프고 참담한 진실을 감추려 하는지.

'클레어.'

바로 그것 때문이었다. 레베카를 보면 여동생 클레어가 떠올랐다. 말괄량이 같은 말투와 순발력 넘치는 재치, 헤어스타일까지 비슷한 점이 많았다.

"날 보호해야 한다고 책임감 느끼는 거 알아요. 그리고 내가 경험이 부족하다는 것도 인정할게요. 하지만 저도 스타스의 일원이에요. 진실을 숨기는 건 오히려 절 위험에 빠뜨릴 수 있어요. 그러니까 알려주세요. 이 총 누구 거예요?"

크리스는 잠시 그녀를 바라보다가 한숨을 내쉬었다. 그녀의 말이 옳았다.

"포레스트. 바깥에서 찾았어. 까마귀 떼한테 당한 것 같아. 케네스도 죽었고."

183

레베카의 눈에 고통의 빛이 일렁였지만 그녀는 시선을 피하지 않고 단호히 고개를 끄덕였다.

"알겠어요. 그럼 이제부터 어떻게 하죠?"

크리스는 어리지만 성숙한 동료를 향해 엷은 미소를 지었다.

또다시 실수하지 않기를 간절히 빌며 계단 위를 가리켰다.

"다른 문을 열어보자."

///

웨스커는 배리와 질 사이에 오간 대화의 대부분을 놓쳤지만 배리가 '행운을 빌어'라고 말한 뒤 가까운 곳에서 문이 열렸다 닫히는 소리는 들었다. 그러고 나서 잠시 뒤 마룻바닥에 부딪히는 발자국 소리가 들리더니 또 한차례 문 닫히는 소리가 이어졌다. 이제 바깥에는 아무도 없었다. 팀원들 모두 나머지 문장을 찾기 위해 뿔뿔이 흩어졌다.

'숨을 만한 방을 제대로 고른 것 같군.'

웨스커는 투구 문양이 새겨진 열쇠를 이용해 뒷문 옆 작은 서재에 숨었다. 배리가 잘하고 있는지 감시하기에 완벽한 장소였다. 사람들이 오가는 소리를 들을 수 있을 뿐 아니라 나중에 남보다 먼저 실험실로 달려갈 수 있는 위치였다.

그는 웃으며 바람 문양이 새겨진 묵직한 문장을 꺼내 책상 전등불에 비춰보았다. 바람 문장을 찾는 건 식은 죽 먹기였다. 배리와 이야기를 나누고 돌아가는 길에 우연히 석고로 된 조각상을 지나쳤는데, 조각상 안에 비밀의 공간이 있다는 것을 기억해냈다. 그 공간을 찾느라 소중한 시간을 낭비하는 대신 그는 그 흉측한 조각상을 식당 발코니에서 밀어 떨어뜨렸다. 그 안에 문장이 숨겨져 있진 않았지만 돌무더기 속에서 발견한 파란빛의 보석은 문장만큼이나 값진 것이었다. 식당 바로 옆에 방 하나가 있었는데, 그곳에는 한 눈은 빨갛고 한 눈은 파란, 호랑이 조각상이 있었다. 그가 이전에 다녀가면서 기억한 몇 개의 장치들 중 하나였다. 그 조각상을 확인해보니 그의 생각이 옳았다는 걸 알 수 있었다. 눈 두 개가 다 사라지고 없었던 것이다. 관능적인 빛을 발하는 파란 보석을 제 위치에 끼워 넣자 호랑이가 한쪽으로 돌면서 바람 문양이 새겨진 문장을 내놓았다. 그렇게 그는 임무 완수에 한 걸음 더 가까워졌다.

'나머지 문장 세 개가 다 모이고 그들이 바보같이 이 마지막 문장을 찾으러 갈 때 바로 빠져나가는 거야.'

웨스커는 잠시 잠금장치를 확인하러 다녀올까 생각하다가 관두기로 했다. 저택이 넓고 크긴 하지만 아무도 마주치지 않을 것이라 자신할 수는 없었다. 남들에게 들킬 위험을 감수할 필요는 없으니까. 그리고 나머지 문장들, 즉 태양, 달, 별 문장은 아직 찾지 못했을 것이다. 그 파란빛의 보석을 찾으러 아래층에 내려갔을 때도 하마터면 큰일 날 뻔했다. 크리스 레드필드와 마주칠 뻔했으니까. 크리스가 신참인 레베카를 찾아냈는지 둘이 함께 '단서'를 찾겠다며 돌아다니고 있었다.

'게다가 이 방은 아주 편하군. 다른 대원들이 수색하는 동안 잠깐

눈이라도 붙여야겠어.'

그는 책상 의자에 앉아 몸을 뒤로 기댔다. 지금까지의 진행 상황이 흡족했다. 자칫 재앙이 될 뻔했던 일이 꽤 잘 풀리고 있었다. 모두 그의 빠른 두뇌 회전 덕분이었다. 이미 바람 문장 하나를 찾았고, 배리와 질이 나머지를 찾고 있으며, 서재에 갔다가 엘렌 스미스를 만나는 행운까지 잡지 않았던가.

'참, 내 실수군. 엘렌 스미스 박사지.'

바람 문장을 찾은 뒤 그는 저택의 헬기 이착륙장이 내려다보이는 작은 방을 확인하기 위해 서재에 갔었다. 그곳으로 가는 문은 서재 책장 뒤에 숨겨져 있었기 때문이다. 빠르게 그곳을 둘러보았으나 유용한 것은 찾지 못했고 뒤쪽 방을 확인하려는 찰나, 스미스 박사가 어기적거리며 그를 맞았다.

사실 웨스커는 길게 뻗은 아름다운 다리와 순백에 가까운 금발에 끌려 라쿤으로 온 뒤 계속해서 그녀로부터 데이트 약속을 받아내려 애썼다. 그는 금발 미녀를 좋아했다. 그중에서도 똑똑한 사람들을. 그런데 그녀는 데이트 신청을 거절하는 것은 물론, 그때마다 매우 차갑게 굴었다. 그녀를 엘렌이라고 부르자 자신은 그의 상사이며, '박사'이기 때문에 합당한 호칭을 써달라고 요구했다. 한마디로 하나부터 열까지 도도하기 짝이 없는 얼음 공주였다. 그렇게 예쁘지만 않아도 애초에 데이트 신청 따위 하지 않았을 것이다.

'그런데 그 아름다움이 그렇게 퇴색됐을 줄이야, 스미스 박사.'

웨스커는 싱글싱글 웃으며 눈을 감은 채 그 순간을 다시 한 번 곱씹었다. 그녀는 책장 뒤에서 비틀거리며 나와 신음을 흘리며 그를 향해 손을 뻗었다. 그녀를 알아본 건 지저분해진 금발머리 덕분이었다. 그녀의 다리는 여전히 길었지만 매력이라고는 더 이상 남아 있지 않았다. 피부가 여기저기 떨어져 나간 것은 물론이고.

"정말 향기로운 향수를 바르셨군요, 스미스 박사님."

웨스커가 싱긋 웃은 뒤 그녀의 머리에 총 두 발을 쏘자 피와 뼛조각을 사방에 뿌리며 그녀는 그대로 무너졌다. 웨스커는 스스로를 점잖은 사람이라 여기고 있었지만 그 콧대 높은 년을 향해 방아쇠를 당기는 건 정말이지 흐뭇한, 아니 신나기 짝이 없는 일이었다.

'이 귀찮은 일을 내 손으로 직접 처리하는 것에 대한 작은 보상이라고 할까. 운이 좋다면 실험실에서 그 재수 없는 사튼과도 마주칠지 모르겠군.'

잠시 뒤 웨스커가 몸을 일으켜 기지개를 켜고는 뒤편 책장에 꽂힌 책들을 살펴보았다. 한시라도 빨리 움직이고 싶었지만 대원들이 문장을 찾으려면 시간이 꽤 걸릴 테고, 재촉하기 위해 그가 할 수 있는 일도 없었다. 아무것도 하지 않고 기다리는 것보다 무엇이든 하는 편이 나았다.

웨스커는 눈살을 찌푸린 채 이해할 수 없는 전문서적들의 제목을 훑어보았다. 그중 한 권은 '파지플라스미드 복합체: 알파 상보성 벡터'라고 되어 있었고, 그 옆의 것은 'cDNA 라이브러리와 전기 이동 조건'이라고 쓰여 있었다.

'생화학 교과서와 의학 잡지라니 참 잘됐군.'

원래 계획대로 잠이 잘 올 것 같았다. 제목을 읽는 것만으로도 잠이 쏟아지니 말이다.

그때 아래 선반에 홀로 꽂혀 있는 묵직한 책 한 권이 그의 시선을 사로잡았다. 그 책은 고급스러운 붉은색 가죽으로 싸여 있었다. 책을 집어 든 그는 자신도 읽을 수 있는 제목이라 반가웠다. 게다가 제목이 우습기까지 했다. '동쪽의 독수리, 서쪽의 늑대'라……

'잠깐, 이건 분수대에 적혀 있는 글귀와 같잖아.'

제목을 노려보던 웨스커는 흐뭇한 기분이 서서히 사라지는 것을 느꼈다. 그럴 리가 없었다. 연구원들이 미쳐버린 건 맞지만 실험실을 폐쇄하진 않았을 것이다. 그럴 이유가 없었다. 그는 자신의 생각이 틀렸기를 빌며 다급히 책을 펼쳤다.

다음 순간, 그는 책 속에 들어 있는 것을 보고 분노의 신음을 토해냈다. 독수리 문양이 새겨진 놋쇠로 된 메달이 책 속을 파서 만든 공간 속에 들어 있었다. 그것은 스펜서의 미친 자물쇠들 중 하나를 여는 열쇠의 일부였다.

마치 잔인한 농담의 마지막 구절 같았다. 이 저택을 벗어나려면 문장들을 찾아야 했다. 벽으로 둘러싸인 뜰로 나간 뒤에는 미로처럼 얽힌 터널을 지나 정원의 숨겨진 구역으로 가야 했다. 거기에는 오래된 돌 분수대가 있는데 그곳이 바로 지하 실험실로 가는 입구였다. 그 분수대는 스펜서가 만든 기발한 작품들 중 하나였다. 지하에 있는 시설을 숨기기 위해 열고 닫을 수 있는 첨단 설계의 결정체. 하지만 그것도 거기 맞는 열쇠를 가지고 있을 때의 이야기다. 그것을 열려면 놋쇠로 된 메달 두 개가 필요했다. 하나는 독수리, 또 하나는 늑대.

독수리 메달이 여기에 있다는 건 그 문이 닫혀 있다는 뜻이다. 그리고 그건 늑대 메달의 행방을 전혀 알 수 없다는 뜻이기도 했다. 늑대 메달은 이 넓은 저택 중 어디에든 있을 수 있다. 이제 실험실로 갈 수 있는 가능성은 제로에 가까워졌다.

분노를 억제하지 못한 그는 메달을 잡아채고는 책상을 향해 책을 집어던졌다. 책상 위에 놓여 있던 전등이 쾅 하고 넘어가자 갑작스러운 어둠에 잠겼다. 이제는 바람 문장을 꼭 쥐고 있을 필요가 없어졌다. 그의 완벽한 계획이 망가지고 말았다. 이제 유리한 지위를 포기하고, 다른 대원들 중 누군가가 우연히 늑대 메달을 발견해 가져다주기만을 기다려야 했다. 제멋대로 뻗어 있는 이 거대한 저택 어딘가에 숨겨져 있는 그 메달을 말이다.

'그건 곧 위험이 더 커지고, 수색이 늘어난다는 뜻이지. 그리고 그중 누군가가 나보다 먼저 실험실에 당도할 수 있다는 뜻이기도 하고.'

웨스커는 분노를 삭이며 두 주먹을 꽉 쥔 채 고요한 어둠 속에서 일어섰다. 고함을 지르지 않기 위해 안간힘을 쓰면서.

제12장

질은 유리가 깨지는 듯한 소리를 듣고 가만히 귀를 기울였다. 이 저택은 긴 복도와 특이한 구조 때문에 소리가 어디에서 들려오는지 파악하기가 힘들었다.

'애초에 들을 수 있다면 말이지.'

그녀는 한숨을 내쉬며 계단 위의 벽을 따라 책이 꽂힌 조용한 거실을 마지막으로 둘러보았다. 이미 화랑 난간을 따라 세 개의 다른 방을 확인했는데 특이점은 찾아내지 못했다. 두 개의 침대만 덩그러니 놓인 텅 빈 침실 하나, 사무실 하나, 그리고 잠긴 문과 벽난로가 있는 아직 완성되지 않은 작은 서재. 찾아낸 스위치는 모두 조명 스위치였다. 사무실 벽에 붙은 아주 불길하게 생긴 검정색 버튼을 보고 잠시 들떴으나 그것은 한쪽 구석에 있는 텅 빈 어항의 배수 장치 버튼이었다.

레밍턴에 넣을 탄약을 발견했으니 그것만으로도 고마워해야 할 일이었다. 금속 상자에 든 열두 개의 탄약은 한 침실의 침대 밑에 놓여 있었다. 하지만 숨겨진 문장 같은 건 없었다.

질은 트렌트가 준 컴퓨터를 꺼내 지도상에서 자신이 계단 꼭대기에 있음을 확인했다. 거실의 두 번째 문을 지나면 중앙 홀 발코니로 이어지는 U자 모양의 넓은 복도가 나온다. 이 복도는 두 개의 방과 연결되어 있는데, 하나는 막다른 곳이었고 나머지 하나는 서너 개의 또 다른 방으로 이어졌다.

그녀는 컴퓨터를 치우고 베레타를 꺼내 든 다음, 복도로 들어서기 전 잠시 마음을 가다듬었다. 쉬운 일이 아니었다. 이 저택에서 대체 무슨 일이 벌어졌기에 저런 괴물들이 만들어졌는지, 동료들은 무사한지 이런저런 상념들 때문에 집중할 수가 없었다.

'그 서류들을 조금 더 자세히 살펴봤어야 했는데.'

책상과 책장으로 구성된 사무실은 단순했지만 문간에 여러 벌의 실험실 가운이 걸린 옷걸이가 보였다. 책상 위에는 주로 숫자로 이루어진 서류들이 흐트러져 있었다. 그녀가 갖춘 지식으로는 그것이 화학과 관련된 자료임을 겨우 알아보는 정도였고 자세히 읽어보려 하지 않았다. 하지만 그 서류를 찾아낸 이후, 좀비들이 은밀한 실험의 사고로 인해 만들어진 것이 아닐까 짐작했다. 이 저택은 한 개인의 돈으로 지었다고 보기에는 지나치게 잘 관리되어 있었고, 그것이 오랜 시간 비밀로 유지되었다는 점을 미루어보아 은폐 시도를 의심할 수 있었다. 저택 안의 시설과 물건들 위에는 두 달 치의 먼지가 쌓여 있었고, 이것은 라쿤 시티에서 벌어진 최초의 살인 사건들과 시기상으로 일치했다. 이 저택의 사람들이 실험을 하다가 무언가 잘못되었다면…….

'사람을 잡아먹는 괴물로 만들어버린 실험이라니 그건 너무 황당하잖아.'

하지만 그건 그녀가 떠올릴 수 있는 그 어떤 가설보다 신빙성이 있었다. 물론 다른 가능성도 배제하진 않았다. 그러나 팀원들을 상기해보면 배리는 이상하게 굴었고, 크리스와 웨스커는 여전히 실종 상태였다. 그 부분은 달라진 게 없었다.

'그리고 어서 움직이지 않으면 아무것도 나아지지 않아.'

질은 생각을 멈추고 걸음을 옮겼다.

복도에 쓰러져 있는 좀비 한 놈을 발견하기도 전에 냄새로 알아챘다. 벽에 걸린 돌출 촛대의 고르지 못한 불빛이 시신을 비추자 검붉은 빛이 반사되어 복도의 모든 걸 뿌연 진홍색으로 보이게 만들었다. 그녀는 움직이지 않는 시체를 잠시 총으로 겨냥하다가 가까운 곳에서 문이 닫히는 소리를 들었다.

'배리?'

그는 저택의 반대편으로 간다고 했는데. 하지만 무언가를 발견하고 그녀를 찾으러 온 것인지도 모른다. 그게 아니라면 마침내 다른 팀원을 만나게 될지도.

질은 반가운 마음에 미소를 지으며 음침한 복도를 서둘러 가로질렀다. 낯익은 얼굴을 만날 생각에 기뻤다. 그런데 모퉁이에 가까워지자 새로운 악취가 그녀를 덮쳤다.

그와 동시에, 발치에 쓰러져 있던 좀비 한 놈이 섬뜩할 정도의 강한 힘으로 그녀의 발목을 움켜쥐었다.

소스라치게 놀란 질은 균형을 잃지 않기 위해 양팔을 허우적거리며 소리를 질렀다. 침을 줄줄 흘리는 좀비의 썩은 얼굴이 그녀의 발을 향해 점점 더 가까워졌다. 피부가 벗겨져 뼈가 드러난 앙상한 손가락이 두툼한 군화를 더듬거리며 더 단단히 붙잡으려 애썼다.

질은 본능적으로 다른 발을 들어 놈의 뒤통수를 세게 밟았다. 육중한 군홧발이 머리통을 따라 미끄러지며 축축한 무언가가 찢어지는 소리가 들렸다. 두피가 벗겨진 채 번들거리는 두개골이 드러났다. 그런데도 고통을 모르는지 놈은 계속해서 그녀를 향해 다가왔다.

두 번째, 세 번째 발길질이 놈의 뒷덜미로 떨어졌다. 이윽고 네 번째 발길질에 놈의 목뼈가 우두둑 소리를 내며 부러지는 것을 느꼈다.

앙상한 두 손이 부르르 떨리더니 숨이 막히는 듯 축축한 신음과 함께 악취를 풍기며 카펫 위로 무너져 내렸다.

그녀는 구역질이 올라오는 것을 꾹 참으며 축 늘어진 놈의 시체를 넘어 빠르게 모퉁이를 돌았다. 저택 안을 돌아다니는 좀비들도 어찌 보면 베키나 프리실라처럼 불행한 사고의 희생자였다. 그들의 목숨을 끊어주는 것이 그녀가 베풀 수 있는 마지막 친절이었다. 하지만 그들은 자연의 섭리를 거스르는 매우 위협적인 존재였다. 조금 더 조심해야 한다.

오른편으로 문이 하나 있었다. 꼬인 금속 장식이 붙은 묵직한 나무 문이었다. 열쇠 구멍에는 갑옷 문양이 새겨 있고, 위층에서 마주쳤던 다른 문들처럼 열린 상태였다.

밝게 불이 켜진 방 안에는 아무도 없었지만 그녀는 머뭇거렸다. 무엇이 이 주변을 돌아다니고 있을지 몰라 수색을 계속하기가 돌연 꺼려졌다. 넓은 방의 벽면에는 완벽히 갖춰진 갑옷 여덟 벌이 늘어서 있고, 뒤편에는 작은 진열장이 놓여 있었다. 그리고 회색 타일이 깔린 바닥 중앙에는 커다란 붉은색 스위치가 설치되어 있었다.

'또 다른 함정일까? 아니면 퍼즐?'

호기심이 생긴 질은 방으로 들어가 앞면이 유리로 된 진열장에 다가갔다. 갑옷들이 침묵 속에서 그녀의 모든 움직임을 감시하는 것만 같았다. 바닥에는 붉은색 스위치를 가운데 두고 용도를 알 수 없는 쇠창살 달린 구멍이 두 개 있었다. 환기용일 수도 있지만 그녀는 심장박동이 조금 빨라지는 것을 느꼈다. 그 구멍이 저택의 또 다른 함정일 것이라는 확신이 들었다.

먼지 쌓인 진열장을 훑어보자 결론이 나왔다. 일단 그것을 열 수 있는 방법은 없는 듯했다. 진열장은 전면이 한 장의 두꺼운 유리로 되어 있었다. 그리고 진열장 바닥의 한쪽 구석에서 금속으로 된 무언가가 반짝이는 것이 보였다.

'저게 진열장을 여는 버튼일까? 그럼 버튼을 누른 다음에는?'

환기구가 닫히면서 문이 저절로 잠기고, 공기가 안 통하는 무덤 같은 곳에서 서서히 질식사하는 자신의 모습이 생생하게 그려졌다. 아니면 물이 차오르든가, 독가스 같은 것이 분출되어 나올지도 모른다. 질은 눈살을 찌푸린 채 방 안을 둘러보았다. 문에 무언가를 괴어 닫히지 않게 해야 하나, 아니면 속이 빈 갑옷 중 하나에 또 다른 스위치가 숨겨져 있는 건 아닐까, 별의별 생각이 다 들었다.

'모든 수수께끼에는 하나 이상의 정답이 있단다, 질. 그걸 잊지 말거라.'

아버지의 말씀을 다시 한 번 떠올린 질은 피식 웃었다. 스위치를 왜 눌러?

그녀는 진열장 옆에 쭈그려 앉은 뒤 권총을 단단히 쥐었다. 한차례 힘을 주어 유리를 내리치자 유리에 금이 가더니 거미줄처럼 퍼져 나갔다. 그녀는 권총으로 커다란 유리 조각 하나를 치워내고 조심스레 안으로 손을 뻗었다.

질이 꺼내든 것은 웃는 얼굴의 태양이 새겨진 육각형의 구리 문장이었다. 자신이 생각해낸 해결책에 만족하며 그녀도 웃는 태양을 향해 미소를 보냈다. 이 저택의 수수께끼나 퍼즐 중 일부는 페어플레이라는 규칙을 어길 용의만 있다면 정해진 답을 반드시 따를 필요가 없는 듯했다. 그녀는 서둘러 문으로 돌아왔다. 이 기분 나쁜 방에서 완전히 벗어나기 전까지는 성공을 확신하지 않기로 했다.

다시 핏빛이 감도는 복도로 돌아온 그녀는 잠시 멈춰 서서 태양 문장을 손에 쥔 채 앞으로 어떻게 할지 생각했다. 그 문을 연 사람이 누군지 수색을 계속할 수도 있었고 아니면 퍼즐 잠금장치가 있는 곳으로 돌아가 문장을 끼워볼 수도 있었다. 동료들을 찾고 싶은 마음이 간절했지만 이곳을 벗어나야 한다는 배리의 말도 옳았다. 스타스 동료들 중 누구라도 살아 있다면 그들도 분명 탈출구를 찾고 있을 것이다.

생각에 잠긴 그녀의 시선이 조금 전 사살한 좀비의 시체로 향했다. 피부가 다 벗겨진 머리 주변으로 끈적거리는 액체가 천천히 퍼지는 것을 보고 있자니, 당장 이곳을 떠나고 싶다는 생각이 간절해졌다. 이 더러운 공기, 춥고 먼지 쌓인 방을 돌아다니는 끔찍한 괴물들로부터 한시라도 빨리 벗어나고 싶었다. 나가야 했다. 그것도 최대한 빨리.

결단이 내려지자 질은 태양 문장을 쥔 손에 힘을 주고 왔던 길로 서둘러 돌아갔다. 스타스 대원들이 이 저택을 탈출하는 데 필요한 네 개의 문장들 중 두 개, 별 문장과 태양 문장을 발견했다. 여길 벗어나면 무엇이 기다리고 있을지 알 수 없지만 그게 무엇이든 여기 있는 괴물들보다는 나을 것이다.

"리처드!"

레베카가 털썩 무릎을 꿇고는 떨리는 손으로 브라보 팀 동료의 목을 짚었다.

크리스는 찢겨진 그의 몸을 조용히 내려다보았다. 아무리 애써도 맥박을 찾을 수 없을 것이다. 리처드 에이켄의 오른쪽 어깨에 난 커다란 상처는 이미 말라 있었고, 찢긴 몸에서 흘러나오는 피가 전혀 없었다. 그는 숨을 거둔 게 분명했다.

크리스는 레베카의 가녀린 손이 공허하게 치뜬 동료의 눈을 감겨주는 모습을 바라보았다. 그녀의 어깨가 축 처졌다. 크리스는 욕지기가 올라오는 것을 느꼈다. 통신을 담당하던 리처드는 언제나 밝고 친절한 사람이었다. 게다가 고작 스물세 살밖에 안 됐는데…….

크리스는 고요한 방 안을 둘러보며 리처드가 어떻게 숨을 거두었는지 단서를 찾으려 했다. 방금 들어온 2층 발코니 바로 옆방은 아무런 장식도 없이 텅 비어서, 리처드의 시신 말고는 아무것도 없었다.

크리스는 얼굴을 찡그리며 방의 또 다른 입구로 다가가 무릎을 꿇고는 타일 바닥을 손으로 훑었다. 리처드의 시신과 3미터쯤 떨어진 평범한 나무 문 사이에 군화 모양의 말라붙은 핏자국이 있었다. 그는 잠긴 문을 쳐다보며 베레타를 쥔 손에 힘을 주었다.

'그를 죽인 게 무엇이든 저 문 반대편에 있어. 어쩌면 또 다른 희생자를 기다리고 있을지도 모르지.'

"선배, 이것 좀 보세요."

레베카는 여전히 리처드 옆에 무릎 꿇은 채, 그의 찢긴 어깨에 시선을 고정하고 있었다. 크리스가 다가왔지만 무엇을 봐야 할지 알 수 없었다. 상처는 들쭉날쭉하고 지저분했으며, 주변의 피부는 외상의 충격으로 변색되어 있었다. 하지만 상처가 그다지 깊지 않은 점이 조금 이상했다.

"보라색 선이 상처를 중심으로 밖으로 퍼져나가 있는 게 보이죠? 그리고 근육에 뚫린 구멍이 두 개 있고요."

레베카가 한 뼘 간격으로 난 두 개의 어두운 구멍을 가리켰다. 구멍 주변의 피부는 무언가에 감염된 것처럼 붉은색으로 변해 있었다.

레베카가 쭈그려 앉은 채 그를 올려다보았다.

"독에 중독된 것 같아요. 뱀에 물린 것처럼 보이고요."

크리스가 멍하니 그녀를 쳐다보았다.

"무슨 뱀이 이렇게 커?"

레베카가 자리에서 일어나 고개를 저었다.

"저도 모르겠어요. 뱀이 아니라 다른 것일 수도 있어요. 하지만 저 상처가 치명상은 아니었을 거예요. 출혈로 숨을 거두려면 몇 시간은 걸렸을 테니까요. 분명 독에 중독된 것 같아요."

크리스는 새삼 레베카가 존경스러웠다. 그녀는 세심한 부분을 잘 잡아낼 뿐만 아니라 이런 상황 속에서도 침착하게 잘 대응하고 있었다.

그는 신속하게 리처드의 시신을 뒤져 총알이 꽉 찬 탄창 하나와 단파 무전기 하나를 찾아냈다. 그는 이 두 개를 모두 레베카에게 넘긴 뒤 리처드의 빈 베레타를 자신의 허리춤에 끼웠다. 크리스는 다시 한 번 문을 주시한 후 레베카에게 시선을 돌렸다.

"리처드를 죽인 놈이 아직도 저 문 너머에 있을지 몰라."

"그렇다면 조심해야겠네요."

그녀는 대답을 마치자마자 문 앞으로 걸어가 크리스가 오기를 기다렸다.

'레베카를 아이처럼 생각하는 건 그만둬야 해. 다른 대원들이 이렇게 죽었는데도 혼자 살아남았잖아. 아이 취급해서도 안 되고 안전한 곳에서 기다리라고 할 필요도 없어.'

크리스도 서둘러 문으로 다가가 그녀를 향해 고개를 끄덕였다. 레베카가 문을 열자 둘은 무기를 든 채 좁은 복도로 조심스럽게 들어갔다.

　정면에는 닫힌 문으로 이어지는 짧은 나무 계단이 있었다. 왼쪽으로 복도가 또 한 갈래 뻗어 있고 그 끝에 문이 하나 더 있었다. 계단 옆 벽에는 핏자국이 묻어 있었는데 크리스는 그것이 리처드의 것임을 확신했다. 그를 죽인 범인이 문 너머에 있는 게 분명하다.

　크리스는 왼쪽으로 난 방을 가리키며 말했다.

　"레베카는 저 방을 맡아. 문제가 생기면 이리로 돌아와 기다리고. 5분 뒤에 여기서 다시 만나자고."

　레베카가 고개를 끄덕이고는 좁은 복도를 따라 움직였다. 크리스는 그녀가 방 안으로 들어갈 때까지 기다렸다가 계단을 올랐다. 심장이 벌써 쿵쾅거리기 시작했다.

　문은 잠겨 있었지만 열쇠 구멍 옆에 작은 방패 문양이 새겨져 있는 것이 보였다. 레베카는 그가 생각했던 것보다 훨씬 더 능력 있는 대원이었다. 크리스는 그녀가 준 열쇠를 꺼내 문을 연 다음, 안으로 들어가기 전에 베레타를 다시 한 번 확인했다.

　그곳은 넓은 다락방이었고, 화려한 저택 내부와 달리 평범하고 소박했다. 나무로 된 기둥이 바닥부터 경사진 천장까지 이어져 있고, 벽에 늘어선 상자와 나무통 몇 개를 빼고는 텅 비어 있었다.

　크리스는 경계 태세를 유지한 채 더 깊숙이 들어가 움직임이 있는지 살폈다. 긴 방의 맞은편에는 벽에서 조금 떨어진 곳에 가로 270센티미터, 세로 120센티미터 정도의 가벽이 세워져 있었다. 마치 마구간처럼 생긴 그곳이 이 방에서 시선이 차단된 유일한 공간이었다. 크리스는 천천히 가벽으로 다가갔다. 나무 바닥에 닿는 그의 발소리가 차가운 공기 중에 메아리를 만들었다.

그는 베레타를 가벽 너머로 겨누고 살짝 엿보았다. 심장이 두근거렸다.

뱀은 없었지만 벽 사이 마룻바닥에 신문지 한 장 크기의, 가장자리가 날카로운 구멍이 하나 나 있었다. 그리고 야생동물의 체취 같은 매캐하고 톡 쏘는 이상한 냄새가 났다. 그 냄새에 얼굴을 찡그리며 크리스가 뒤로 물러섰다.

하지만 이내 뒷걸음질을 멈추고 조금 더 가까이 다가갔다. 그러자 구멍 옆에 둥근 금속판 같은 것이 보였다. 크기는 작은 주먹만하고 동전처럼 납작했다. 그리고 초승달처럼 생긴 문양이 새겨져 있었다.

크리스는 가벽 옆을 돌아 그 좁은 공간으로 들어갔다. 그러고는 구멍에 시선을 고정시킨 채 몸을 구부려 그 금속 조각을 집어 들었다. 그것은 초승달이 그려진 육각형 모양의 납작한 구리판이었다. 조각이 꽤 정교했다.

그 순간 구멍 속에서 무언가 스르르 미끄러지는 소리가 들렸다.

깜짝 놀란 크리스는 재빨리 뒤로 물러서며 열린 구멍을 향해 총을 겨누었다. 어깨가 벽에 닿을 만큼 뒤로 물러섰다가 천천히 옆으로 움직이기 시작했다.

그때, 어두운 색의 길쭉한 물체가 번개처럼 구멍 밖으로 튀어나왔다. 굵은 전선처럼 생긴 그것이 그대로 날아와 크리스가 서 있는 벽을 때리자 그 충격으로 나무가 우두둑 소리를 내며 부서졌다.

'제길! 뱀이야!'

크리스가 허둥지둥 뒤로 물러서자 거대한 뱀 역시 뒤로 몸을 빼며 길고 어스름한 몸통을 밖으로 더 끄집어냈다. 쉭쉭거리며 몸을 세운 뱀의 머리통이 크리스의 가슴까지 닿았고, 독액을 흘리며 날카로운 송곳니를 드러냈다.

크리스는 방 한가운데로 달려가 다이아몬드 모양의 거대한 머리를 향해 총을 발사했다. 총알이 놈의 입을 뚫고 들어가 팽팽한 피부에 구멍을 내자 성난 듯 쉭쉭거렸다.

놈이 바닥으로 떨어지더니 근육질의 몸을 한 번 꿈틀거리자 크리스와의 거리를 단번에 좁혔다. 몸길이가 적어도 6미터는 되었다. 크리스가 다시 한 번 총을 발사하자 뱀의 등에서 비늘 달린 살점 한 덩이가 떨어져 나가며 상처에서 검붉은 피가 흘러나왔다.

또 한 번의 쉭 소리와 함께 거대한 뱀이 몸을 곧추세웠다. 크리스와의 거리는 단 몇 센티미터에 불과했다. 놈의 벌어진 입 속에 난 구멍에서 피가 쉴 새 없이 흘러나왔다.

'눈, 눈을 맞혀야 해.'

크리스가 방아쇠를 당김과 동시에 뱀이 그를 덮쳐 바닥에 쓰러뜨렸다. 놈이 미친 듯 몸부림쳤다. 꼬리가 두꺼운 기둥 하나를 강타하자 그 충격으로 나무에 금이 갔다. 크리스는 몸통에 깔린 팔을 빼내기 위해 안간힘을 썼다. 죽게 될 거라면 그 전에 최소한 놈에게 치명상을 입힐 심산이었다.

그 순간 차갑고 무거운 놈의 몸통이 축 처지며 마룻바닥에 늘어졌다.

"선배!"

레베카가 방으로 달려 들어오더니 그대로 멈춰 섰다. 그녀의 눈이 거대한 뱀에게 못 박혀 있었다.

"우와."

허우적거리던 그의 한쪽 발이 나무 기둥을 힘껏 밀자 두꺼운 몸통 아래에서 겨우 빠져나올 수 있었다. 손을 뻗어 그를 일으켜주는 레베카의 눈은 놀라움으로 커다래졌다.

그들은 뱀의 목숨을 끊은 치명상을 내려다보았다. 오른쪽 눈에 9밀리미터 총알이 박혀 핏물로 가득 찬 구멍으로 변해 있었다.

"괜찮아요?"

레베카의 나직한 물음에 크리스가 고개를 끄덕였다. 갈비뼈에 타박상을 좀 입은 듯했지만 그 정도로 끝난 게 천만다행이다. 죽음이 그의 코앞까지 왔었다. 그리고 그 모든 건, 그곳에서 발견한 구리 문장 하나 때문이었다.

거기에 생각이 미친 크리스가 문장을 쥐고 있던 손을 들어올렸다. 워낙 힘을 준 채 쥐고 있던 터라 손가락을 하나씩 떼어내야 할 정도였다. 공격당하는 내내 자신도 모르는 사이 온 힘을 다해 그것을 붙들고 있었던 것이다. 지금 그 문장을 보고 있노라니 무척이나 중요한 것처럼 느껴졌다.

'이걸 줍다가 뱀의 먹이가 될 뻔해서 그런가?'

레베카가 금속 문장을 받아들고 손가락으로 거기 새겨진 초승달 문양을 만져보았다.

"뭐 좀 찾았어?"

크리스의 물음에 레베카가 고개를 저었다.

"탁자랑 선반 두어 개요. 그나저나 이건 뭘까요?"

크리스가 어깨를 으쓱이며 뱀의 번득이는 눈동자가 있던 자리를 다시 내려다보았다. 마지막 총알이 빗나갔더라면 무슨 일이 일어났을까? 상상만으로도 절로 몸이 떨렸다.

"계속 움직이다 보면 뭐든 알아낼 수 있겠지. 일단 여길 빠져나가자."

레베카가 달 문양이 새겨진 문장을 그에게 돌려준 후 둘은 한기로 가득한 다락방을 서둘러 나섰다. 문을 나서면서 크리스는 생각했다. 전에도 좋아한 적은 없지만 이제 뱀은 정말이지 질색이라고.

///

배리는 중앙 홀의 계단을 무거운 걸음으로 올라갔다. 한 걸음 내딛을 때마다 뱃속의 묵직한 두려움이 점점 더 단단히 뭉쳐져 돌덩이가 된 듯했다. 건물 동쪽의 열린 곳은 하나도 빼놓지 않고 수색했지만 아무것도 찾아내지 못했다.

터덜터덜 계단을 올라가는 그의 머릿속에 똑같은 장면이 연거푸 재생되었다. 아내 캐시, 딸 모이라와 폴리. 집에 침입한 낯선 사람들의 손에 끔찍한 일을 당하고 있을 세 사람의 모습이. 캐시는 지하실에 있는 총기 보관 금고의 비밀번호를 알고 있었지만 누군가 집 안에 들어오기 전에 그곳까지 갈 수 있는 가능성은 희박했다.

배리는 첫 번째 층계참에 다다른 뒤 떨리는 숨을 들이쉬었다. 설사 창문이나 문을 부수고 들어오는 소리를 들었다 하더라도 캐시는 무기가 있는 곳으로 달려갈 생각조차 하지 않을 것이다. 아내가 가장 먼저 할 일은 딸들에게 달려가 아이들이 무사한지 확인하는 것일 테니.

'그 문장들을 빨리 찾아내지 않으면 아무도 무사하지 못하겠지.'

저택 어디에서도 전화기나 무전기를 보지 못했다. 웨스커가 실험실에 가지 못한다면 어떻게 화이트 엄브렐러의 사람들에게 연락해 킬러들을 철수시키겠는가?

배리는 건물의 서쪽으로 이어지는 위층 층계참 문 앞에 도착했다. 그의 유일한 희망은 질이나 웨스커가 나머지 세 개의 문장을 한시바삐 찾아내는 것이다. 웨스커가 현재 어디에 있는지는 모르지만 (물론 그 망할 놈은 때가 되면 나타나겠지만) 질은 2층을 수색하고 있을 것이다. 그녀가 아직 확인하지 못한 방을 나누어 찾아보거나, 가능성이 가장 희박해 보이는 방들은 제외하는 방법도 있다. 그래도 문장을 찾아내지 못하면 동쪽 방으로 돌아가 가구들을 하나하나 부수어 속을 헤집는 수밖에 없다.

그는 생각에 잠긴 채 붉은 복도로 이어지는 문을 연 순간, 오른편 문에서 나온 크리스 레드필드, 레베카 체임버스와 부딪힐 뻔했다.

크리스가 환하게 미소를 지었다.

"배리!"

크리스가 다가와 배리를 세게 끌어안고는 뒤로 물러서더니 여전히 싱글싱글 웃으며 말했다.

"세상에, 이렇게 반가울 수가! 레베카랑 나만 살아남은 줄 알았어요. 질이랑 웨스커 대장은 어디 있어요?"

배리는 억지로 미소를 지은 채 납득이 갈 만한 대답을 찾고자 머리를 굴렸다. 질에게 거짓말을 하는 것도 쉽지 않았는데 몇 년이나 알고 지낸 크리스를 속이려니 죄책감 때문에 속이 다 울렁거렸다. 하지만 캐시와 아이들이 죽는다면…….

"질과 함께 널 찾으러 왔는데 그곳의 문이 모두 잠겨 있더라고. 할 수 없이 중앙 홀로 돌아왔더니 대장이 사라지고 없었어. 그래서 너희들을 찾으면서 탈출할 방법을 강구하느라…… 이렇게 만나니 정말 반갑네, 두 사람."

배리가 애써 자연스럽게 미소 지으며 말했다.

'최소한 그건 진실이니까.'

"웨스커 대장이 갑자기 사라졌다고요?"

크리스가 놀란 듯 묻자 배리가 불편하게 고개를 끄덕였다.

"응. 그리고 케네스를 찾았어. 놈들한테 당했더군."

"저도 봤어요. 포레스트랑 리처드도 죽었어요."

크리스가 한숨을 쉬며 대답했다.

배리는 슬픔이 밀려오는 것을 느끼며 힘겹게 침을 삼켰다. 웨스커가 한층 더 증오스러웠다. 이 모두가 웨스커 배후에 있는 놈들의 소행이었다. 심지어 책임을 회피하기 위해 이 모든 일을 은폐하려 하다니…….

'그리고 좋든 싫든 난 그 일을 돕고 있지.'

배리는 깊이 숨을 들이쉬고는 머릿속에 아내와 딸들의 이미지를 다시 한 번 깊이 새겼다.

"질이 뒷문을 찾았는데 그리로 빠져나갈 수 있을 것 같아. 단, 그곳에 퍼즐 같은 장치가 있어서 그걸 여는 데 필요한 열쇠를 찾아야 한다는 거야. 구리로 만든 네 개의 문장이 있어. 질이 하나를 찾았는데 나머지는 저택 곳곳에 숨겨져 있는 것 같아."

크리스가 갑자기 씩 웃으며 조끼 안으로 손을 넣자 배리가 말을 멈췄다.

"이렇게 생긴 것 말이죠?"

배리는 크리스가 꺼낸 초승달 문양이 새겨진 문장을 뚫어져라 쳐다보며 자신의 심장박동이 빨라지는 것을 느꼈다.

"그래, 그거야! 어디에서 찾았어?"

그때 레베카가 수줍은 듯 미소 지으며 입을 열었다.

"그걸 찾느라 크리스가 커다란 뱀하고 싸웠어요. 정말 거대한 놈이었어요. 사고로 돌연변이가 된 것 같아요. 서로 다른 속(屬)간 감염이 되는 바이러스는 매우 드물지만."

배리가 짐짓 모르는 척 얼굴을 찌푸리고는 문장을 향해 손을 뻗으며 물었다.

"사고라니?"

"이 저택에 비밀 연구시설이 있다는 정보를 찾아냈어요. 그들이 연구하던 바이러스가 유출됐고요."

"포유류와 파충류 모두를 감염시킬 수 있는 바이러스인가 봐요. 다른 종뿐 아니라 다른 과(科) 동물까지요."

'게다가 그건 우리 가족까지 감염시키고 있지.'

배리는 참담한 심경을 숨긴 채 생각에 잠긴 척 미간을 찌푸리며 조금이라도 빨리 동료들과 헤어질 구실을 찾기 위해 머리를 굴렸다. 그들과 함께 있으면 웨스커가 나타나지 않을 것이고, 조금이라도 빨리 구리 문장을 제자리에 가져다 놓고 싶었다. 자신이 협조적이라는 사실을 보여주기 위해서, 그리고 나머지 대원들도 문장을 찾도록 설득하는 데 성공했다는 것을 알리기 위해서 말이다. 재깍재깍 시간이 흘러가는 것을 온몸으로 느꼈다. 땀으로 축축이 젖은 손안에서 구리 문장이 뜨끈해졌다.

"연방 수사국이 투입되어야 해. 군의 지원을 받아 대대적인 조사를 벌이고, 이 지역 전체를 격리시켜야 한다고."

배리가 마침내 입을 열었다.

크리스와 레베카가 고개를 끄덕이자 배리는 또다시 밀려오는 죄책감과 싸워야 했다.

'오, 하느님. 이 두 사람이 순진하게 날 믿지나 않으면, 차라리 마음이라도 편할 텐데.'

"하지만 그렇게 하려면 먼저 이 문장들을 모두 찾아야겠지. 지금쯤 질이 하나 더 찾아냈을지도 몰라. 어쩌면 두 개 다 찾았을지도."

'그렇다면 얼마나 좋을까.'

"질이 어디 있는지 알아요?"

크리스의 질문에 배리가 빠르게 머리를 굴리며 고개를 끄덕였다.

"확실치 않지만 짐작은 하고 있어. 하지만 여기가 워낙 미로 같아서 말이지. 내가 가서 질을 데려올 테니 자네 둘은 중앙 홀에서 기다리면 어때? 다 모이면 좀 더 체계적으로 준비해서 신속히 찾아볼 수 있을 테니까."

배리는 자신의 미소에 설득력이 담겨 있기를 바라며 한껏 미소를 지었다.

"나와 질이 돌아오는 데 시간이 지체되면 둘이서 계속 문장을 찾아보고. 뒷문은 1층 서쪽 복도 끝에 있어."

크리스는 아무 말도 없이 배리를 바라보기만 했다. 배리는 그의 밝은 눈 속에 담긴 의문들, 배리 자신도 대답할 수 없는 질문들을 읽을 수 있었다. 왜 흩어지지? 사라진 대장부터 찾아야 하는 것 아닌가? 뒷문이 탈출구라는 건 확실한가?

'제발, 제발, 아무것도 묻지 말고 내 말대로 해줘.'

"좋아요. 여기서 기다릴게요. 하지만 선배가 생각한 위치에 질이 없으면 다시 돌아와서 우리랑 같이 가요. 함께 다니면 이곳을 무사히 탈출할 가능성이 더 높아질 테니까요."

크리스가 마지못해 대답했다.

배리는 고개를 끄덕이고는 크리스가 다른 말을 덧붙이기 전에 재빨리 어두컴컴한 홀을 벗어나 사라졌다. 크리스의 눈에 담긴 망설임과 반신반의의 기색을 느낄 수 있었다. 한 번만 더 입을 열면 웨스커의 배신에 대해 자기도 모르게 죄다 털어놓을 것만 같았다. 그 자리를 떠나는 것만이 소중한 가족을 지킬 수 있는 유일한 방법이었다.

발코니로 돌아가는 문이 닫히는 소리가 들리자마자 배리는 모퉁이를 전속력으로 돌았다. 계단으로 이어지는 문 근처에 죽은 좀비가 쓰러져 있었다. 그것을 훌쩍 뛰어넘어 이어지는 통로로 들어가자 악취가 서서히 멀어져갔다. 그의 양심이 배신 행위를 질책하며 끊임없이 비난하는 가운데 배리는 뒤쪽 계단을 한 번에 세 칸씩 뛰어 올라갔다.

'난 거짓말쟁이야. 웨스커가 날 이용하는 것과 똑같이 동료들의 신의를 이용하다니. 무슨 일이 벌어지고 있는지 솔직히 털어놓고 도움을 받아도 되잖아.'

천장이 덮인 보도로 이어지는 문에 도착한 배리는 고개를 흔들어 상념들을 떨쳐내고는 육중한 금속 문을 힘껏 밀어 열었다. 그런 위험은 감당할 수 없었다. 혹시 웨스커가 가까이 있다가 엿듣기라도 한다면? 놈은 다른 사람도 아닌 가족을 동원해 협박하고 있었다. 크리스와 다른 동료들이 진실을 알게 된다 해도 웨스커가 가족을 해치려드는 걸 어떻게 막을 수 있단 말인가? 웨스커를 도와 증거를 은폐하고 아무것도 찾아낼 수 없게 된다면 그가 우리 모두를 그대로 놔줄지도 모른다.

배리는 뒷문 옆에 붙은 그림판에 다가갔다가 그것을 노려보며 그대로 멈춰 섰다. 안도감이 그를 스치고 지나갔다. 네 개의 빈 구멍 중 이미 세 개가 그러니까 태양, 바람, 별 문장이 제자리를 채우고 있었다. 이제 끝난 것이다.

'이제 실험실로 가서 킬러들을 철수시키라는 연락을 하고 나면 웨스커도 더는 도움이 필요 없을 거야! 내가 돌아가 동료들을 붙들고 있는 동안 웨스커는 자기 할 일을 하면 될 테고. 나중에 라쿤 경찰이 도착하면 우리 모두 이런 일이 벌어졌다는 사실조차 잊어버리면 되는 거야.'

배리는 너무 기쁜 나머지 뒤편에서 돌바닥을 따라 걸어오는 조용한 발소리를 듣지 못했다. 웨스커의 매끄러운 목소리가 들리고 나서야 혼자가 아니라는 걸 깨달았다.

"어서 퍼즐을 완성하지그래, 배리?"

소스라치게 놀란 배리가 옆을 돌아보았다. 그러고는 선글라스 뒤에 숨겨진 의기양양한 얼굴을 증오하며 웨스커를 노려보았다. 웨스커가 웃으며 배리의 손에 들린 달 문장을 향해 고갯짓했다.

"그럽시다."

배리가 험악하게 중얼거리고는 마지막 조각을 제자리에 끼워 넣었다. 문 안쪽에서 철컥, 하는 육중한 금속성 소리가 들렸다.

웨스커가 배리를 지나쳐 문을 열자 작은 연장 창고가 나타났다. 안을 들여다본 배리는 반대편 벽에 출구가 있는 것을 발견했다. 출구 옆에는 이상한 그림판도, 더 맞춰야 할 퍼즐 같은 것도 보이지 않았다.

이제 캐시와 아이들은 안전했다.

웨스커가 낮게 머리를 숙이며 배리에게 창고 안으로 들어가라는 몸짓을 했다. 여전히 싱글거리는 웃음을 머금은 채.

"시간은 짧고 우리가 해야 할 일은 아직도 많다네, 배리."

배리가 어리둥절한 표정으로 그를 쳐다보았다.

"무슨 소리지? 이제 실험실로 갈 수 있게 됐잖아."

"흠, 계획에 작은 변화가 생겼어. 알고 보니 찾아야 할 것이 또 있더군. 그게 어디에 있을지 짐작은 가지만 위험이 따라서 말이지. 지금까지 아주 잘해줬으니 여기도 나와 같이 가줬으면 좋겠는데."

웨스커의 미소가 상어의 포악하고 음흉한 웃음으로 바뀌었다. 협조하지 않으면 어떤 일이 벌어질지 다시 한 번 상기시키는 냉혹하고 잔인한 표정이었다.

"아, 미안하지만 이건 부탁이 아니라 명령이야."

웨스커가 덧붙였다.

끔찍한 시간이 잠시 흐른 뒤 배리가 무력하게 고개를 끄덕였다.

제13장

　사랑하는 앨마에게

　어디서부터 시작해야 할지, 우리가 마지막으로 통화한 이후 무슨 일이 벌어졌는지 몇 마디 말로 설명하려니 벌써부터 앞이 캄캄하구려. 이 편지가 당신 손에 무사히 닿기를, 이야기가 옆길로 새더라도 당신이 이해해주기를. 편지를 쓰는 것조차 쉬운 일이 아니라오. 이 글을 쓰는 짧은 시간 동안에도 절망과 두려움 때문에 단순한 생각조차 손에 잡히지 않고 새어나가는 것이 느껴지는구려. 하지만 당신에게 내 생각들을 털어놓아야만 마음 편히 쉴 수 있을 것 같소. 인내심을 갖고 이 글을 읽어주고, 무엇보다 당신에게 들려주는 이 이야기가 진실임을 믿어주길 바라오.

　다 털어놓으려면 몇 시간이 걸릴 테지만 시간이 없으니 다음의 말을 있는 그대로 받아들여주오. 지난달에 실험실에서 사고가 일어나 우리가 연구하던 바이러스가 유출됐소. 해당 구역에 있던 모든 동료들이 죽거나 죽어가고 있고, 이 병에 걸리면 아직 살아 있는 사람조차 이성을 잃게 된다오. 이 바이러스는 인간성을 앗아가고, 병든 중에도 생명을 찾아 파괴하려든다오. 이 글을 쓰는 지금 이 순간에도 그들이 이성이라고는 없는 굶주린 짐승처럼, 영혼을 잃은 존재처럼 울부짖으며 잠긴 내 사무실 문을 향해 다가오는 소리를 들을 수 있소.

그런 괴물들을 만들어내는 데 내가 일조했음을 깨달은 순간부터 내가 느낀 슬픔과 수치심을 온전히 설명할 수 있는 표현은 존재하지 않을 거요. 그들이 이제는 두려움도, 고통도, 그 무엇도 느끼지 못할 것이라 생각하지만, 그들 스스로가 어떤 존재로 변했는지 알 수 없다고 해서 나의 지독한 죄책감이 덜어지는 건 아니라오. 나 역시 지금 나를 에워싸고 있는 이 악몽에 책임이 있으니 말이오.

나의 영혼까지 파먹고 있는, 내가 내쉬는 숨결 하나하나에 깃들어 있는 이 극심한 죄책감에도 불구하고 난 살아남기 위해 안간힘을 썼소. 당신을 한 번만 더 만나기 위해서. 하지만 아무리 애를 써도 불가피한 결말을 조금 늦출 뿐이오. 난 이미 감염되었고 해결할 수 있는 방도가 없소. 저 괴물들과 나를 구분 짓는 유일한 감정, 당신을 향한 나의 사랑을 잃어버리기 전에 내 목숨을 스스로 끊는 것 말고는.

부디 이해해주길 바라오. 진심으로 용서를 구하고 싶소.

-마틴 크랙혼

질은 한숨을 쉬며 구겨진 종이를 가만히 책상에 내려놓았다. 그 괴물들은 자신들이 연구하던 바이러스의 희생자들이었다. 저택에서 무슨 일이 벌어졌는지에 대한 그녀의 짐작이 맞았다. 하지만 이 절절한 편지를 읽고 나니 자부심을 가졌던 자신의 추리 능력에 찬물이 끼얹어진 느낌이었다. 태양 문장을 제자리에 끼운 뒤 그녀는 위층 사무실을 자세히 살펴봐야겠다고 생각했었다. 그리고 수색 끝에 서랍에 들어 있던, 크랙혼의 마지막 고백의 글을 발견했던 것이다.

'크랙혼, 마틴 크랙혼. 트렌트가 준 명단에 있던 이름이야.'

질이 얼굴을 찌푸리고는 문간으로 걸어갔다. 어떤 이유인지는 몰라도 트렌트는 스타스 대원들이 다른 누구보다 먼저 이 저택에서 무슨 일이 벌어졌는지 알아내기를 바랐다. 하지만 이렇게 많은 정보를 가지고 있었다면 왜 처음부터 사실을 알려주지 않았던 걸까? 그리고 이런 정보를 제공함으로써 그가 얻는 것은 무엇일까?

질은 사무실의 좁은 입구를 지나 다시 홀로 돌아갔다. 여전히 얼굴이 굳어 있었다. 배리가 이상하게 구는 이유를 알아내야 했다. 그에게 단도직입적으로 물으면 대답을 얻을 수 있을까.

'아닐 수도 있지. 하지만 그렇게라도 하면 무언가 알아낼 수 있을지 몰라.'

질은 뒤편 계단 옆에 멈춰서 숨을 깊이 들이쉬었다. 그러고는 무언가가 달라졌다는 걸 깨달았다. 그녀는 주변을 둘러보며 자신의 감각이 무엇을 말하고 있는지 알아내기 위해 애썼다.

'아까보다 따뜻해졌어. 아주 조금이지만 분명 따뜻해. 그리고 공기가 전처럼 퀴퀴하지 않은 것 같은데.'

마치 누군가가 창문이나 문을 연 것처럼 말이다.

질은 빠르게 계단을 내려갔다. 한시라도 빨리 퍼즐 잠금장치를 확인해보고 싶었다. 계단 맨 아래에 도착한 그녀는 두 복도를 연결해주는 문이 열려 있는 것을 발견했다. 귀뚜라미가 우는 소리도 어렴풋이 들려왔고, 집 안의 퀴퀴하고 차가운 공기 속으로 신선한 밤 공기가 스며드는 것을 느낄 수 있었다.

그녀는 기대감이 차오르는 것을 애써 참으며 어두운 복도를 달려 두 차례 오른쪽으로 방향을 꺾었다. 잠시 후 천장이 달린 보도로 이어지는 문이 열려 있는 게 보였다.

'이것 때문이었나? 퍼즐이 풀린 게 아니라?'

질은 따뜻하고 깨끗한 여름 공기가 피부에 닿는 것을 느끼며 돌로 만든 보도의 모퉁이를 돌았다.

그러고는 열린 문 옆에 네 개의 문장이 모두 맞춰진 것을 보고 자기도 모르게 짧은 웃음을 토해냈다. 따스한 산들바람이 열린 문을 통해 흘러들어 오고 있었다. 정원에서 쓰는 연장을 보관하는 작은 창고였다. 반대쪽 벽에 난 금속 문 역시 열려 있었고, 녹슨 경첩 너머의 벽돌담에 달빛이 비추는 것도 보였다.

배리의 말이 맞았다. 이 문은 바깥으로 이어져 있었다. 이제 도움을 청할 수 있게 되었다. 숲을 통해 안전한 경로를 찾아나서거나, 아니면 최소한 구조 신호라도.

'그런데 배리가 남은 문장들을 찾았다면 왜 날 데리러 오지 않은 거지?'

창고 안에 들어온 질의 미소가 사라졌다. 회색 돌담을 따라 늘어선 먼지 쌓인 상자와 나무통들을 무심히 바라보았다. 배리는 그녀가 어디 있는지 알고 있었다. 서쪽의 2층을 조사하라고 지시한 게 배리 아니었던가.

'그럼 문을 연 게 배리가 아닐 수도 있어.'

그랬다. 크리스나 웨스커, 아니면 브라보 팀의 대원들 중 한 명일 수도 있었다. 만일 그런 경우라면 질이 돌아가서 배리를 찾아와야 했다.

'일단 조금 더 수색해보자. 돌아가 배리를 데리고 올 가치가 있는 상황인지부터 알아보는 거야.'

자기 합리화일 수도 있지만, 탈출구를 앞에 두고 다시 발걸음을 돌려 저택으로 향하는 건 내키는 일이 아님을 인정해야 했다. 그녀는 마음을 정하고 베레타를 총집에서 꺼낸 뒤 바깥쪽 문으로 향했다.

시원한 공기를 가득 채우고 있는 숲의 소리 말고도 폭포처럼 물이 거세게 흐르는 소리가 들려왔다. 그리고 돌로 된 길 위에 총을 맞고 죽어 있는 돌연변이 개의 사체가 눈에 들어왔다.

'이 정도면 스타스 대원 중 한 명이 이곳을 지나갔다고 생각해도 되겠지.'

질은 높게 벽이 둘러쳐진 안뜰로 천천히 들어섰다. 양쪽 옆에는 낮은 나무 울타리가 벽돌 화단을 채웠고, 머리 위로는 짙은 구름이 무겁게 드리워져 있었다. 열린 공간 너머로 정면에는 관목 더미를 지나 창살이 쳐진 철문이 세워져 있고, 왼쪽으로는 3미터 높이의 벽돌담 그림자가 드리운 직선 통로가 있었다. 은은한 폭포수 소리는 그 방향 어딘가에서 들려오는 것 같았다. 그 길이 몇 미터 높이의 금속 문으로 막혀 있는데도 말이다.

'혹시 아래로 내려가는 계단이 있는 걸까?'

질은 잠시 망설이며 앞에 보이는 아치형의 녹슨 철문을 바라보다가 쓰러져 있는 돌연변이 개들의 사체로 시선을 옮겼다. 두 마리다 통로보다는 철문 가까이에 있었다. 사람을 공격하다 죽임을 당했다고 가정할 때, 놈들을 쏜 사람은 통로 쪽으로 향하고 있었다고봐야 했다.

바로 그때, 물이 심하게 튀는 소리가 들렸고 그녀 대신 결단을 내려주었다. 질은 달빛이 비치는 통로를 향해 달렸다. 그 소리를 내는것이 누구인지 확인하고 싶었다.

질이 돌로 된 통로 막바지에 도착해 금속 문 너머로 몸을 기울여살펴보려다가 갑작스러운 급경사에 놀라 뒤로 물러섰다. 그곳에 계단 같은 건 없었다. 문 반대편에는 작은 개방형 승강기와 함께, 몇미터 아래에 거대하게 펼쳐진 또 다른 안뜰이 있을 뿐이었다.

물 튀기는 소리가 오른쪽에서 들려왔다. 질이 아래의 넓은 안뜰너머를 내려다보자 마침 희미한 사람 형체 하나가 폭포를 통해 지나가는 것을 볼 수 있었다. 그 사람은 서쪽 벽을 따라 쏟아지는 폭포수 너머로 자취를 감췄다.

'젠장, 대체 뭐지?'

질은 눈을 깜빡이며 그 작은 폭포를 노려보았다. 헛것을 본 건가.하지만 사람이 사라짐과 동시에 물 튀기는 소리가 멈췄다. 헛것을본 게 아닐 뿐더러 흐르는 폭포수 뒤에 비밀 통로가 숨겨져 있는 게분명했다.

'역시. 이런 게 하나쯤은 있어줘야지. 저택 안에 있는 걸로는 모자랐거든.'

그녀가 눈을 굴리며 생각했다.

한 사람이 탈 수 있는 크기의 승강기를 작동시키는 장치는 녹이 슨 대문 옆 금속 막대에 붙어 있었다. 승강기는 안뜰에 내려가 있는 상태다. 스위치를 눌러보았지만 아무 일도 일어나지 않았다. 승강기 대신 다른 길을 찾아야 했다. 정체를 알 수 없는 그 사람은 벌써 비밀 통로로 사라져 점점 멀어지고 있는데 말이다.

'다른 방법이 없을까?'

질은 좁은 승강기 통로를 내려다보았다. 지름이 1미터도 되지 않았고 안뜰 방향으로 한쪽 면이 트여 있었다. 올라오는 일이라면 무척 힘들겠지만 내려가는 것이라면? 식은 죽 먹기였다. 등과 다리를 이용해 벽을 타고 내려간다면 1분도 안 걸릴 것이다.

내려가기 위해 등에 멘 산탄총을 푸는데 불안한 생각이 머리를 스쳤다. 폭포를 통과해 들어간 사람이 스타스 대원 중 한 명이라면 그곳에 통로가 있다는 사실을 대체 어떻게 알았을까?

좋은 질문이었다. 하지만 그 생각에 사로잡혀 머뭇거릴 틈이 없었다. 그녀는 산탄총을 굳게 잡은 채 대문을 열고 통로를 따라 천천히 내려가기 시작했다.

크리스와 레베카는 배리가 말한 대로 15분 정도를 기다린 뒤 그가 돌아오지 않자 서쪽의 복잡한 복도를 지나 열려 있는 뒷문을 발견했다. 그들은 벽에 부착된 구리판과 거기에 끼워져 있는 네 개의 문장들을 바라보며 멈춰 섰다.

크리스는 배리가 가져간 초승달 문양이 새겨진 문장을 바라보며 어리둥절한 기분과 함께 의구심이 들기 시작했다. 배리는 그가 아는 사람 중 가장 정직하고 솔직한 사람이었다. 질을 찾아서 돌아오겠다고 말했다면 무슨 일이 있어도 그렇게 했을 것이다.

'하지만 그는 돌아오지 않았잖아. 그리고 무슨 일이 있었다면 내가 준 문장이 어떻게 여기 와 있겠어?'

크리스는 머릿속에 떠오른 그 어떤 설명도 마음에 들지 않았다. 누군가 그것을 빼앗았다, 아니면 배리가 직접 문장을 여기 끼운 후 어쩌다가 부상을 당했다……. 가능성은 끝도 없었지만 그중에 설득력이 있는 건 하나도 없었다.

그는 한숨을 내쉬며 레베카를 바라보았다.

"배리한테 무슨 일이 있는지는 모르겠지만 우린 가야 해. 이곳이 저택을 빠져나갈 수 있는 유일한 길일지도 몰라."

레베카가 살짝 웃었다.

"저는 괜찮아요. 여길 나간다는 생각만으로도 기분이 좋아지는데요."

"그건 맞는 말이지."

크리스가 진심을 담아 대답했다. 그러고 보니 이 저택의 차갑고 음울한 분위기에 얼마나 압도됐는지조차 깨닫지 못하고 있었다. 안과 밖은 너무나 다른 세상이다.

그들은 잘 정돈된 창고를 가로질러 뒷문에서 멈췄다. 둘 다 깊이 숨을 들이마시고 있었다. 레베카는 중앙 홀을 떠난 이후 백 번쯤 베레타를 다시 확인하면서 불안한 듯 아랫입술을 깨물었다. 크리스는 그녀가 얼마나 긴장하고 있는지 알 수 있었다. 그래서 전투 상황이 닥치면 도움이 될 만한 조언이 없을까 생각해보았다. 스타스 훈련에서 기본적인 것들은 익힐 수 있지만 가짜 총으로 비디오 스크린을 쏘는 것과 실제 상황은 천지 차이였다.

크리스는 첫 번째 작전에 투입되었을 당시 들었던 상사의 충고를 떠올리고는 빙그레 미소를 지었다. 뉴욕 주 북부에서 마약에 취한 생존주의자들 한 무리와 대치 상황이었고, 겁에 질렸지만 내색하지 않기 위해 안간힘을 쓰고 있었다. 당시 책임자는 케일러라는 이름의 키가 매우 작지만 강철 같은 성품을 갖춘 폭약 전문가였다. 진입하기 직전에 그녀가 크리스를 한쪽으로 끌어내더니 그를 위아래로 훑어보았다. 그러고는 그가 이제까지 들었던 말 중에서 가장 유용한 조언 한마디를 건넸다.

"총격이 시작되고 나면 무슨 일이 벌어지든 하나만 명심해. 절대 바지에 오줌 싸면 안 돼."

예상치 못한 말에 당황한 그는 자기도 모르게 두려움을 잊었고, 그 말을 되새기느라 공포심은 저편으로 치워둬야 했었다.

"왜 그렇게 웃어요?"

레베카의 말에 그가 고개를 흔들었다. 이유는 몰라도 레베카에게 그런 말은 통하지 않을 것 같았다. 그리고 현재 그들이 상대하고 있는 적들은 적어도 총질을 해대진 않았다.

"설명하자면 긴 이야기야. 자, 가자."

그들은 조용한 밤공기 속으로 들어갔다. 주변 숲에서 귀뚜라미와 매미가 나른하게 울어댔다. 그들이 들어선 곳은 안뜰로, 양쪽에 높은 벽돌담이 쳐져 있고 왼쪽으로 통로가 나 있었다. 크리스는 근처에서 물 흐르는 소리를 들을 수 있었다. 멀리에서 개인지 코요테인지 알 수 없는 짐승이 애절한 소리로 울어댔다.

돌바닥에 개 두 마리의 사체가 널브러져 있었다. 달빛을 받은 놈들의 축축하고 날렵한 몸이 번들거리며 빛났다. 크리스는 조심스레 한 놈에게 다가가 옆구리를 만져보았다. 그가 인상을 쓰며 재빨리 손을 뗐다. 돌연변이 개의 몸은 끈적거리면서도 따뜻했다. 두꺼운 점액질에 싸여 있는 것처럼.

그가 바지에 손을 쓱쓱 문지르며 일어섰다.

"죽은 지 오래되지 않았어. 1시간도 안 된 것 같아."

그들의 정면에 위치한 나무 울타리 너머에 녹이 슨 철문이 자리하고 있었다. 철문으로 가까이 다가갈수록 물 흐르는 소리가 한층 더 커졌다.

크리스가 철문을 밀자 경첩에서 삐걱거리는 소리가 나며 활짝 열리더니, 돌을 쌓아 만든 거대한 저수지가 나타났다. 족히 수영장 둘을 합친 정도의 크기였다. 사방에 깊은 그림자가 드리워져 있었다. 짙은 녹색 나무로 이루어진 단단한 벽과 금방이라도 난간을 뚫고 넘어올 듯 무성하게 자란 식물들 때문이었다.

그들은 계속 전진해 저수지 가장자리에서 멈췄다. 배수가 느린지 동쪽의 높이 올린 수문 사이로 물이 좁게 흐르며 콸콸 소리를 내고 있었다. 저수지를 돌아갈 만한 길은 없었지만 크리스는 원래의 수면 높이에서 약 1.5미터 아래에 저수지를 가로지르는 통로를 발견했다. 양면에 사다리가 벽에 못 박혀 있었고, 그 통로는 최근까지만해도 물에 잠겨 있었던 듯 물이 뚝뚝 떨어지는 해초가 돌바닥을 검게 물들이고 있었다.

크리스는 이 기이한 구조를 잠시 살펴보았다. 물이 빠지지 않았을 때는 어떻게 이곳을 건너갔을까. 점점 더 늘어가는 미스터리의 명단에 추가할 것이 하나 더 생겼다.

그들은 아무 말 없이 사다리를 타고 내려가 서둘러 통로를 건넜다. 미끈거리는 돌 위로 신발이 닿을 때마다 뻑뻑거리는 소리가 났고 축축한 습기가 그들을 감쌌다. 크리스는 재빨리 반대편 사다리에 올라탄 뒤 아래로 손을 뻗어 레베카를 끌어올렸다.

짙은 그림자가 드리운 좁은 길에는 나뭇가지와 솔잎이 흩어져 있었다. 저수지의 동쪽 끝과 경계를 접하고 있는 그 길은 열린 수문 위를 지나게 되어 있었다. 폭포를 향해 걷던 그들의 귀에 비가 내리는 듯한 소리가 들리기 시작했다.

퐁당, 퐁당, 퐁당.

크리스가 얼굴을 찌푸렸다. 엄청난 양의 물이 배수되고 있는 상황에서 빗방울 소리가 들릴 리 없잖은가. 그가 위를 올려다보았다.

그러자 난간 너머로 늘어진 나무에서 뒤틀린 나뭇가지 하나가 떨어지는 것이 보였다. 나뭇가지는 바닥에 떨어지더니 매끄럽게 기어가며 움직이기 시작했다.

'저건 나뭇가지가 아닌데.'

그리고 바닥에는 이미 비슷한 것들이 수십 개나 있었다. 그것들은 머리 위 나무에서 떨어져 어두운 돌바닥 위로 몸을 틀며 쉭쉭거리는 소리와 함께 다가왔다.

그들은 뱀떼에 둘러싸여 있었다.

///

"이런, 빌어먹을!"

크리스의 비명에 깜짝 놀란 레베카가 그를 바라보았다. 서늘한 공포가 그녀의 몸을 꿰뚫었다. 레베카는 심장이 잔뜩 조여지는 걸 느끼며 그의 뒤로 이어진 길을 내려다보았다. 바닥이 살아 움직였다. 검은 형체들이 그들의 다리를 향해 똬리를 틀었고, 머리 위에서는 살아 있는 비처럼 더 많은 놈들이 쏟아졌다.

레베카가 멍한 얼굴로 총을 들어 올리려 했으나 그 수가 너무 많았다. 그 순간 크리스가 그녀의 팔을 와락 붙잡았다.

"도망쳐!"

그들은 비틀거리며 내달렸다. 몸부림치는 굵고 미끈한 무언가가 그녀의 어깨를 강타하자 레베카는 자기도 모르게 비명을 질렀다. 뱀이 어깨에 맞고 바닥에 떨어지는 순간 차가운 비늘이 피부에 느껴졌다.

좁은 길은 지그재그 모양으로 이어졌고, 그들은 짙었다 옅어지기를 반복하는 그림자 속에서 물컹거리는 뱀 몸통을 밟으며 달리고 또 달렸다. 뱀들은 몸통을 세운 채 그들의 발을 향해 달려들었고, 거품이 이는 검은 물살이 아래에서 천둥처럼 큰 소리를 냈다. 금속 위를 달리는 그들의 군홧발 소리는 거센 물소리에 묻혔다.

그들 앞으로 보이는 돌바닥은 뱀이 조금 적었지만 그 끝에 급격한 낭떠러지와 함께 작은 개방형 승강기가 나타났다. 그곳 말고는 달리 갈 곳이 없었다.

그들은 좁은 승강기 안으로 달려 들어갔고, 레베카가 빠른 숨을 몰아쉬며 조작 버튼을 잡아챘다. 크리스가 돌아서서 마구잡이로 총을 쏘았다. 물소리 위로 총성이 울려 퍼지는 가운데 레베카가 조작 버튼을 찾아 힘껏 눌렀다.

승강기가 덜컹거리더니 아래로 내려가기 시작했다. 돌로 된 벽을 지나 거대하고 텅 빈 안뜰을 향해서. 레베카도 크리스를 돕고자 베레타를 들었다.

그리고 벌어진 입을 다물 수 없었다. 소름 끼치는 광경에 숨이 턱하고 막혔다. 족히 수백 마리는 될 듯한 뱀들이 좁은 길을 완전히 뒤덮은 채 쉭쉭거리며 서로를 공격하려 몸부림치고 있었다. 그녀가 겨우 정신을 차렸을 즈음 그 끔찍한 광경은 마침내 시야를 벗어나 머리 위로 사라져버렸다.

승강기의 하강은 영원처럼 계속되었고, 둘은 긴장을 풀지 못한 채 그들이 방금 떠나온 좁은 길의 가장자리를 올려다보았다. 뱀이 금방이라도 후드득 떨어져 내릴 것만 같았다. 승강기가 바닥에 다다르자 둘은 재빨리 뛰어내려 벽으로부터 멀어졌다.

둘은 차가운 돌벽에 몸을 기댄 채 숨을 몰아쉬었다. 레베카는 떨리는 숨 사이로 안뜰을 둘러보았다. 그리고 폭포 소리를 들으며 마음을 안정시키려 애썼다. 그곳은 돌로 만들어진 넓고 개방된 곳이었고, 약한 빛 때문인지 전체적으로 색이 바랜 것처럼 보였다. 위의 저수지에서 나온 물이 근처에 있는 두 개의 돌 웅덩이로 쏟아져 내렸고, 그들 맞은편에는 문이 하나 있었다.

'뱀은 없구나.'

그녀는 깊이 숨을 들이쉬며 걱정스러운 듯 크리스에게 물었다.

"혹시 물렸어요?"

크리스가 고개를 저었다.

"레베카는?"

"물리지 않았어요. 선배는 어떤지 몰라도 다시는 저리로 안 갈래요. 저는 뱀보다는 고양이를 좋아하거든요."

크리스가 멍하니 그녀를 쳐다보다가 씩 웃으며 벽에서 몸을 뗐다.

"재미있네. 난 레베카가 고양이보다 실험실 쥐를 더 좋아할 줄 알았거든. 그게……."

삑삑.

'무전기!'

레베카는 허리춤에 차고 있던 무전기를 뽑아 들었다. 뱀은 순식간에 잊혔다. 리처드의 시신에서 무전기를 발견한 이후 무척이나 듣고 싶었던 소리였다. 누군가가 신호를 보내고 있었다. 어쩌면 구조대인지도 모른다.

그녀는 수신 버튼을 누르고 둘 다 들을 수 있게 무전기를 위로 들어 올렸다. 작은 스피커를 통해 떨리는 신호음과 함께 지지직대는 잡음이 들려왔다.

"······여기는 브래드! 알파 팀····· 들리나? 들리면······."

높아지는 잡음 탓에 그의 목소리가 사라졌다. 레베카는 송신 버튼을 누르고 재빨리 외쳤다.

"브래드? 브래드, 나와라!"

신호가 사라졌다. 둘은 잠시 더 귀를 기울였지만 아무 소리도 들리지 않았다.

"수신 지역을 벗어났나 봐."

크리스가 한숨을 쉬며 열린 안뜰로 걸어가 구름이 덮인 캄캄한 하늘을 올려다보았다.

레베카는 이제 아무 소리도 나지 않는 무전기를 벨트에 찼다. 그래도 그 어느 때보다 희망이 커지는 것을 느꼈다. 브래드가 저 멀리 어딘가에서 맴돌며 그들을 찾고 있었다. 저택에서 벗어난 덕분에 그의 무전을 들을 수 있게 된 것 같았다.

'그가 다시 돌아온다면 말이지.'

레베카는 그 생각을 뒤로하고 크리스에게 다가갔다. 크리스가 폭포 맞은편 모퉁이에 숨겨진 또 다른 작은 승강기를 발견했다. 살펴보니 전기가 들어오지 않았다.

크리스가 베레타에 새 탄창을 장착하며 대문 쪽을 돌아보았다.

"자, 그럼 저 문 뒤에 뭐가 있는지 알아볼까?"

질문할 필요도 없는 문제였다. 뱀들이 우글거리는 곳으로 돌아갈 게 아니라면 그 문이 그들에게 남겨진 유일한 길이다.

레베카는 미소 지으며 고개를 끄덕였다. 자신이 준비되었음을 그

에게 보여주고 싶었다. 그리고 무슨 일이 벌어지든 언제나 준비가
되어 있기를 바라고 또 바랐다.

제14장

질은 축축한 터널 속의 거대한 구덩이 가장자리에서 반대편에 있는 문을 하릴없이 바라보았다. 구덩이는 너무 넓어서 뛰어 건널 수도 없었고, 내려갈 길도 없었다. 어쨌거나 겉으로 보기에는 그랬다. 다시 돌아가 사다리 옆에 있는 문으로 들어가야 할 것 같았다.

그녀의 짜증 섞인 한숨이 몸의 떨림으로 이어졌다. 돌담의 축축한 냉기만으로도 추운데 온몸이 흠뻑 젖어 있었다.

'참 대단한 비밀 통로야. 한번 지나가려면 폐렴에 걸려야 한다니.'

신발 속에서 질척거리는 소리가 났다. 그때 반짝이는 작은 금속이 눈에 들어왔다. 그녀는 젖은 머리를 눈가에서 치워내며 그것을 들여다보았다. 돌벽에 작은 철판이 붙어 있었는데 중앙에 동전 크기의 육각형 구멍이 뚫려 있었다. 그녀는 생각에 잠긴 채 문을 다시 쳐다보았다.

'다리가 생기기라도 하는 걸까? 아니면 계단이 내려오거나?'

아무래도 상관없었다. 어차피 저 육각형 구멍에 맞는 열쇠가 없으면 막다른 길이나 다름없으니까. 게다가 폭포를 통과해 지나간 그 사람도 여길 통과한 것 같진 않았다.

질은 터널 입구로 향하는 이리저리 얽힌 통로를 통해 다시 돌아갔다. 쏟아지는 폭포수 뒤에서 발견한 것들이 여전히 놀랍기만 했다. 저택 아래에 이런 거대한 터널 망이 존재한다니……. 벽은 표면이 거칠고 울퉁불퉁했으며 꺼끌꺼끌한 석회암이 불규칙하게 튀어나와 있었지만 지하에 이런 통로를 만드는 데 얼마나 막대한 노동력이 들어갔을지를 생각하니 어지러웠다.

그녀는 사다리 옆에 난 금속 문으로 다가갔다. 위쪽의 안뜰에서 불어오는 찬바람이 아래로 몰아치자 이를 부딪치며 떨지 않기 위해 의식적으로 노력해야 했다. 폭포에서 들려오던 소리는 이상하게 조용했다. 돌바닥으로 떨어지며 메아리를 만드는 규칙적인 물방울 소리가 훨씬 더 커서 마치 중세 시대로 돌아간 기분마저 들었다.

질은 금속 문을 당겨 열었다. 그러고는 그 자리에서 돌처럼 굳어버리고 말았다. 배리 버튼이 리볼버를 한 손에 든 채 획 몸을 돌려 그녀를 마주보았다. 여러 감정이 한꺼번에 뒤섞여 터져 나왔다. 물론 놀라움이 가장 컸지만.

"배리?"

그가 재빨리 총구를 내렸다. 그녀만큼이나 놀란 듯했고, 그녀와 마찬가지로 젖은 상태였다. 티셔츠가 떡 벌어진 어깨에 달라붙었고 짧은 머리도 흠뻑 젖어 있었다.

"질! 여길 어떻게 내려왔어?"

"보아하니 같은 길로 온 것 같군요. 그런데 배리는 어떻게?"

그가 한 손을 들어 올리며 질의 말을 막았다.

"들어봐."

둘은 긴장된 침묵 속에 잠시 서 있었다. 질은 돌로 된 복도를 위 아래로 훑어보았지만 특별한 소리는 들리지 않았다. 양쪽 끝에는 천장에 매달린 희미한 조명 아래, 금속 문이 그림자에 덮여 있었다.

"무슨 소리를 들은 것 같아서. 목소리 같기도 하고."

배리가 마침내 입을 열었다. 그리고 그녀가 무언가를 묻기도 전에 그녀를 마주보며 어색하게 미소 지었다.

"저기, 기다리지 않고 혼자 와서 미안해. 정원에서 누군가 걸어 다니는 소리를 들은 것 같아서 확인해봐야 했거든. 여길 발견한 건 우연이었어. 발을 헛디며 떨어지는 바람에…… 어쨌거나 마침 잘 왔어. 같이 둘러보고 알아낼 만한 게 있나 살펴보자고."

질은 고개를 끄덕였지만 일단 배리를 지켜보기로 결심했다. 피해 망상일지도 모르겠지만 배리는 그의 말과 달리 그녀를 만난 것이 반갑지 않은 것 같았다.

'기다리면서 지켜보는 게 좋겠어.'

지금으로서는 그것 말고는 달리 뾰족한 수가 없었다.

배리는 콜트를 한 손에 들고 질을 오른편 문으로 이끌었다. 그가 손잡이를 당기자 또 하나의 어두운 터널이 나타났다.

오른쪽으로 또 다른 금속 문이 보였고 그 맞은편에도 똑같은 문이 하나 더 있었다. 통로는 완벽한 어둠에 휩싸여 있었다. 배리가 문을 향해 손짓하자 질이 고개를 끄덕였다. 문을 통과한 두 사람은 고요한 터널로 들어섰다.

질은 아무 무늬도 없는 돌벽을 살펴보며 속으로 한숨을 쉬었다. 분필 한 조각이라도 있다면 얼마나 좋을까, 하는 마음뿐이었다. 지금 들어온 터널도 다른 곳과 똑같아 보이는데 거기다 왼편으로 꺾여 있었다. 그녀는 벌써 길을 잃은 듯한 기분이었다. 이렇게 얽히고 꺾인 길이 많지 않기만을 빌었다. 그때였다.

"이봐요! 거기 누구 있어요?"

어딘가에서 낯익은 굵은 목소리가 들려왔다. 목소리는 통로에서 메아리쳤다.

"엔리코?"

질이 소리쳤다.

"질? 질이야?"

흥분한 질은 모퉁이까지 내달렸고 배리도 바로 뒤따랐다. 브라보 팀의 리더인 엔리코 마리니가 아직 살아 있었고 여기까지 와 있던 것이다.

질이 다음 모퉁이를 돌자 벽에 기대 앉아 있는 엔리코의 모습이 눈에 들어왔다. 터널이 넓어지면서 우묵하게 들어간 공간에 그가 있었다.

"잠깐! 거기 그대로 멈춰!"

질이 우뚝 멈춰 서서 자신을 겨누고 있는 엔리코의 베레타를 바라보았다. 그는 부상을 입은 상태였다. 다리에서 흘러나온 피가 바닥에 웅덩이를 이루고 있었다.

"누구랑 같이 온 거야, 질?"

엔리코의 짙은 눈이 의심으로 날카로워져 있었다. 그의 검은색 총구는 조금도 흔들리지 않았다.

"배리도 왔어요. 엔리코, 무슨 일이 있었던 거예요? 이게 대체 무슨 일이에요?"

배리가 모퉁이를 돌아 모습을 드러내자 엔리코는 한참동안 아무 말 없이 두 사람을 쳐다보기만 했다. 그의 시선이 불안하게 흔들렸다. 이내 그의 어깨가 축 처지더니 총을 내리고 풀썩 벽에 기댔다. 배리와 질이 서둘러 다가가 부상을 입은 그의 옆에 쭈그려 앉았다.

"미안해. 하지만 확인해야 했거든."

엔리코가 힘겹게 말했다.

그 말을 함으로써 마지막 남은 힘을 다 써버린 것 같았다. 질은 조심스레 그의 손을 잡았다. 얼굴이 어찌나 창백한지 덜컥 겁이 났다. 허벅지에서 피가 울컥울컥 배어나와 그의 바지는 피로 흠뻑 젖어 있었다.

"모든 게 다 계략이었어. 길을 잃었고, 울타리를 넘어서 터널을 봤어. 서류를 찾았는데…… 엄브렐러에서는 알고 있었어, 처음부터."

엔리코가 힘겹게 숨을 헐떡이며 말을 이었다. 물기를 머금은 시선이 그녀를 향했다.

배리는 무척 괴로운 표정이었고, 얼굴이 엔리코만큼이나 창백했다.

"조금만 참아, 엔리코. 곧 여기서 꺼내줄게. 움직이지 말고 가만히……."

엔리코가 고개를 저었다. 그의 눈은 여전히 질을 바라보고 있었다.

"스타스 안에 배신자가 있어. 그놈이 나한테······."

그 순간 두 발의 총성이 터널 안의 고요를 깨트렸다.

가슴에 구멍 두 개가 뚫리면서 엔리코의 몸통이 크게 들썩였다. 피가 무참히 솟구쳤다. 메아리치는 총성 사이로 달리는 발소리가 점점 멀어져 갔다.

배리가 벌떡 일어나 발소리가 들렸던 모퉁이를 향해 내달렸고, 질은 어찌할 바를 모른 채 경련을 일으키는 엔리코의 손을 붙잡았다. 쿵쾅거리는 그녀의 심장이 조이 듯 아파왔다. 엔리코는 그대로 고꾸라지더니 찬 돌바닥에 닿기도 전에 숨을 거두었다.

살인자를 쫓는 배리의 발소리가 점점 멀어지고 또다시 깊은 어둠 속에 침묵이 내려앉았다. 질의 머릿속은 온갖 의문과 의혹으로 어지러웠다. 엔리코가 찾았다는 서류는 대체 무엇일까? 엔리코가 '배신자'라는 말을 했을 때, 그녀는 곧장 이상행동을 보였던 배리를 떠올렸다. 하지만 총성이 들렸을 때 그는 바로 옆에 있지 않았는가.

'그럼 누가 그런 거지? 트렌트가 이야기한 믿어선 안 되는 사람이 누구일까? 엔리코는 누굴 지목한 거지?'

갈 곳을 잃은 채 혼자가 된 기분을 느끼며 질은 점점 차가워지는 엔리코의 손을 붙들고 배리가 돌아오기를 기다렸다.

레베카는 자신들이 방금 들어온 방의 한쪽 벽에 놓인 낡은 트렁크를 뒤지고 있었다. 그녀가 얼굴을 찌푸린 채 서류 더미를 뒤지는 동안 크리스는 방의 다른 곳을 살폈다. 트렁크를 제외하고는 잔뜩 헝클어진 간이침대 하나, 책상 하나, 매우 높고 오래된 책장 하나가 가구의 전부였다. 너무 차갑고 기이하게 느껴졌던 저택의 화려한 내부를 벗어난 터라 크리스는 이 단순하고 소박한 환경이 반갑게 느껴졌다.

그들은 안뜰에서 구불구불 이어지는 긴 길을 걸어 어떤 집에 당도한 직후였다. 저택보다 훨씬 작고 덜 위협적으로 느껴지는 집이었다. 그들이 들어간 방은 평범하고 소박한 목재로 되어 있었다. 조용한 복도 너머에서 발견한 작은 침실 두 곳도 마찬가지였다. 크리스는 이곳이 저택에서 근무하던 직원들의 숙소라고 짐작했다.

복도에 먼지가 두껍게 쌓인 것을 본 크리스는 그때까지 품고 있던 일말의 희망을 단념했다. 스타스 대원 중 누구도 저택을 벗어나지 못한 것이다. 이제 돌아갈 길이 없으니 그들이 할 수 있는 것이라고는 뒷문을 찾아 도움을 청하는 것뿐이었다. 마음에 들진 않았지만 그것 말고는 다른 방도가 없었다.

잠시 책장을 훑어본 크리스는 낡은 나무 책상으로 다가가 맨 위의 서랍을 당겨보았다. 서랍은 잠겨 있었다. 그는 몸을 굽혀 서랍 바닥을 손으로 더듬었다. 그러고는 손가락에 두꺼운 테이프 조각이 느껴지자 피식 미소를 지었다.

'이 사람들 영화도 안 보나? 열쇠는 언제나 서랍 아래에 붙어 있다고.'

테이프를 떼어내자 작은 은색 열쇠 하나가 나왔다. 크리스는 여전히 미소를 띤 채 열쇠로 잠긴 서랍을 열었다.

안에는 트럼프 카드 한 세트, 펜과 연필 몇 자루, 껌 포장지, 구겨진 담배 한 갑 등 책상 서랍에 흔히 쌓이는 쓰레기가 대부분이었다.

'빙고!'

크리스는 의기양양하게 가죽 꼬리표가 달린 열쇠 뭉치를 꺼냈다. 출구를 찾는 게 이렇게 쉽다면 당장이라도 라쿤 시티에 돌아갈 수 있을 텐데.

"드디어 뭘 좀 찾아낸 것 같은데."

크리스가 열쇠 뭉치를 들어올렸다. 가죽 꼬리표의 한 면에는 '앨리어스'라는 이름이 찍혀 있고, 그 뒷면에는 볼펜으로 '345'라는 글씨가 조금 뭉개진 채 적혀 있었다. 그 숫자에 어떤 의미가 있는지는 알 수 없었으나 저택에서 찾은 일기장에서 이 이름을 본 기억이 났다.

'고맙습니다, 앨리어스 씨.'

열쇠가 직원용이라고 가정한다면 그건 곧 이곳을 벗어날 수 있다는 뜻이었다.

레베카는 여전히 서류와 봉투, 어디선가 찾아낸 몇 장의 흐릿한 사진에 둘러싸인 채 트렁크 옆에 앉아 있었다. 무엇을 읽는지는 몰라도 거기에 완전히 빠져 있는 듯했다. 크리스가 다가가자 그녀는 걱정으로 흐려진 눈으로 그를 올려다보았다.

"뭐 좀 찾았어?"

그러자 레베카가 읽고 있던 종이 한 장을 들어 보였다.

"두어 가지요. 이것 좀 들어보세요. '사고 이후 나흘 째, 42구역의 식물은 아직도 성장하고 있고 놀라운 속도로 변이를 일으키고 있다.'"

그녀는 손가락으로 빠르게 내용을 훑어가며 계속 말을 이었다.

"여기에서는 이걸 '식물42'라 부르고 있고, 뿌리가 여기 지하에 있다고 해요. '사고가 나고 얼마 지나지 않아 감염된 연구원 한 명이 폭력적으로 변하더니 지하실의 물탱크를 부숴 전 구역을 물바다로 만들었다. T-바이러스 실험에 쓰였던 소량의 화학약품이 물에 섞여 들어가면서 식물42의 급격한 돌연변이에 영향을 미쳤다고 생각한다. 건물 곳곳에서 이미 싹이 다수 발견되었으나 그것의 본줄기는 1층 대회의실의 천장에 매달려 자라고 있다. 식물42는 주변 움직임에 민감하게 반응하며 현재 육식성을 띠는 것으로 보인다. 인간이 가까이 다가오면 촉수처럼 물건을 잡을 수 있는 덩굴을 이용해 먹잇감을 옭아맨 뒤 거머리처럼 노출된 피부에 달라붙어 치명적일 만큼 많은 양의 피를 빨아먹는다. 이미 서너 명의 직원들이 식물42에 당했다.' 5월 21일자로 기록되어 있고, 작성자는 헨리 사튼이라는 사람이에요."

크리스는 고개를 절레절레 흔들며 어떻게 사람이 이렇게 무시무시한 바이러스를 만들어낼 수 있는지 놀라움을 금치 못했다. 인간, 동물, 식물 접촉하는 것이면 그 무엇이든 광기를 주입하여 보균자를 피에 굶주린 육식 동물로 바꾸어놓는 것 같았다.

'젠장, 이제는 사람을 잡아먹는 식물까지.'

크리스가 몸을 떨었다. 얼마 안 있으면 이곳을 떠나게 된다는 사실이 새삼 더 반가웠다.

"식물도 감염시키는군. 이곳에 대해 보고할 때 이 식물에 대해서
도……."

"아니, 그게 전부가 아니에요."

레베카가 침울한 표정으로 그에게 사진 한 장을 건넸다.

그것은 실험실 가운을 입고 있는 한 중년 남자를 찍은 흐릿한 사
진이었다. 그는 평범한 문 앞에 뻣뻣한 자세로 서 있었는데, 크리스
는 그것이 조금 전 자신들이 통과한 바로 그 문, 직원 숙소의 정문
이라는 것을 알아볼 수 있었다.

그가 사진을 뒤집어 눈을 가늘게 뜬 채 뒤에 적힌 작은 글자를
읽었다.

"H. 사튼, 98년 1월, 42구역에서."

그가 레베카를 멍하니 쳐다보았다. 이제야 그녀의 두려움 어린
시선을 이해할 수 있었다. 그들은 42구역 안에 있었다. 사람을 잡아
먹는 육식성 식물과 함께 말이다.

웨스커는 불이 켜지지 않은 터널의 어둠 속에 서 있었다. 메아리
가 울려 퍼지는 통로 안을 요란스레 달려오는 배리의 발소리에 귀
를 기울이고 있자니 점점 더 울화가 치밀었다. 질이 영원히 기다려
주진 않을 텐데 말이야. 분노에 휩싸인 배리 버튼 씨께서는 엔리코

를 죽인 사람이 모퉁이 너머 그림자 속에 숨어들었을 거라고는 짐작조차 못하는 듯했다. 가장 뻔한 곳이 아닌가.

'어서 와라, 어서.'

배리와 함께 저택을 떠난 후 웨스커는 마침내 모든 일이 자기 뜻대로 풀리는 것을 느꼈다. 그는 실험실 입구 근처에 있는 지하 방을 기억해냈고, 늑대 메달이 그곳에 있으리라 확신했다. 그리고 터널은 깨끗했다. 121들이 나와 있을 것이라 생각했지만 다행히 사고 이후 아무도 통로 조작 장치를 건드리지 않은 모양이다. 통로를 조작하는 레버를 찾기 위해 배리와 헤어졌는데, 다행히 레버는 찾기 쉬운 곳에 있었다. 통로 바로 옆에 있었으니까.

모든 게 완벽했다. 망할 엔리코 녀석이 홀연히 나타나 웨스커가 실수로 떨어뜨린 아주 중요한 서류, 바로 화이트 엄브렐러의 총수가 직접 하달한 명령서를 발견하기 전까지는. 그리고 일이 더 꼬이려는지, 이 문제를 처리하기도 전에 질이 터널 안으로 불쑥 나타난 것이다.

웨스커는 한숨을 쉬었다. 한 가지를 마무리하면 또 한 가지 일이 터졌다. 사실, 이 모든 일은 처음부터 엄청난 골칫거리였다. 적어도 지하 보안 장치는 작동되지 않았다. 물론 터널 내부로 들어올 때까지는 그 여부를 알 수 없었지만. 게다가 배리를 끌어들인 탓에 이제는 그 뒤처리까지 해야 했다. 보수가 그렇게 짭짤하지만 않았어도…….

웨스커가 피식 웃었다. 말은 바로 해야지. 보수는 짭짤한 정도가 아니잖아.

몇 년처럼 느껴지는 시간이 흐르고, 배리가 씩씩거리는 소리와 함께 막무가내로 리볼버를 휘저으며 나타났다. 그가 발전기가 설치된 우묵한 공간을 지나오길 기다리며 웨스커는 잠시 몸을 긴장시켰다. 지금부터는 일이 조금 까다롭다. 배리와 엔리코는 매우 가까운 사이였으니 말이다.

배리가 그 작은 공간을 쿵쾅거리며 지나가자 웨스커가 그의 뒤로 다가가 베레타 총구로 배리의 등허리를 쿡 찔렀다. 그와 동시에 낮고 빠르게 말을 이었다.

"날 죽이고 싶어 하는 거 알아, 배리. 하지만 지금 무슨 짓을 하고 있는지 잘 생각해보는 게 좋을 거야. 내가 죽으면 자네 가족들도 죽어. 그리고 지금 상황으로 봐서는 질도 죽어줘야 할 것 같아. 하지만 배리 자네가 그걸 막을 수 있지. 모든 죽음을 막을 수 있어."

배리는 총구가 몸에 닿자마자 움직임을 멈췄다. 하지만 그의 목소리에서 격렬한 분노와 증오를 느낄 수 있었다.

"엔리코를 죽이다니."

배리가 으르렁대자 웨스커는 배리의 등을 찌르고 있는 총구에 더욱 힘을 주었다.

"그랬지. 하지만 원해서 그런 건 아니야. 엔리코가 알아서는 안 될 정보를 알아버렸어. 너무 많은 걸 알게 된 거지. 그리고 엄브렐러에 대해 질에게 말했더라면 질도 죽었겠지."

"어차피 결국엔 질도 죽일 거잖아. 아니, 우리 모두 다 죽일 거잖아!"

웨스커가 한숨을 쉬며 애원하는 듯한 어조로 말했다.

"아니, 그렇지 않아! 이해를 못하는군. 난 그저 실험실로 가서 다른 사람이 발견하기 전에 증거를 없애려는 것뿐이라고! 증거가 파괴되고 나면 누구도 다칠 이유가 없어. 각자 제 갈 길을 가면 되는 거라고."

배리는 아무 말이 없었지만 웨스커는 그가 이 말을 믿고 싶어 한다는 것을, 모든 게 쉽게 풀리기를 바란다는 것을 느낄 수 있었다. 웨스커는 배리의 마음이 더 약해지도록 잠시 시간을 준 뒤 말을 이었다.

"내가 자네에게 원하는 건 그저 질이 끼어들지 못하게 막는 것뿐이야. 질뿐만 아니라 앞으로 마주치는 모든 사람들을 실험실에 오지 못하게 하라고. 시간을 조금만 더 끌어줘. 질의 목숨을 구하는 셈이 될 거야. 그리고 맹세컨대, 필요한 게 내 손에 들어오면 이후로 자네나 자네 가족은 평생 날 볼 일이 없을 거야."

웨스커는 조금 더 시간을 들였다. 마침내 배리가 입을 열었을 때, 웨스커는 배리가 완전히 넘어왔음을 깨달았다.

"실험실은 어디에 있지?"

'착하기도 하지!'

웨스커는 총구를 내리고, 혹시라도 배리가 밤눈이 밝을 경우를 대비해 무표정한 얼굴을 유지했다. 그는 조끼에서 접힌 종이 한 장을 꺼내 배리의 손에 쥐여주었다. 터널에서 지하 1층으로 가는 지도였다.

"혹시라도 일이 생겨 질을 막지 못하거든 최소한 동행이라도 해. 그곳에 가면 외부에 잠금장치가 되어 있는 방들이 많지. 최악의 경우 일이 끝날 때까지 거기 가둬두면 되잖아. 정말이야, 배리. 아무도 다치지 않을 거야. 다 자네한테 달려 있다고."

웨스커는 재빨리 뒤로 물러나 발전기 옆에 놓아두었던 끝이 육각형 모양으로 된 레버에 손을 뻗었다. 몇 초간 더 배리를 지켜보고 있다가 그의 넓은 어깨가 축 처지고 고개를 떨구는 것을 확인했다. 만족스러워진 웨스커는 그곳을 나갔다. 그럴 가능성은 매우 낮지만 혹시라도 스타스 대원 중 누군가가 실험실을 찾아낼 경우, 배리가 골치 아픈 문제들을 막아줄 것이다.

웨스커는 모든 일을 다시 통제하에 둔 것에 대해 스스로를 칭찬하며 서둘러 첫 번째 통로의 조작 장치로 향했다. 여기서부터는 빠르게 움직여야 했다. 배리에게 알려주지 않은 것이 몇 가지 있었다. 설계 이래 처음으로 레버를 돌리면 아주 실험적인 보안 경비대가 터널 속으로 투입될 것이라는 사실을 포함해서 말이다.

'미안하군, 배리. 깜빡 잊었어.'

스타스 대원들이 121, 즉 사냥꾼들에게 맞서 힘과 민첩성을 겨루는 모습을 관람하는 건 틀림없이 재미있는 구경거리가 될 것이다. 하지만 아쉽게도 그 쇼를 지켜볼 시간이 없었다.

정말로 안타까운 일이다. 사냥꾼들은 너무 오랫동안 갇혀 있었고 그래서 몹시 배가 고플 텐데 말이다.

제15장

배리가 사라지고 너무 오랜 시간이 흘렀다.

질은 터널이 얼마나 긴지 알 도리가 없었지만 한 가지 분명한 건 구조나 생김새가 비슷비슷하다는 사실이다. 배리도 돌아오려다 길을 잃었을지 모른다. 아니면 살인자를 찾아냈지만 지원군이 없어서 변을 당했을지도.

'돌아오지 않을지도 몰라.'

어쨌거나 무작정 기다리는 건 아무 도움이 되지 않는다. 그녀는 자리에서 일어나 엔리코의 창백한 얼굴을 마지막으로 바라본 뒤 그의 명복을 빌고 그곳을 떠났다.

'대체 무얼 알아냈기에 죽임을 당한 걸까? 배신자라는 건 누구지?'

엔리코가 알려준 건 배신자가 '그놈'이라는 사실뿐이었고, 그것만으로는 알아낼 수 있는 게 별로 없었다. 질 자신과 신참인 레베카

체임버스를 제하고 라쿤 시티의 스타스 대원들은 모두 남자가 아닌가. 처음부터 이상한 일이 벌어지고 있다고 확신했던 크리스는 제외시킬 수 있다. 그리고 엔리코가 총에 맞았을 때 함께 있었던 배리도 아니다. 브래드 비커스는 애초에 위험한 일을 저지를 수 있는 사람이 아니고, 조셉과 케네스는 죽었다.

'그렇다면 남은 사람은 리처드 에이켄, 포레스트 스페이어, 앨버트 웨스커, 이 세 사람인데⋯⋯.'

그중 의심이 가는 사람은 없었지만 적어도 가능성은 인정해야 했다. 엔리코가 죽었다. 그리고 엄브렐러에서 스타스 대원 중 한 명을 좌지우지하고 있다는 사실을 더 이상 의심하지 않았다.

문에 다다른 그녀는 재빨리 몸을 구부려 젖은 신발 끈을 다시 조이고 마음의 준비를 했다. 엔리코를 죽인 놈은 자신과 배리도 손쉽게 죽일 수 있었지만 그렇게 하지 않았다. 따라서 놈은 엔리코 외에 다른 사람은 죽일 생각이 없으며, 한동안은 또 다른 희생양을 찾지 않을 것이다. 하지만 살인자가 아직 지하 터널 안에 있다고 가정할 때, 그를 찾고 싶다면 최대한 조용히 움직여야 했다. 터널은 완벽한 음향 전도체라서 아무리 작은 소리라도 크게 증폭시키니 말이다.

질은 살그머니 금속 문을 열고 잠시 귀를 기울인 다음, 어두컴컴한 터널로 천천히 나가 벽에 붙어 움직였다. 정면의 복도는 불이 켜져 있지 않았다. 그녀는 아까 온 길을 따라 돌아가기로 했다. 어둠은 매복을 당하기에 딱 좋은 조건이기 때문이다. 혹시라도 살인자에 대한 추측이 잘못된 것이라면 총알 세례를 받을 수도 있다.

그때 두꺼운 돌벽을 통해 무언가가 갈리는 낮은 진동음이 들려왔다. 거대한 벽이 움직이는 듯한 소리였다. 질은 본능적으로 그 소리를 이용해 재빨리 서너 걸음을 나아간 뒤, 소리가 멈추는 것과 동시에 다음 문 앞에 멈춰 섰다. 그녀는 배리를 만났던 터널로 나가 조심스레 문을 닫았다.

'대체 무슨 소리지? 벽 전체가 움직이는 것 같았는데.'

천장이 내려앉던 저택의 방을 떠올리며 그녀가 몸을 떨었다. 터널에도 비슷한 함정이 있을지 모른다. 한 걸음, 한 걸음을 조심해야 했다. 괴상한 장치에 걸려 압사할 상상을 하니 아찔했다.

'장치라면, 혹시 아까 그 구덩이 옆에 있던 육각형 모양의 구멍 같은 게 아닐까?'

질이 고개를 끄덕이며 들어갈 수 없었던 문들을 한 번 더 살펴보기로 결심했다. 어쩌면 살인자가 그 장치를 작동시키는 데 필요한 열쇠를 가지고 있고, 조금 전에 들은 그 소음이 장치를 작동시킨 소리인지도 몰랐다. 물론 추측이 틀릴 수도 있지만 확인해서 나쁠 것은 없다.

'적어도 길을 잃진 않을 거 아냐?'

그녀는 왔던 곳으로 돌아가는 문으로 손을 뻗다가 잠시 멈칫했다. 그러고는 뒤쪽 터널에서부터 들려오는 이상한 소리에 귀 기울이기 위해 머리를 한쪽으로 기울였다. 소리의 정체는 녹슨 경첩, 아니면 어떤 새의 울음소리? 무슨 소리인지는 몰라도 매우 시끄러웠다.

쿵, 쿵, 쿵.

그것은 익숙한 소리였다. 그녀가 있는 쪽으로 다가오는 발소리. 배리이거나 배리 정도 덩치의 사람이 내는 발소리였다. 무겁고 터벅터벅 걷는 것 같았지만 그 간격이 넓었고 지나치게 의도적으로 느껴졌다.

'당장 도망쳐, 당장!'

질은 손잡이를 냅다 당겨 다음 터널로 달려 들어갔다. 얼마나 시끄러운 소리를 내든 그건 중요치 않았다. 가끔 그것을 해석하는 과정에서 실수를 하긴 해도 그녀의 본능은 틀린 적이 없었다. 그리고 지금 그 본능은 저 발소리를 내는 존재와 절대 마주쳐서는 안 된다고 말하고 있었다.

그녀는 돌로 된 복도를 따라 안뜰로 돌아가는 사다리를 지나칠 때까지 달렸다. 잠시 후 그녀는 속도를 늦춘 뒤 깊은 숨을 들이쉬었다. 막무가내로 달려서는 안 된다. 뒤에서 다가오는 위험 말고도 또 다른 위험이 앞에서 도사리고 있을지 모른다.

그때 그녀 뒤에서 문이 열렸다.

질이 베레타를 든 채 돌아섰다. 그리고 공포에 질린 채 눈앞에 서 있는 것을 멍하니 노려보았다. 거대한 그것은 사람의 모습을 하고 있었지만 사람과 닮은 점은 형체뿐이었다. 벌거벗었으나 성기가 없었고, 근육질의 몸은 울퉁불퉁한 양서류의 피부로 덮여 있었으며, 암녹색을 띠고 있었다. 말도 안 되게 긴 팔이 바닥에 끌릴 정도로 상체를 숙인 상태였고, 손과 발에는 두껍고 날카롭게 휘어진 발톱이 달려 있었다. 납작한 파충류 모양의 머리에 박힌 아주 작고 연한 눈동자가 그녀를 응시하고 있었다.

놈이 기이한 눈으로 그녀를 주시한 채 입을 쩍 벌리고 매우 높고 끔찍한 괴성을 질렀다. 그녀가 태어나 들어본 그 어떤 소리와도 다른 괴성이 메아리쳤고, 생명의 위협을 느꼈다.

질이 총을 발포했다. 세 발이 놈의 가슴팍에 그대로 꽂히자 비틀비틀 뒤로 물러섰다. 놈은 휘청거리더니 터널 벽에 부딪혀 쓰러졌다.

하지만 다음 순간, 또 한차례의 끔찍한 비명과 함께 강력한 두 다리로 돌벽을 박차고 그녀를 향해 달려들었다. 날카로운 발톱을 길게 뻗어 당장이라도 그녀를 갈기갈기 찢어놓을 것 같았다.

자신에게로 날아오는 괴물을 향해 질은 총을 쏘고 또 쏘았다. 주름이 잡힌 놈의 피부를 찢고 총알이 박히면서 검붉은 피가 뿜어져 나왔다.

마침내 놈은 그녀의 코앞에서 쓰러졌다. 하지만 여전히 괴성을 지르고 숨을 헐떡거리며 긴 팔을 뻗어 그녀의 다리를 잡아채려고 발버둥 쳤다. 퀴퀴한 짐승의 냄새가 났다. 어둠과 원시적 분노를 떠올리게 하는 냄새였다.

'빌어먹을, 왜 죽지 않는 거야?'

질은 놈의 뒤통수에 베레타를 갖다 대고 장전된 총알을 모두 퍼부었다. 암녹색 살점이 터져 나오고 뼈가 쪼개져 사방으로 튀었지만 그녀는 계속해서 방아쇠를 당겼다. 뜨거운 총알이 걸쭉한 분홍색 뇌 속에 사정없이 박혔다.

총알이 바닥나자 그제야 질은 총을 내렸다. 몸 전체가 부들부들 떨리고 있었다. 끝났다. 놈은 죽었다. 하지만 놈을 죽이는 데 탄창 하나, 그러니까 9밀리미터 총알 열다섯 발을 써야 했다. 그것도 마지막 일고여덟 발은 아주 근거리에서.

쓰러진 괴물을 내려다보던 질은 빈 탄창을 빼내 새 탄창으로 장착한 뒤 베레타를 총집에 넣었다. 그런 다음 등에 멘 레밍턴을 풀러 손에 들었다. 묵직한 산탄총을 손에 쥐니 조금 안심이 되었다.

'이 사람들 대체 여기서 뭘 연구한 거야?'

엄브렐러 연구원들은 바이러스만 만든 게 아니었다. 바이러스만큼 치명적이지만 거기에 발톱까지 달린 괴물을 만들었다.

'그리고 한 놈이 아닐 수도 있지.'

이보다 끔찍한 생각은 해본 적이 없었다. 질은 레밍턴을 꼭 쥔 채 달렸다.

크리스와 레베카는 잔뜩 긴장해 두 걸음 걸을 때마다 한 번씩 위를 올려다보며 나무로 된 복도를 따라 걸었다. 벽과 천장이 만나는 틈새마다 바짝 말라죽은 담쟁이덩굴 같은 것이 비죽이 튀어나와 있었다. 뼈처럼 창백한 하얀 줄기가 마치 곰팡이처럼 널빤지를 따라 들러붙어 있었다. 무해해 보였지만 레베카가 식물42에 대해 이야기해준 이후로 크리스는 언제든 재빨리 도망칠 준비가 되어 있었다.

트렁크에 있던 나머지 서류들도 읽어본 레베카는 42구역에서 제조할 수 있는, V-졸트라는 이름의 제초제에 관한 보고서를 찾아냈다. 그녀가 보고서를 챙겨왔지만 크리스는 그것이 유용하리라 생각지 않았다. 그가 원하는 것은 그저 탈출구를 찾는 것뿐이다. 식인 식물을 피할 수 있다면 아무래도 상관없었다.

숙소의 현관 홀에는 식물이 없었지만 그렇다고 그곳이 안전하다고 판단할 수는 없었다. 정문 옆에 있는 두 개의 침실 말고도 휴게실이 하나 더 있었는데, 그곳은 이상하게도 으스스했다. 크리스는 그 안을 들여다 봤을 때, 즉각 머릿속의 경고등이 켜지는 것을 느꼈다. 그 이유는 알 수 없었지만. 육안으로 보이는 위험한 대상은 없었다. 그저 바 하나에 탁자가 두 개 있을 뿐이었다. 겉으로는 조용해 보였지만 크리스는 재빨리 문을 닫았고 둘은 서둘러 그곳을 벗어났다. 불길한 예감만으로도 그곳을 들쑤시지 않을 이유는 충분했다.

그들은 구불구불 이어지는 복도에 난 하나뿐인 문 앞에서 걸음을 멈췄다. 둘 다 천장 근처에 뻗어 있는 담쟁이덩굴을 불안하게 힐끗거렸다. 크리스가 손잡이를 밀자 문이 쉽게 열렸다.

따뜻하고 습한 공기가 어둑한 방 밖으로 쏟아져 나왔다. 열대지방 같은 분위기가 물씬 풍겼는데 마치 썩은 과일로 가득 채워진 듯 고약한 기운이 감돌았다. 이 방의 벽을 본 크리스는 자기도 모르게 레베카를 자신의 뒤로 밀었다. 벽은 현관에 있던 기이한 담쟁이덩굴과 유사한 덩굴로 완전히 뒤덮여 있었다. 이곳의 담쟁이덩굴은 담녹색으로 물들어 있었고 무성하면서도 터질 듯 크게 부푼 상태였다.

방 안에서 희미한 속삭임 같은 것이 들려왔고 동시에 무언가가 살그머니 움직이는 것도 느껴졌다. 크리스는 그것이 이 기이한 식물 때문임을 깨달았다. 벽에 늘어진 덩굴손이 느릿느릿 움직이면서 이상한 착시 현상을 일으켰다.

레베카가 그를 지나쳐 가자 크리스가 그녀를 다시 뒤로 밀었다.

"왜 그래? 제정신이야? 이게 피를 빤다면서?"

그녀가 속삭이는 벽을 바라보며 고개를 흔들었다.

"이건 식물42가 아니에요. 적어도 보고서에 나온 바에 의하면요. 식물42는 이것보다 훨씬 더 크고 움직임이 좀 더 활발해야 해요. 식물생물학은 제 전공이 아니지만 그 보고서에 따르면, 식물42는 잎사귀가 자동력을 갖춘 속씨식물로……."

레베카가 말을 멈추고 씩 미소를 지었다.

"죄송해요. 그냥 커다란 구근이 달린 3에서 6미터 길이의 덩굴이 제멋대로 움직이는 걸 생각하면 돼요."

크리스가 얼굴을 찡그렸다.

"멋지네. 마음이 푹 놓여, 고마워."

덩굴에는 가까이 다가가지 않도록 조심하면서 조금씩 넓은 방으로 들어섰다. 방금 들어온 문 말고도 세 개의 문이 더 있었다. 하나는 입구 바로 정면에 있었고, 나머지 두 개는 왼쪽과 오른쪽에 각각 하나씩 있었다. 크리스는 먼저 입구 맞은편에 있는 문으로 레베카를 이끌었다. 그 문이 이 숙소에서 나갈 수 있는 출구로 이어지리라 판단해서였다.

문은 열려 있었다. 크리스가 문을 활짝 여는 순간, 쾅 소리와 함께 문이 도로 닫혔다. 두 사람은 총을 든 채 재빨리 뒤로 물러섰다. 뒤이어 쿵쾅거리는 소리가 이어졌다. 마치 반대편에 있는 누군가가 마구잡이로 벽을 차는 것처럼. 문제는 그 소리가 문틀 아래에서, 위에서, 사방에서 들리고 있다는 점이었다.

"덩굴이 많다고 했지?"

크리스의 물음에 레베카가 고개를 끄덕였다.

"식물42를 찾은 것 같네요."

둘은 잠시 귀를 기울였다. 크리스는 문을 그렇게 힘껏 닫으려면 대체 힘이 얼마나 세고 무게는 얼마나 나가는지 헤아려보았다.

'정말이네. 더 크고 움직임도 활발하군. 게다가 이곳의 유일한 출구를 막고 있을지도 몰라. 참 잘됐어.'

둘은 물러서서 남은 두 개의 문을 바라보았다. 오른편 문 위에는 '002'라고 쓰여 있었다. 크리스는 책상 서랍에서 찾은 열쇠 뭉치를 꺼내 하나씩 넘겨보다가 같은 숫자가 쓰인 열쇠를 찾았다.

그가 문을 열고 안으로 들어서자 레베카도 뒤를 따랐다. 방 안 왼편에는 작은 문이 하나 더 있었는데 그곳은 조용하고 먼지 가득한 욕실이었다. 방에는 침대, 책상, 책장 두어 개 뿐 특별할 건 없었다.

멀리 벽 너머에서 쿵쾅대는 소리가 연달아 들려오자 그들은 다시 덩굴들이 속삭이는 소리가 들리는 축축한 방으로 돌아갔다. 크리스는 이곳을 빠져나가려면 꼼짝없이 저 식물과 싸워야 할 것만 같았다.

'꼭 그럴 필요는 없을 거야. 다른 길이 있을 수도 있잖아.'

하지만 지금까지 돌아가는 상황으로 보아 다른 방법이 있을 것 같지 않았다. 저택을 어슬렁거리고 있는 좀비들이나 나무에서 뱀이 비처럼 쏟아졌던 안뜰에서의 경험을 돌이켜볼 때, 스펜서 저택은 마치 아무도 이곳을 빠져나가지 못하도록 설계되어 있는 것 같았다.

크리스는 부정적인 생각을 떨쳐내고 마지막으로 남은 왼편 문으로 다가섰다. 하지만 그들은 문틀 옆에 붙은 작은 녹색 키패드를 보고 포기해야 했다. 손잡이를 잡고 흔들었지만 끄떡도 하지 않았다.

막다른 길이었던 것이다.

"보안 장치야. 비밀번호를 모르면 들어갈 수 없어."

그가 한숨을 쉬며 말했다.

레베카는 숫자가 적힌 키패드 위의 작은 붉은색 등을 노려보며 눈을 찌푸렸다.

"맞는 번호가 나올 때까지 모두 눌러보면 되지 않을까요?"

크리스가 고개를 흔들었다.

"우연히 비밀번호를 찾을 수 있는 확률이 얼마나 낮은지……."

그가 하던 말을 멈추고 그녀를 뚫어져라 처다보다가 주머니에서 열쇠 꾸러미를 꺼냈다. 열쇠고리에 '345'라고 적혀 있었다.

"3-4-5를 눌러봐."

크리스는 레베카가 지시대로 숫자를 입력하는 모습을 지켜봤다.

'제발. 앨리어스 씨, 우릴 실망시키지 말라고.'

그러자 붉은색 등이 깜빡이더니 하나씩 꺼지는 것이 아닌가. 마지막 등이 꺼짐과 동시에 문 안쪽에서 찰칵, 하는 소리가 들렸다.

크리스가 웃으며 문을 열었다. 하지만 다음 순간 조그만 방 안을 둘러보며 희망이 사그라지는 것을 느꼈다. 먼지 쌓인 선반에는 작은 유리병이 가득했고, 녹슨 싱크대 하나가 있을 뿐이었다. 그가 원하던 출구는 없었다.

'그랬다면 너무 쉬웠겠지. 암, 그렇게 쉽게 우릴 놔줄 턱이 없지.'

레베카가 재빨리 선반으로 걸어가더니 무언가를 중얼거리며 유리병을 훑어보기 시작했다.

"히오시아민, 무수물, 디엘드린……."

그녀가 활짝 웃으며 돌아섰다.

"크리스 선배, 그 식인 덩굴을 죽일 수 있어요! 아까 이야기한 V-졸트, 그 제초제를 여기서 만들 수 있어요. 지하실로 내려가 그 식물의 뿌리만 찾으면 돼요."

크리스도 활짝 웃었다.

"그러면 그 망할 녀석과 싸우지 않고도 처리할 수 있겠네! 정말 대단해, 레베카. 시간이 얼마나 필요해?"

"10분, 15분 정도요."

"알았어. 그럼 제초제를 만들고 있어. 난 최대한 빨리 돌아올게."

레베카가 병들을 하나씩 내리자 크리스는 복도로 나가 속삭이는 담녹색 덩굴을 지나쳐 달리기 시작했다.

이곳을 이겨내고야 말 것이다. 여길 빠져나가기만 하면 반드시 엄브렐러를 무너뜨리고 말겠다고 다짐하고 또 다짐했다.

///

배리는 엔리코의 차가운 시신을 내려다봤다. 웨스커가 준 지도는 구겨진 채 한 손에 쥐어져 있었다. 그가 돌아왔을 때 질은 없었지만, 배리는 그녀를 찾으러 가지 못하고 못 박힌 듯 꼼짝도 할 수 없었다. 그는 살해당한 친구의 시신에서 시선을 떼지 못했다.

'내 잘못이야. 웨스커가 저택을 빠져나오게 돕지만 않았더라도 넌 아직 살아 있을 텐데.'

배리는 침통한 표정으로 엔리코의 얼굴을 멍하니 바라보았다. 죄책감과 수치심에 짓눌려 더 이상 무엇을 해야 할지 알 수 없었다. 질을 찾고, 그녀가 웨스커를 만나는 걸 막고, 가족이 다치는 걸 막아야 한다는 사실을 알고 있었지만 여전히 아무것도 할 수 없었다. 지금 그가 무엇보다도 원하는 건 이 모든 사실을 엔리코에게 해명하는 것, 어쩌다가 일이 이 지경까지 왔는지 그를 이해시키는 것이었다.

'웨스커가 캐시와 아이들의 생사를 손에 쥐고 있어, 엔리코. 내가 뭘 할 수 있었겠어? 그의 명령을 따르는 것 말고 달리 무슨 방도가 있었겠느냐고?'

엔리코는 더 이상 보지 못하는 눈으로 그와 마주하고 있을 뿐이었다. 비난도, 용서도, 아무것도 없었다. 그건 앞으로도 바뀌지 않을 것이다. 배리가 계속해서 웨스커를 돕고 모든 일이 그가 약속한 대로 이루어지더라도 엔리코 마리니는 여전히 죽어 있을 뿐이다. 자신이 엔리코의 죽음에 책임이 있다는 사실을 알고도 앞으로 어떻게 살아가야 할지 알지 못했다.

그때였다. 터널 사이로 총성이 메아리쳤다. 그것도 여러 발의 총성이.

'질!'

배리가 고개를 돌렸다. 그는 반사적으로 콜트 파이선에 손을 뻗었다. 그 소리가 그를 무력감에서 깨워 분노로 내몰았다. 총성이 들린 이유는 명백했다. 웨스커가 질을 찾아낸 것이다.

배리는 전속력으로 달렸다. 또 다른 스타스 대원이 배신자 웨스커의 손에 죽임을 당한다는 생각만으로도 미칠 것 같았고, 그의 거짓말을 믿은 자신에게 분노가 치밀었다.

그때 정면에 있는 문이 벌컥 열렸고, 배리가 멈춰 섰다. 자신 앞에 나타난 존재를 본 순간, 웨스커, 질, 엔리코에 대한 생각이 단숨에 달아났다. 그의 머리는 지금 눈앞의 존재를 이해할 수 없었다. 그의 시선이 약간의 정보를 제공했지만 그것은 아무리 생각해도 이치에 닿지 않았다. 녹색 피부, 주황색과 흰색으로 이루어진 날카로운 눈, 발톱이 달린 손과 발.

그것이 입을 벌려 높고 길게 끼익 하는 끔찍한 소리를 내지르자 배리는 더 이상 생각하지 않았다. 그가 방아쇠를 당기자 묵직한 총알이 놈의 목을 꿰뚫어 쓰러뜨렸고, 곧이어 숨이 막힐 듯한 질척거리는 비명을 쏟아냈다.

연기가 피어오르는 구멍에서 피가 솟구치자 놈이 팔다리를 거칠게 휘저었다. 서너 차례 뼈가 부러지는 듯한 날카로운 소리가 들렸다. 배리는 길고 두꺼운 발톱이 돌에 부딪혀 깨지면서 더 많은 피가 쏟아져 나오는 것을 목격했다.

그는 경악과 침묵 속에서 놈이 발작을 일으키는 것을 계속 지켜보았다. 비명을 지르려는 듯 목에 난 구멍에서 거품과 신음이 흘러나왔다. 총을 맞음과 동시에 머리가 떨어져 나갔어야 옳았지만 놈은 그 이후에도 완전히 죽을 때까지 족히 1분은 더 버텼다. 피가 뿜어져 나오면서 거센 몸부림이 점차 약해졌다. 마침내 놈이 움직임을 멈추었다. 놈의 시체 주변에 만들어진 검붉은 피 웅덩이를 본 배리는 놈이 과다출혈로 죽었음을 깨달았다. 마지막 순간까지 의식을 잃지 않았던 것이다.

'이게 대체 뭐지? 도대체 어떤 괴물이……'

그때 바깥쪽 터널에서 축축한 공기 사이로 또 다른 괴성이 울려 퍼졌다. 연이어 두 번째, 세 번째 소리도 이어졌다. 소리는 점점 더 커졌다. 존재해서는 안 되는 괴물이 내지르는 분노로 가득 찬 괴성이었다.

배리는 떨리는 손으로 엉덩이에 찬 주머니에 손을 넣어 콜트 총알을 더 꺼냈다. 남은 총알이 충분하기만을 신께 빌었다. 그리고 조금 전 들었던 총성이 질의 최후의 저항이 아니었기를 빌고 또 빌었다.

제16장

그건 거미일 수도 있었다. 거미가 소처럼 커질 수 있다면 말이다. 바닥에서 천장까지 방 전체를 뒤덮은 굵은 흰색 거미줄만 아니었다면 다른 것이라고 생각했을 것이다.

짧고 뻣뻣한 털로 뒤덮인 구부러진 여러 개의 다리를 내려다보며 질은 소름이 돋는 것을 느꼈다. 아까 그녀를 공격한 괴물은 끔찍하긴 했지만 외형이 워낙 생소해서 이 세상 것처럼 느껴지지 않았었다. 하지만 거미는…… 안 그래도 싫어하는 벌레였다. 부산스레 움직이는 검은 몸통과 다리도 끔찍했다. 그런데 이 거대한 거미는 모든 거미들의 어미 같은 존재였다. 이미 죽은 상태인 데도 그녀는 무서웠다.

'그런데 죽은 지 얼마 안 됐어.'

그녀는 내키지 않는 시선을 들어 억지로 죽은 거미를 살펴보았다. 털이 숭숭 난 둥근 몸에는 여러 개의 구멍이 뚫려 있었다. 거기서 녹색을 띠는 질척한 액체가 흘러나와 번들거리는 웅덩이 여러 개를 만들었다. 서너 차례 총을 맞은 듯했고 상처에서 흘러나온 액체로 보건대 20분 전, 아니 10분 전만 해도 여전히 생생하게 살아서 기어 다녔을 것이다.

질은 떨리는 몸을 추스르며 거미줄로 덮인 방의 출구를 향해 걸어갔다. 끈적이는 물질이 계속 발에 달라붙어 움직이기가 힘들었다. 그녀는 조심스레 한 걸음씩 떼었다. 무슨 일이 있어도 넘어지지 않을 작정이었다. 거미줄에 파묻혀 그것이 온몸에 달라붙는 상상만으로도 끔찍했다. 그녀는 다시 한 번 몸을 부르르 떨고는 힘겹게 침을 삼켰다.

'다른 생각을 하자. 다른 생각 아무거나……'

적어도 추적 방향은 제대로 잡았고, 터널 속 장치를 작동시킨 사람을 바짝 쫓고 있는 것은 분명했다. 장치는 꽤 훌륭했다. 구덩이가 있는 곳에 다다랐을 때, 그녀는 자신이 끝내 길을 잃고 말았다고 생각했었다. 커다랗게 뚫려 있던 구덩이는 온데간데없고 매끈한 돌덩이가 그곳에 자리 잡고 있는 것이 아닌가. 위를 올려다본 그녀는 아연실색했다. 구덩이는 터널의 천장이 되어 있었다. 터널의 중간 구역 전체가 기계 장치에 의해 거대한 바퀴처럼 180도 회전되어 완전히 뒤집혀 있었던 것이다.

문은 또 다른 터널로 이어졌다. 한쪽 끝에 거대한 바위가 자리했고 바위를 지나자 죽은 거미가 있는 방에 도착한 것이다.

질이 문을 열자 또 다른 어두운 통로가 나타났다. 그녀는 문에 기대어 서서 심호흡을 했다. 혐오감을 억누르며 마음을 진정시키려 애썼다.

'좀비와 괴물들은 아무렇지 않게 죽이면서 거미 한 마리, 그것도 죽은 거미 한 마리에 이성을 잃는 거야?'

그녀 앞에 짧은 통로 하나가 왼쪽에서 오른쪽으로 이어져 있었다. 양쪽 끝에 문이 하나씩 있었는데 왼편으로 난 문은 그녀가 방금 빠져나온 방 쪽 그러니까 다시 안뜰로 돌아가는 방향이었다. 질은 자신의 방향감각이 아직 온전하길 빌며 오른편 문을 택했다.

금속 문이 삐걱거리는 소리와 함께 열리자 그녀는 안으로 들어갔다. 공기가 달라지는 걸 즉각 느낄 수 있었다. 터널은 바로 앞에서 두 갈래로 갈라졌다. 오른편 길은 어둠이 짙은 또 다른 복도로 이어졌다. 하지만 왼쪽으로는 안뜰에서 본 것과 같은 작은 승강기 통로가 있었다. 그쪽에서 따뜻하고 향긋한 바람이 불어와 그녀를 감쌌다. 너무 오래전 일이라 잊어버린 꿈처럼 달콤한 공기였다.

그녀는 피식 웃고는 승강기 통로를 향해 다가갔다. 승강기는 위로 올라가 있었다. 엔리코를 죽인 놈이 이 방향으로 갔을 가능성이 높았다.

'하지만 아닐 수도 있지. 반대쪽으로 갔다면 놓치게 될 거야.'

질은 좁은 승강기 통로를 아쉽게 올려다보며 잠시 망설이다가 발걸음을 돌렸다. 최소한 오른쪽 길도 확인은 해봐야 했다.

그녀는 길게 이어진 돌 복도로 들어섰다. 기온이 급격히 떨어졌고 이제는 익숙해진 불쾌한 냉기로 가득했다. 터널은 오른편으로 몇 미터 더 이어지다 막혔다. 왼쪽으로는 수십 미터 떨어진 곳에 거대한 돌덩이가 통로의 끝을 알려주고 있었다. 그리고 그 앞에는 푸른빛의 무언가가 떨어져 있었다.

질은 미간을 찌푸린 채 그 거대한 돌덩이를 향해 걸어가면서 푸른빛의 물체가 무엇인지 알아내려 애썼다. 어두컴컴한 터널을 반쯤 걸어가자 왼쪽으로 갈림길이 하나 더 있었고, 그녀는 그 옆에 박힌 금속판이 아까 구덩이를 움직였던 장치와 같은 것임을 알아보았다.

그녀는 좁은 갈림길로 들어가 입구의 돌멩이들을 살펴보았다. 오른편으로 작은 문이 하나 있었고, 질은 그 장치를 이용하면 통로와 방을 숨길 수 있다는 것을 깨달았다. 벽이 돌아가면서 입구를 막는 것이다.

'세상에, 이걸 다 만드느라 몇 년은 걸렸겠어. 저택도 대단하다고 생각했는데 그건 아무것도 아니었네.'

질은 문을 열고 안을 들여다보았다. 거친 돌덩이로 만들어진 중간 크기의 정사각형 방이었고, 받침대에 놓인 새 조각상이 유일한 장식품이었다. 다른 출구가 없다는 것을 확인한 질은 안도감을 느꼈다. 이제 이 지하 터널을 나갈 수 있었다. 엔리코를 죽인 살인자가 이곳엔 없으니까.

그녀는 미소를 지으며 다시 복도로 돌아와 거대한 돌덩이를 향해 걷기 시작했다. 아직도 그 푸른 물체가 무엇인지 궁금했다. 가까이 다가가 확인해보니 푸른색으로 염색한 가죽 커버에 싸인 책처럼 보였다. 아무렇게나 내던져진 듯, 바닥을 향해 펼쳐진 채 엎어져 있었다. 그녀는 레밍턴을 어깨에 둘러메고 몸을 구부려 그것을 주웠다.

그것은 책이 아니라 속을 비운, 책처럼 보이는 비밀 상자였다. 아버지가 말씀해주신 적은 있었지만 실제로 본 것은 처음이었다. 커버 안 속지를 파서 귀중품을 숨길 수 있게 만들어져 있었는데, 안은 비어 있었다.

그녀는 책을 덮고 금박으로 새겨진 '동쪽의 독수리, 서쪽의 늑대'라는 제목을 손가락으로 더듬어본 후 승강기 통로를 향해 걷기 시작했다. 대단한 스릴러 소설의 제목 같지는 않았지만 가죽 커버는 마음에 들었다.

그 순간 질은 왼발 아래 돌바닥이 아주 조금 가라앉는 것을 느끼고 멈춰 섰다. 동시에 그녀가 서 있는 곳에서 조금씩 경사가 생기며 터널 전체가 가라앉는 것을 깨달았다.

'젠장, 안 돼!'

뒤에서 돌이 돌과 맞닿아 갈리는 소리가 우레처럼 들려왔다.

질은 상자를 떨어뜨리고 전속력으로 달리기 시작했다. 사력을 다해 뛰었지만 뒤에서 들리는 굉음은 점점 커져갔다. 굴러오는 돌덩이에 가속이 붙기 시작했다. 갈림길의 어두운 입구는 수천 킬로미터쯤 떨어져 있는 것 같았다.

'안 되겠어! 이러다 정말 죽겠어!'

수 톤에 달하는 돌이 그녀를 향해 덮쳐오는 걸 느끼자 돌아보고 싶었지만 그 찰나의 순간이 생사를 좌우한다는 것을 알고 있었다. 죽을힘을 다해 속도를 높인 그녀는 갈림길의 틈새로 몸을 던졌고 있는 힘껏 다리를 끌어당겼다.

거대한 돌덩이가 단 몇 센티미터 차이로 질을 스쳐 지나갔다. 헐떡이며 숨을 몰아쉬는 순간 돌덩이가 터널 끝에 부딪히며 쾅, 하는 충격음이 들려왔다. 지하 터널 전체가 흔들렸다.

잠시 동안 그녀가 할 수 있는 일이라고는 차가운 바닥에 몸을 웅크려 누운 채 밀려오는 욕지기를 꾹 참는 것뿐이었다. 토할 것 같은 기분이 가라앉은 뒤 그녀는 몸을 일으켜 먼지를 털었다. 손바닥이 긁히고 무릎에 멍이 들었지만 거대한 돌덩이에 눌려 납작하게 되는 것보다야 낫지 않은가.

질은 레밍턴을 풀어 손에 들고 승강기 통로로 향했다. 지하를 벗어나게 되어 무척이나 기뻤다. 그리고 다음에 무엇이 나타나든 춥지 않기를, 그리고 거미도 없기를 빌었다.

///

당연히 지하는 물로 가득 차 있었다.

크리스는 지하실 문으로 이어지는 짧은 경사로 꼭대기에 서서 물 표면에 반사되는 자신의 딱딱한 표정을 내려다보았다. 물은 차갑고, 무척 깊어 보였다.

레베카와 헤어진 뒤 그는 계속 복도를 따라 걷다가 003방을 찾아냈다. 말끔히 정리된 이 침실의 책장 뒤에 지하실로 내려가는 사다리가 교묘하게 숨겨져 있었다. 그는 머리 위로 형광등이 윙윙대는 추운 콘크리트 복도로 내려왔다. 위층 숙소의 평범한 목재 인테리어와 완전히 다른 광경이었다.

'적어도 지하실은 찾았네.'

식물42를 죽이는 것이 유일한 탈출구인 것 같았다. 숙소에서 나갈 수 있는 다른 길은 보이지 않았고, 그건 곧 그 식물이 차지하고 있는 방을 지나야 한다는 뜻이었다. 그게 아니라면 뒷문 자체가 아예 없다는 뜻일 텐데, 그런 생각을 하니 마음이 불안해졌다. 그럴 리 없을 것이라 믿고 싶었지만 애초에 사람을 잡아먹는 식물이라는 것도 존재하지 말았어야 하는 것 아닌가.

'어쨌거나 이걸 해결하지 않는다면 알아낼 수 없겠지.'

크리스는 한숨을 쉬고는 물속으로 들어갔다. 물은 무척 차가웠고 불쾌한 화학약품 냄새도 풍겼다. 그는 물을 헤치고 문으로 다가갔다. 무릎에서 찰랑거리던 물이 허벅지까지 차올랐다. 그는 몸을 떨며 문을 열고는 안으로 들어갔다.

천장에서 바닥까지 뻗은 거대한 유리 탱크가 지하실 전체를 차지했고, 바닥의 오른편에 크고 날카로운 구멍이 나 있었다. 물의 양을 가늠하기는 쉽지 않았지만 지하 전체를 물로 채우려면 물탱크에 적어도 3, 4천 갤런의 물은 들어가리라 생각했다.

'대체 뭘 연구했기에 물이 그렇게나 많이 필요했던 거야? 파도?'

그건 중요하지 않았다. 필요한 걸 어서 찾아 물기가 없는 곳으로 돌아가고 싶었다. 그는 차디찬 물을 견디며 왼쪽을 향해 천천히 걸어갔다.

훤히 불이 밝혀진 콘크리트 방 안에서 물살을 헤치며 걸어가다니, 정말로 비현실적인 일이었다. 하지만 알파 팀의 헬기가 이곳에 착륙한 뒤로 겪은 일들에 비하면 그리 이상한 일도 아니었다. 이 스펜서 저택과 관련된 모든 게 꿈같이 느껴졌다. 마치 이 세상과 동떨어진 나름의 현실 속에 존재하는 것처럼 말이다.

'꿈같은 게 아니라 악몽 같다고 해야지. 사람을 잡아먹는 식물, 거대한 뱀, 걸어 다니는 시체. 이제 외계인만 있으면 되겠군. 아니, 공룡도.'

그때, 그의 뒤에서 나지막이 물이 철썩거리는 소리가 들려왔다. 크리스는 뒤를 돌아보았고, 그대로 얼어붙었다.

두꺼운 삼각형 모양의 지느러미가 6미터 떨어진 곳에서 솟아오르더니 그를 향해 미끄러지듯 다가오는 것이 아닌가. 수면 아래로는 회색 그림자가 일렁였다.

모든 이성적 사고를 순식간에 정지시키는 극단적인 공포와 두려움이 그를 덮쳤다. 그는 자신이 물속에 있다는 사실도 잊고 달리듯 크게 한 발을 내디뎠다.

다음 순간, 약품 냄새가 나는 찬물에 얼굴을 처박았다가 컥, 하는 소리와 함께 물 밖으로 고개를 내밀었다. 코와 입에서 더러운 물이 쏟아졌다. 그제야 물속에서는 뛸 수 없다는 걸 깨달았고, 바이러스가 모두 사멸되었을 것이라는 레베카의 말이 사실이기만을 신께 빌었다.

눈이 타는 듯 따가웠지만 고개를 돌려 지느러미가 어디에 있는지 찾았다.

삼각형의 지느러미는 거리를 반이나 좁혀왔고, 이제 좀 더 제대로 보였다. 상어였다. 잔물결 모양으로 왜곡된 몸체가 물속을 미끄러져 오고 있었다. 3, 4미터 길이의 몸체에 좌우로 흔들리는 넓은 꼬리, 영혼이라고는 없는 검은 눈이 웃는 듯 찢어진 입 위에 붙어 있었다.

'물속에선 총이 소용없어!'

크리스는 허둥지둥 뒤로 물러섰다. 놈보다 빠르게 헤엄칠 수는 없었다. 물속에서 균형을 잡기 위해 팔을 허우적대며 간신히 몸을 틀었지만 이미 상어가 코앞까지 왔다.

그는 재빨리 옆으로 뛰어 놈을 피하면서 최대한 세게 물을 때려 물결을 일으켰다. 상어가 그를 지나쳐 가면서 매끈하고 무거운 몸체가 그의 다리를 스쳤다.

놈이 지나가자마자 크리스는 물을 튀기며 허겁지겁 놈의 뒤를 따라 모퉁이를 돌았다. 최대한 가까이 붙어 있으면 놈이 몸을 틀어 공격하기 힘들어질 것이다.

물론 몇 초 후면 상어는 움직일 수 있는 공간을 만들겠지만. 왼쪽으로 두 개의 문이 보였지만 상어는 이미 그를 훨씬 앞질러 다음 모퉁이로 향하고 있었다. 저곳에서 방향을 틀어 다시 그를 향해 돌진해 올 것이다.

크리스는 숨을 깊이 들이쉰 뒤 물속으로 뛰어들었다. 미친 짓이라는 건 알지만 걷는 것보다는 빨랐다. 그는 시멘트 바닥을 힘껏 박차고 올라 필사적으로 첫 번째 문을 향해 팔을 저었다. 상어가 방향을 틀었을 때 그가 문손잡이를 그러쥐었다. 기침이 나오고 숨이 막혔다.

문은 잠겨 있었다.

'젠장! 젠장!'

크리스는 젖은 조끼 안에 손을 넣어 앨리어스의 열쇠 뭉치를 꺼내 정신없이 맞는 열쇠를 찾았다. 지느러미가 점점 더 가까워지고, 포악한 입이 점점 더 크게 벌어졌다.

그는 열쇠 하나를 구멍에 쑤셔 넣었다. 맞는 열쇠 구멍을 찾지 못한, 열쇠고리에 남은 마지막 열쇠였다. 동시에 어깨로 문을 강하게 밀었다. 상어는 이제 겨우 1미터 남짓한 곳에 있었다.

문이 벌컥 열리면서 크리스가 쓰러지듯 안으로 들어갔다. 그리고 미친 듯 발길질을 해대자 그의 군홧발이 상어의 물컹한 코에 명중하며 놈이 열린 문틈으로 들어오는 것을 막았다. 크리스가 재빨리 일어나 문을 향해 몸을 내던지자 물살이 일어남과 동시에 문이 닫혔다.

그는 문에 기댄 채 주르르 미끄러져 따끔거리는 눈을 손등으로 훔쳤다. 숨을 고르고 시야가 조금씩 맑아지는 동안 흔들리던 물살이 잦아들며 둥근 잔물결이 조금씩 작아졌다. 또 한 번 목숨을 건졌다.

그는 베레타를 총집에서 꺼내 물이 뚝뚝 떨어지는 탄창을 빼냈다. 위층엔 어떻게 다시 돌아가야 할지 막막했다. 방을 돌아보며 무기로 쓸 수 있는 것을 찾아보았지만 아무것도 없었다. 한쪽 벽에 온갖 버튼과 스위치가 잔뜩 붙어 있었다. 그는 모퉁이에서 깜빡거리고 있는 붉은색 등에 이끌려 그쪽으로 터덜터덜 다가갔다.

'통제실을 찾은 것 같군. 잘됐어. 조명을 끄면 상어를 재울 수 있겠지.'

반짝이는 붉은 등 옆에 레버가 하나 있었다. 크리스는 레버 밑에 달린 색이 바랜 테이프를 가만히 노려보았다. 거기에 적힌 글자를 읽으면서도 믿을 수가 없었다.

비상 배수 시스템.

'빌어먹을! 이런 게 있었으면서 물탱크가 부서졌을 때 왜 아무도 이걸 당기지 않은 거야?'

의문과 함께 정답이 떠올랐다. 여기서 일하던 사람들은 과학자였다. 인간이 만든 호수에서 물을 빨아들이는 소중한 식물42를 관찰할 절호의 기회를 마다할 리가 없었다.

크리스는 레버를 잡고 아래로 당겼다. 문 밖에서 무언가가 미끄러지는 금속성의 소리가 들리더니 즉시 수위가 낮아지기 시작했다. 1분도 안 되어 마지막 남은 물이 문 아래로 흘러 나가더니 부서진 물탱크가 있는 방향에서 그르륵 하며 물 내려가는 소리가 들렸다.

그는 조심스레 문을 열어보았다. 거대한 상어가 맨바닥에서 헤엄치려 애쓰는 소리가 들려왔다.

그 불쌍한 놈에게 동정심을 보여야 마땅하겠지만 지금은 그럴 마음이 없었다. 어서 고통스럽게 죽어가길 빌었다.

"어디 한번 날 물어보라고."

그가 중얼거렸다.

웨스커는 지하 3층에 있는 컴퓨터실로 향하는 길에, 숨을 헐떡이며 비틀비틀 걸어 다니는 엄브렐러 직원 네 명을 총으로 쏴버렸다. 그중에 아는 사람은 없었지만 두 번째 좀비가 특수 연구팀에서 일하던 스티브 켈러가 분명하다고 생각했다. 그는 언제나 페니 로퍼 (구두의 앞부분에 좁은 홈이 나 있는 로퍼-옮긴이)를 신었는데, 계단 옆에 서 웨스커를 공격한 창백한 좀비가 스티브가 즐겨 신는 구두를 신 고 있었기 때문이었다.

바이러스 유출은 이곳 실험실에 더 심각한 영향을 미친 모양이 었다. 끔찍하기는 매한가지였지만 죽인 뒤 더 깔끔하긴 했다. 이곳 을 돌아다니는 좀비들은 거의 건조된 것 같았다. 팔다리는 바짝 말 라 힘줄만 남았고, 눈은 건포도처럼 말라붙었다. 서너 놈은 그냥 피 했지만 죽일 수밖에 없었던 놈들은 총을 맞고도 피를 거의 흘리지 않았다.

웨스커는 서늘한 방에 설치된 컴퓨터 앞에 앉아 시스템이 부팅 되기를 기다렸다. 이곳에 온 이후 처음으로 모든 걸 제대로 통제하 고 있다는 기분이 들었다. 물론 초반에도 만족스러운 순간들은 있 었다. 배리를 잘 다룬 점이나 터널 안에서 늑대 메달을 찾은 것, 그 리고 엘렌 스미스의 머리통을 날려준 것은 잠시나마 성취감을 느끼 게 해주었다. 여기서 벌어지는 상황들을 스스로 통제하는 기분이었 다. 하지만 그 이후 너무 많은 일들이 터지는 바람에 성취감을 즐길 여유가 없었다.

'하지만 여기까지 왔어. 아직 죽지 않았다면 스타스 대원들도 곧 여길 찾아올 테지. 하지만 내가 전투 기술 몇 가지를 갑자기 잊어버 리지만 않는다면 30분 내로 임무를 완수하고 여길 빠져나갈 수 있 을 거야.'

물론 아직 위험 요소는 남아 있었지만 그 정도는 감당할 수 있었다. 철망에 붙어사는 원숭이들은 분명 전력실에 있겠지만 쉬지 않고 달리기만 한다면 피할 수 있다. 웨스커라면 당연히 알 수 있는 사실이었다. 그놈들을 설계하는 데 참여했으니까. 그리고 거대 괴물, 타이런트가 유리관에 담긴 채 아래층에서 기다리고 있었다. 저 주받은 괴물이 달콤하고도 꿈 없는 잠을 자면서…….

'잠에서는 영영 깨지 못할 테지. 참으로 아까워. 그렇게 엄청난 힘을 갖고도 실패작이라고 화이트 오피스로부터 버림받다니.'

나지막한 음악 소리가 들리며 시스템이 준비되었다고 알려주었다. 웨스커는 조끼에서 작은 공책을 꺼내 비밀번호 목록을 찾았다. 물론 이미 외우고 있는 번호다. 몇 달 전에 존 하위가 자신의 이름과 여자 친구 에이다의 이름을 이용해 접근 비밀번호를 만들지 않았던가.

웨스커는 첫 번째 비밀번호를 입력한 후 실험실 문을 여는 명령 코드를 입력했다. 흥미진진한 하루를 이렇게 마무리하는 게 조금 아쉽게 느껴졌다. 이제 곧 모든 게 끝날 테고, 그의 성공을 목격한 사람도, 이 즐거운 기억을 나중에 함께 나눌 사람도 모두 사라지는 것 아닌가.

이제 와 생각해보니 스타스 대원 중 누구와도 함께하지 못한다는 게 아쉬웠다. 대단원의 막이 내릴 때 관객의 갈채가 함께해야 하는데 말이다.

제17장

질은 승강기를 타고 안뜰의 다른 구역으로 들어갔다. 나무로 둘러싸여 격리되어 있었지만, 웃자란 식물 화분이나 금속 난간 너머에서 들려오는 반가운 숲의 소리 같은 것으로 미루어보아 안뜰의 일부인 것 같았다. 볼 것이라고는 벽에 용접한 녹슨 문과 어린이 풀장처럼 생긴 돌로 만든 우물뿐이었다. 안에는 또 다른 승강기로 이어지는 짧은 나선형 계단이 있었다.

'그런데 여긴 대체 어디야?'

승강기를 타고 내려온 곳은 지금껏 본 것들과 크게 달랐다. 저택 안의 기이하고 화려한 분위기도 없었고, 찬물이 뚝뚝 떨어지는 지하의 음울한 분위기와도 달랐다. 마치 고딕 공포 이야기에서 벗어나 군사 구역으로 들어온 듯, 실용주의자들의 낙원에 온 것 같았다.

그녀는 거대한 철근 콘크리트 방 안에 있었고, 벽은 칙칙한 공업

용 주황색 페인트로 칠해져 있었다. 위쪽 벽에는 금속관과 파이프가 줄줄이 붙어 있었으며, 이 방과 어울리는 'XD-R B1'이라는 이름이 약 1미터 높이에 검정색으로 쓰여 있었다. 저택 안에서 위치를 파악하던 공간각과 방향감각은 이곳에 와서 완전히 사라진 것 같았다.

'다른 곳과 똑같이 추운 걸 보니 아직 이곳을 벗어나지 못했다는 것만은 확실히 알겠네.'

방 한쪽에는 묵직한 금속 문이 있었는데 단단히 잠긴 상태고, 문 옆에는 1급 비상 상황의 경우에만 열 수 있다고 적혀 있었다. 그녀는 벽에 쓰인 B1이 지하 1층을 뜻하리라 생각했고, 벽에 못 박힌 사다리가 좁은 통로를 따라 아래로 이어져 있는 것을 보고 자신의 생각이 맞는다는 것을 확인했다. B1이 있으니 자연스럽게 B2가 이어질 것이다.

'우선은 저기로 가야겠군. 다른 대안은 지하 터널을 통해 돌아가는 거니까.'

그녀는 사다리 통로를 내려다보았다. 바닥에는 정사각형의 콘크리트만 보일 뿐이었다. 질은 한숨을 쉬며 레밍턴을 꼭 붙들고 아래로 내려가기 시작했다.

사다리의 마지막 단에 닿은 것과 동시에 그녀는 불안스레 고개를 돌렸다. 그러자 조금 전의 방과 마찬가지로 단조롭고 공장 같은 작은 방이 나타났다. 천장에는 형광등이 달려 있고 콘크리트 벽에는 회색의 금속 문이 나 있었다. 그녀는 빠르게 그곳을 지나쳤다. 더 이상 괴물도, 함정도 없을 것이라는 희망적인 기분이 들기 시작했다. 지금까지 지하층은 장식이나 인테리어가 부족할 뿐 위험한 요소가 없었다.

하지만 문을 연 순간 희망이 사그라졌다. 오래된 시체의 건조하고 텁텁한 냄새가 풍겨왔다. 그녀는 계단 위로 난 시멘트 통로로 올라섰다. 금속으로 된 난간이 둥글게 이어져 있는 계단 꼭대기에 미라처럼 비쩍 말라비틀어진 좀비 하나가 쓰러져 있었다.

그녀는 산탄총을 단단히 쥐고 계단을 향해 걸어갔다. 난간이 끝나는 곳에는 왼쪽으로 이어진 복도가 있었다. 질은 모퉁이 주변을 재빨리 둘러본 다음 안전한 것을 확인했다. 말라붙은 좀비 시체에 시선을 고정한 채 그녀는 짧은 복도를 조심스레 걸어가 왼쪽 문 앞에서 멈췄다. 문 옆에는 '시각 데이터실'이라는 이름이 붙어 있고 문은 열려 있었다.

문을 열자 긴 회의 탁자와 휴대용 스크린, 슬라이드 프로젝터가 설치된 조용한 회색빛 방이 나왔다. 오른쪽 벽 앞 조그만 탁자에는 전화기가 한 대 놓여 있었다. 질은 희망을 품어선 안 된다는 걸 알면서도 서둘러 다가갔다. 어쨌거나 확인은 해야 하니까 말이다.

하지만 그건 전화기가 아니라 인터폰이었고, 작동도 되지 않았다. 그녀는 한숨을 쉬며 장식이 달린 기둥을 지나 속이 빈 슬라이드 프로젝터를 힐끗 쳐다보았다. 그러고는 흥미로운 것이 있는지 주변을 둘러보았다.

그녀의 시선이 벽에 고정된 납작하고 밋밋한 정사각형 금속판에서 멈췄다. 종이 한 장 정도의 크기였다. 그녀는 자세히 보기 위해 가까이 다가갔다.

금속판 위에는 납작한 막대가 있었다. 가볍게 그것을 만지자 패널이 미끄러져 내려가 벽으로 들어가면서, 커다란 붉은색 버튼이 모습을 드러냈다. 그녀는 조용한 방 안을 둘러보며 이것이 대체 어떤 함정일지 추측해보려 애썼다. 하지만 함정이 없을 것이라는 데 생각이 미쳤다.

'저택과 터널은 누군가가 이곳 지하까지 오는 것을 막기 위해 함정이 있었던 거야. 하지만 이곳은 심심할 정도로 실용적이고 효율적으로 만들어져 있어. 이곳에서 진짜 연구가 이루어지고 있었기 때문일 거야.'

그녀는 자신의 논리가 옳다는 것을 본능적으로 깨달았다. 이곳은 맛없는 커피를 마시며 동료들과 회의를 하는 회의실이었다. 저 버튼을 누른다고 해서 무언가가 튀어나올 리 없었다.

질이 버튼을 눌렀다. 그러자 그녀 뒤에 서 있던 장식된 기둥이 지잉, 하는 매끄러운 기계음과 함께 옆으로 미끄러지듯 움직였다. 기둥 뒤에는 서너 개의 선반이 있었고, 파일들이 잔뜩 쌓여 있었다. 그리고 무언가가 은은한 회색 조명을 받아 반짝였다.

서둘러 다가간 질은 금속으로 된 열쇠 하나를 집어 들었다. 열쇠에는 작은 번개 모양이 새겨져 있었다. 그것을 주머니에 집어넣은 뒤 파일 몇 개를 훑어보았다. 모두 엄브렐러의 로고가 찍혀 있었다. 대부분은 너무 두꺼워서 읽어볼 시간이 부족했는데, 그중 한 보고서의 제목이 그녀가 알아야 할 모든 것을 말해주고 있었다. 이미 의심하고 있던 바로 그 사실 말이다.

엄브렐러 / 생물무기 보고서 / 연구 개발팀

질은 천천히 고개를 끄덕이며 파일을 도로 집어넣었다. 마침내 '진짜' 연구시설을 찾아낸 것이다. 그리고 스타스의 배신자가 이곳 어딘가에 있을 것이 분명했다. 지금부터는 신중에 신중을 기해야만 했다.

그녀는 마지막으로 주변을 둘러본 뒤 새로 발견한 열쇠로 열 수 있는 문을 찾아보기로 했다. 이제 엄브렐러가 만든, 그리고 스타스 대원들이 희생을 감수하며 풀고자 애쓴, 바로 그 퍼즐의 마지막 몇 조각을 찾아야 할 때였다.

///

식물42의 울퉁불퉁하고 뒤틀린 뿌리가 지하실의 한 모퉁이를 차지하고 있었다. 길쭉하고 통통한 덩굴손에 매달린 뿌리는 바닥에 닿아 있었다. 벌레 같은 잔뿌리 몇 개가 크리스가 비워버린 물을 찾기라도 하듯 천천히 이리저리 기어 다니며 몸을 배배 틀고 있었다.

"세상에, 정말 흉측하군요."

레베카의 말에 크리스가 고개를 끄덕였다. 지하실에는 그가 상어를 피해 들어갔던 통제실 말고 두 개의 방이 더 있었다. 그중 한 방에는 온갖 무기의 탄약이 상자째 가득 쌓여 있었다. 대부분이 젖어 쓸 수 없었지만, 다행히 9밀리미터 구경 탄약 한 상자가 높은 선반에 놓여 있어서 얼마든지 사용할 수 있었다.

다른 방에는 나무 탁자와 벤치 말고는 아무것도 없었다. 아니, 한

가지 더 있었다. 바로 위층에서 징그럽게 움직이는 거대한 육식 식물의 뿌리였다.

"자, 그러면 이제 어떻게 하면 되지?"

레베카가 여전히 움직이는 덩굴손에 시선을 고정한 채로 보랏빛 액체가 담긴 작은 병을 들어 가볍게 흔들었다.

"선배는 뒤로 물러서고요, 숨을 깊게 들이쉬지 마세요. 유독 물질이 두어 가지 들어 있는데 우리한테도 해롭거든요. 이 제초제를 뿌리면 감염된 세포와 접촉하면서 기체가 발생할 거예요."

크리스가 고개를 끄덕였다.

"약이 효과가 있는지는 어떻게 확인하지?"

"V-졸트 보고서가 정확하다면 바로 알게 될 거예요. 자, 보세요."

레베카가 씩 웃으며 대꾸했다.

그녀는 병뚜껑을 열고 뒤틀린 뿌리로 다가갔다. 그러고는 유리병을 거꾸로 뒤집어 덩굴손에 액체를 모두 뿌렸다.

레베카가 병을 비우고 재빨리 뒤로 물러서자 붉은 연기가 뿌리에서 피어오르기 시작했다. 그리고 젖은 나무를 불에 던졌을 때처럼 치지직거리는 소리가 들리더니 몇 초 만에 꼬여 있던 줄기들이 부서지고 벗겨져 떨어지기 시작했다. 중앙의 옹이 진 두꺼운 부분은 팽팽하게 당겨지며 서서히 쪼그라들었다.

크리스가 놀란 눈으로 지켜보는 사이, 그 거대하고 끔찍했던 뿌리는 삽시간에 유아용 놀이 공만 한 크기로 쪼그라들어 버렸다. 그렇게 되기까지 15초도 채 걸리지 않았다.

레베카가 문을 향해 고갯짓을 하자 둘은 물이 말라가는 지하실

로 나갔다. 크리스가 고개를 절레절레 흔들었다

"세상에, 대체 약에다 뭘 넣은 거야?"

"알고 싶지 않을 걸요. 그럼 이제 여기서 나가볼까요?"

"가자고."

크리스가 웃으며 대답했다.

둘은 추운 복도를 통과해 위층으로 올라가는 사다리로 돌아갔다. 크리스는 이미 숙소를 벗어난 이후의 탈출 계획을 짜기 시작했다. 관건은 출구가 어디로 이어지느냐였다. 숲 속으로 들어가게 된다면 가장 가까운 도로를 찾아서 불을 피운 다음, 지원군이 올 때까지 기다리는 게 나을 것 같았다.

'아니면 운이 좋아서 망할 주차장 같은 거라도 만나게 될지 모르지. 차에 시동을 걸어서 몰고 가는 거야. 그런 다음 아이언스 서장한테 오랜만에 유용한 일을 한 가지 시키는 거야. 지원군을 불러들이라고 해야지.'

그런 생각을 하는 사이 그들은 나무로 된 복도에 다다라 식물42가 있던 방으로 향했다. 두 사람 모두 자신감 넘치는 걸음으로 쉭쉭대는 녹색 벽을 지나 마침내 식물42가 있는 방 앞에 멈췄다.

크리스는 숨을 깊이 들이쉬며 레베카에게 고개를 끄덕였다. 둘다 무기를 빼들자 크리스가 문을 열었다. 식물42 너머에 무엇이 있는지 어서 보고 싶었다.

그들이 들어선 곳은 거대한 방이었다. 썩은 채소 냄새가 축축한 공기 중에 가득했다. 전에는 어떻게 생겼었는지 몰라도 식물42는 이제 방 한가운데에 김이 올라오는 거대하고 찐득한 검보라색 웅덩이로 변해 있었다. 소방 호스 크기의 죽은 덩굴들이 바닥에 힘없이 널브러진 상태였다.

크리스는 또 다른 문이 있는지 방 안을 살폈다. 벽에는 평범한 벽난로가, 한쪽 구석에는 부서진 의자가 있었다.

그리고 조금 전 그가 수색했던 침실로 이어지는 문밖에 없었다. 아까는 보지 못한 숨겨진 통로가 그들이 서 있는 바로 그 방으로 이어져 있을 뿐이었다.

나가는 문 따위는 없었다. 식물42를 죽인 건 시간 낭비였다. 덩굴은 아무것도 가로막고 있지 않았다.

레베카도 크리스만큼이나 실망한 듯했다. 텅 빈 벽을 살펴보는 그녀의 어깨가 축 처져 있었고 표정은 우울하기 짝이 없었다.

'미안해, 레베카.'

크리스는 죽은 식물42를 멍하니 노려보며 이제는 어떻게 해야 할지 고민했다. 레베카는 벽난로로 다가가 검게 변한 재를 쑤셔보았다.

그녀를 끌고 저택으로 돌아갈 생각은 없었다. 둘 다 그럴 자신이 없었다. 탄약이 더 생기긴 했지만 뱀이 너무 많았다. 아니면 안뜰에서 브래드가 다시 지나가길, 통신 범위 안으로 들어오길 기다릴 수도 있었다.

"크리스 선배, 뭔가 찾았어요."

그가 고개를 돌리자 그녀가 잿더미에서 종이 두 장을 꺼내는 것이 보였다. 가장자리가 까맣게 탔지만 다른 부분은 멀쩡했다. 그가 몸을 기울여 그녀의 어깨 너머로 서류를 읽어보았다. 처음 부분을 읽는 것만으로도 심장이 쿵쾅거리기 시작했다.

보안 프로토콜

지하 1층

헬기 이착륙장: 임원만 사용 가능. 단, 비상 상황의 경우 제한이 풀릴 수 있음. 허가받지 않은 사람이 출입할 경우 즉시 사살.

승강기: 비상 상황에서 작동하지 않음.

지하 2층

시각 데이터실: 특수 연구팀만 사용 가능. 그 외의 출입은 관리자 키스 어빙의 허가를 받아야 함.

지하 3층

격리실: 위생팀이 이곳을 관리함. 바이러스의 사용이 허가되면 적어도 한 명의 자문 연구원(E. 스미스, S. 로스, A. 웨스커)이 입회해야 함.

전력실: 접근은 본부 관리인들로 한정됨. 특별 허가를 받은 자문 연구원의 경우 접근 가능함.

지하 4층

T-바이러스 사용 후 '타이런트'의 진행에 관해서는…….

나머지는 타버려 읽을 수가 없었다.

"A. 웨스커라면, 앨버트 웨스커 대장……."

크리스가 나직이 중얼거렸다.

배리의 말에 따르면 알파 팀이 저택에 들어간 뒤 웨스커가 사라졌다고 했다.

'그리고 돌연변이 개들의 공격을 받았을 때 애초에 우릴 여기로 데리고 온 사람이 웨스커였어. 냉정하고, 유능하고, 속을 알 수 없는 웨스커가 엄브렐러의 수하였다니……'

레베카가 두 번째 장으로 넘기자 크리스가 다시 몸을 숙여 네모 반듯하게 그려진 표 아래 타이핑된 글자를 읽었다.

저택. 안뜰. 숙소. 지하. 실험실.

심지어 저택이 스케치된 그림 옆에는 나침반까지 그려져 있었다. 그들이 놓친 게 무엇인지 알 수 있었다. 바로 폭포 뒤에 숨겨져 있던 지하로 들어가는 비밀 입구였다.

레베카가 확신이 서지 않은 눈으로 크리스에게 물었다.

"웨스커 대장이 연루된 거예요?"

크리스가 고개를 끄덕였다.

"아직도 여기 있다면 분명 이 실험실에 있을 거야. 나머지 팀원들도 거기 있을지 몰라. 엄브렐러가 그를 여기 보낸 거라면 대체 무슨 속셈인지는 신만이 알겠지."

웨스커를 찾아야 했다. 그리고 살아남은 대원들이 있다면 웨스커가 모두를 배신했다는 사실을 알려야만 했다.

///

모든 게 끝났다. 웨스커는 지하 3층으로 돌아가는 승강기에 올라 바깥문을 내리고 안쪽 문을 닫으면서 머릿속의 목록을 훑었다.

'샘플은 수거했고, 디스크는 지웠고, 전력은 다시 공급했고, 타이런트 유지 장치는 끊었고……'

타이런트의 문제는 참으로 안타까웠다. 흉측하긴 했지만 그건 의학, 화학, 유전공학의 합작으로 이루어낸 경이로운 업적의 결과물이었다. 그는 타이런트가 갇혀 있는 유리관 앞에 서서 경외심을 느끼며 한참을 지켜보다가 마지못해 생명 유지 장치를 껐다. 유리관을 채우고 있던 액체가 모두 빠져나가자 그는 연구가 완성되어 타이런트가 실제로 움직이는 걸 본다면 어떤 모습일까 상상했다. 궁극의 전사, 전장에서 비로소 빛을 발하는 아름다움의 극치가 되었을 것이다. 하지만 이제는 폐기되어야 했다. 어떤 바보 같은 연구원이 엉뚱한 버튼을 누르는 바람에. 엄브렐러 사에 수백만 달러의 손해를 안기고 그것을 창조해낸 연구원들을 모조리 죽인, 참으로 엄청난 실수였다.

스위치를 누르자 승강기가 윙 소리와 함께 움직이더니 그가 마지막 임무를 수행할 장소로 데려갔다. 전력실 뒤의 폭파 장치를 작동시켜야 한다. 폭발의 영향권에서 벗어날 수 있게 15분의 여유를 둘 생각이었다. 헬기 이착륙장의 사다리를 타고 내려간 후, 도시로 돌아가는 도로에 접어들고 나면 쾅 소리와 함께 모든 게 끝난다. 엄브렐러의 비밀 연구시설 같은 건 존재하지 않게 된다. 적어도 라쿤 숲에는.

도시로 돌아가면 짐을 챙겨 엄브렐러의 전용기 활주로로 갈 생각이다. 거기에서 필요한 전화를 걸어 화이트 오피스의 친구들에게 무슨 일이 있었는지 알려주면 된다. 안 그래도 숲을 이 잡듯 뒤져 아직 살아 있는 좀비들을 박멸할 청소팀이 대기 중이다. 그들은 무엇보다 그가 가져온 조직 샘플을 손에 넣고 싶어 할 것이다. 타이런트 것만 제외하고 모든 것을 한 쌍씩 챙겼다. 타이런트를 맡았던 과학자들이 모두 죽은 마당이라 엄브렐러에서는 이 프로젝트를 무기한 보류하기로 했다. 웨스커는 멍청한 짓이라고 생각했지만, 그는 의사결정을 내리라고 돈을 받는 게 아니니까.

승강기가 멈추자 웨스커는 문을 열고 밖으로 나와 샘플 상자를 내려놓았다. 그는 베레타를 꺼낸 다음 전력실의 이리저리 얽힌 배치도를 머릿속으로 그려보았다. 자폭 장치까지 가려면 원숭이들을 또 한 번 지나쳐야 했다. 승강기 회로를 연결할 때 이미 한 번 지나쳤었는데, 놈들은 그가 예상했던 것보다 훨씬 더 활동적이었다. 굶주림이 놈들을 약화시키기는커녕, 더 사나워지게 만들었다. 다치지 않고 무사히 놈들을 피해 달아날 수 있었던 건 운이 좋았기 때문이다.

복도 끝에서 유압 장치의 낮은 소음이 들리자 웨스커는 우뚝 멈췄다. 시멘트 바닥을 가로지르는 발소리가 들리고 잠시 멈칫 하는가 싶더니 다시 복도 반대편에서 전력실을 향해 다가오는 것이 아닌가.

웨스커는 모퉁이로 다가가 복도를 내려다보았다. 마침 질 밸런타인이 금속 문을 통해 사라지는 것이 보였다. 문이 닫히기 전 매끄러운 기계음이 복도를 통해 메아리쳤다.

'사냥꾼 놈들을 어떻게 통과한 거지? 빌어먹을!'

질을 과소평가한 게 틀림없다. 게다가 그녀는 혼자였다. 실력이 그렇게 좋다면 원숭이들로도 부족할지 모른다. 그리고 그녀는 그가 자폭 장치로 가는 길을 막아버렸다. 미로 같은 통로를 돌아다니는 원숭이들을 처리하는 동시에 여기저기 들쑤시고 다니는 그녀를 막는 것은 불가능했다.

짜증이 난 웨스커는 샘플 상자를 들고 복도를 따라 빠르게 걸었다. 지하 3층의 중앙 복도로 이어지는 유압식 문으로 돌아가기 위해서였다. 그녀가 살아서 나온다면 이제는 쏴버릴 수밖에 없었다. 그렇게 된다 해도 그의 탈출이 몇 분 지체될 뿐이지만 전혀 예상치 못한 일이었다. 그리고 그는 이런 예상치 못한 일들을 매우 증오했다. 화가 솟구쳤다. 이런 일이 생기면 통제력을 잃은 것 같아서 몹시 불쾌해진다.

'아니, 모든 게 내 통제하에 있어. 여기에서 벌어지는 일 중에 내가 처리하지 못할 사안은 없어! 내 게임이고, 모든 게 내 규칙에 따라 움직여야 해. 저 도둑년이 방해한다 해도 내 임무를 완수할 거야!'

중앙 복도로 나간 웨스커는 질이 지하 실험실을 돌아다니는 과학자와 연구원 몇 명을 더 처리한 게 눈에 들어왔다. 그중 두 명이 문 밖에 누워 있었는데, 산탄총을 맞았는지 머리통이 완전히 뭉개져 있었다. 그는 그중 한 놈을 발로 걷어찼다. 그의 군홧발이 시신의 뻣뻣한 갈비뼈를 강타하자 고요 속에 딱, 하고 뼈 부러지는 소리가 들렸다.

아니, 고요한 것이 아니었다. 묵직한 군홧발이 B2에서 금속 계단을 따라 아래로 내려오는 소리가 들렸다. 공허한 메아리가 복도 전체에 울렸다. 다음 순간, 머뭇거리는 듯한 거친 목소리가 들렸다.

"질?"

'제기랄, 배리 버튼까지!'

웨스커가 베레타를 들어올렸다. 배리가 시야에 들어오는 즉시 쏴 버릴 생각이었다. 하지만 잠시 생각에 잠기더니 총을 내렸다. 그의 얼굴에 천천히 미소가 번졌다.

제18장

질은 쉭쉭거리는 소리와 함께 증기가 피어오르는 방으로 들어섰다. 후끈한 공기 중에 윤활유 냄새가 가득했다. 보일러실 같았다. 그것도 아주 큰 보일러가 있는. 묵직한 기계음이 큰 방을 가득 채웠고, 주변에는 구불구불한 좁은 통로가 둘러쳐져 있었다. 거대한 터빈이 규칙적인 소음과 함께 돌아가며 전력을 생산했고 보이지 않는 관에서 짧은 간격으로 증기가 뿜어져 나왔다.

그녀는 신중히 난간이 쳐진 통로를 통과해 거대한 발전기의 들쭉날쭉한 그림자 속을 들여다보았다. 이 방 전체가 하나의 거대한 미로 같았다. 시끄러운 기계들이 커다란 블록을 이루며 어지럽게 서 있었다.

'이곳의 전력을 공급하는 곳이 바로 여기구나. 어떻게 그리 오랫동안 이곳을 비밀로 지켜왔는지 이제 알겠어. 그들만의 도시를 여기

에 세웠던 거야. 자급자족이 가능한…… 식량도 따로 운송해왔겠지.'

질은 오른편으로 난 좁은 통로를 따라 돌며 B3 복도에서 만난 괴이하고 창백한 좀비들이 더 있는지 살폈다. 일단은 안전해 보였지만 터빈 엔진의 움직임과 소음 때문에 신경이 곤두섰다.

그때 무언가가 그녀의 왼쪽 어깨를 갈겼다. 갑작스럽고 날카로운 공격에 조끼가 찢어지고 그 아래 피부까지 긁혔다.

질은 재빨리 돌아서서 총을 쏘았다. 산탄총의 굉음이 쉭쉭대는 기계 소음을 덮었다. 날아간 탄환이 벽에 맞아 텅 빈 통로로 마구 튀었다. 그녀 뒤에는 아무것도 없었다.

'대체 어디에……?'

그때, 날카로운 칼날 같은 발톱 하나가 위에서부터 빠르게 내려오며 그녀의 얼굴 앞 공기를 갈랐다.

그녀는 비틀거리며 뒤로 물러서서 천장의 강철 그물망을 올려다보았다. 검은 형체 하나가 어둠을 벗어나더니 믿을 수 없을 만큼 빠른 속도로 살대를 움켜쥐며 건너가는 것이 보였다. 손과 발에는 휘어진 발톱이 달려 있었다. 납작하고 흉측한 얼굴 주변에 두꺼운 가시가 돋쳐 있는 것이 언뜻 보였다. 놈은 몸을 돌리더니 전력실의 어둠 속으로 빠르게 달려갔다.

질은 통로 끝에 있는 문 하나를 발견하고 전속력으로 달렸다. 발전기 소리와 함께 쿵쾅대는 심장박동 소리가 귀청을 울렸다.

문 앞까지 거의 다다랐을 무렵 움직이는 그림자가 그녀 앞에 자리를 잡는 것이 보였다. 그녀는 산탄총을 그러쥐며 몸을 뒤로 젖혔다.

'더 있어!'

머리 위에 두 놈이 더 있었다. 손 대신 무시무시한 갈고리가 달린, 땅딸막하고 흉측한 놈들이었다. 그중 하나가 빠른 속도로 내려오더니 발로 매달린 채 칼날 같은 손으로 그녀를 후려쳤다.

질이 총을 발포하자 놈이 비명을 질렀다. 총알이 가슴팍에 명중한 것이다. 쿵 소리와 함께 놈이 천장에서 떨어지자 벌어진 상처에서 짙은 피가 새어나왔다.

그녀는 다시 입구를 향해 달렸다. 머리 위 철망에서 발톱 부딪히는 소리가 들렸다. 또 다른 원숭이 괴물이 그녀 앞으로 휙 내려왔다. 질은 몸을 숙여 피하면서도 달리기를 멈추지 않았다. 놈의 기이하게 생긴 팔이 간발의 차이로 그녀의 머리를 빗나가 귓가를 스치며 지나갔다.

금속 문이 그녀 앞에 있었다. 문으로 몸을 날리며 한 손으로 손잡이를 잡아챘다. 열린 문이 닫히면서 원숭이 괴물의 성난 비명이 차단되었다. 돌아가는 기계들의 소음보다도 높은 괴성이었다.

질은 문에 기대앉은 채 숨을 몰아쉬었다.

바로 그때, 좁고 고요한 복도 중간쯤에 배리 버튼이 서 있는 것을 보았다. 그가 서둘러 다가왔다. 턱수염이 난 거친 얼굴에는 근심이 가득했다.

"질! 괜찮아?"

깜짝 놀란 질이 몸을 일으켰다.

"세상에, 배리! 어디 갔었어요? 터널에서 길을 잃은 줄 알았어요."

배리가 고개를 끄덕였다.

"그랬지. 그리고 빠져나오다가 문제가 생겼고."

옷 여기저기에 피가 튀고 셔츠는 찢어져 있었다. 그도 악몽에서
나 볼 법한 괴물을 만난 게 틀림없었다. 마치 전쟁이라도 치르고 온
사람 같았다.

'그러고 보니 나도……'

질이 어깨를 만져보자 손가락에 피가 묻어나왔다. 아프긴 했지만
깊진 않았다.

"배리, 여길 나가야 해요. 위에서 서류를 발견했는데 여기에서 벌
어진 일들의 증거물이더군요. 엔리코 말이 맞았어요. 엄브렐러가
이 모든 일의 배후에 있고, 스타스 대원 중 한 명이 연루되어 있어
요. 계속 돌아다니는 건 너무 위험해요. 그 서류를 가지고 저택으로
돌아가서 라쿤 경찰이 오기를 기다려야……."

"내가 중앙 실험실을 찾은 것 같아. 아래층이야. 복도 끝에 승강
기도 있고, 컴퓨터도 있어. 컴퓨터에 저장된 자료를 찾으면 확실한
증거를 잡을 수 있다고."

배리는 기쁘지 않은 모양이었지만 질은 알아채지 못했다. 엄브렐
러의 데이터베이스에서 정보를 얻는다면 완벽한 증거가 될 것이다.
이름, 날짜, 연구 자료 등등.

'모든 걸 알아내서 완벽한 자료를 조사관들에게 넘길 수 있어.'

질이 웃으며 고개를 끄덕였다.

"앞장서세요."

터널은 미로 같았지만 지도가 있어 빠르게 통과할 수 있었다. 지하 1층에 도착한 레베카와 크리스는 흠뻑 젖은 채 덜덜 떨고 있었다. 그리고 오는 길에 만난 죽어 있는 괴물들에 적잖이 놀란 상태였다. 엄브렐러 과학자들은 괴물들을 만들 때 징그럽게도 창의적이었다.

크리스가 헬기 이착륙장으로 이어지는 것으로 보이는 문을 흔들었지만 단단히 잠겨 있고, 그 옆에는 경보가 울릴 경우에만 열린다는 표시가 되어 있었다. 레베카에게 무전기를 들려 먼저 내보내고 자신은 다른 대원들을 찾아볼 작정이었는데 안타깝게 되었다.

크리스는 좁은 계단을 내려다보며 한숨을 쉰 뒤 그녀를 돌아보았다.

"레베카는 여기 있는 게 좋겠어. 승강기 옆에 있으면 바깥에서 보내오는 브래드의 신호를 받을 수 있을 거야. 우리가 어디 있는지, 무슨 일이 있었는지 알려줘. 내가 20분 안에 돌아오지 않으면 안뜰로 돌아가서 지원군이 올 때까지 기다려."

당황한 레베카가 고개를 저었다.

"나도 같이 가고 싶어요! 내 몸은 내가 지킬 수 있어요. 그리고 실험실을 찾게 되면 내가 있어야 뭐가 뭔지 파악할 수⋯⋯."

"그건 안 돼. 어쩌면 웨스커가 다른 대원들을 이미 다 죽이고 우리를 찾고 있을지도 몰라. 우리만 남았다면 둘이 같이 있다가 습격을 받아선 안 되잖아. 누군가는 살아남아서 사람들에게 엄브렐러에 대해 알려줘야 해. 미안하지만 이렇게 하는 수밖에 없어."

크리스가 미소 지으며 한 손을 그녀의 어깨에 올렸다.

"자기 몸 정도는 지킬 수 있다는 거 이미 알아. 이건 레베카의 능력 문제가 아니야, 알겠어? 20분 안에 돌아올게. 살아남은 사람이 있는지 확인해봐야겠어."

레베카가 무언가 더 말하려는 듯 입을 열다가 천천히 고개를 끄덕였다.

"알겠어요. 여기 있을게요. 20분이에요."

크리스가 사다리를 타고 내려가기 시작했다. 돌아오겠다는 약속을 지킬 수 있으면 좋겠다고 생각했다. 웨스커는 이미 그들 모두를 속이는 데 성공했다. 라쿤 시티의 사람들이 죽어 나가는 몇 주 동안 그 원인을 다 알고 있으면서도 그렇게 감쪽같이 사태를 걱정하는 리더 연기를 하다니. 그자는 반사회적 인격장애자가 분명했다.

엄브렐러에서 좀비들 말고도 웨스커라는 괴물을 하나 더 창조해 낸 것 같았다. 그리고 이제는 그가 지금까지 무슨 악행을 저질렀는지 알아낼 시간이다.

///

지하 4층으로 내려가는 승강기 안에서 배리는 차마 질을 똑바로 쳐다볼 수 없었다. 승강기가 멈추면 웨스커가 그들을 기다리고 있을 것이고, 질은 배리가 지금까지 웨스커를 돕고 있었다는 사실을 알게 될 것이다.

터널에서 갑자기 튀어나온 괴물 세 놈을 더 처리하고 실험실에 갔다가 그곳에서 웨스커와 마주쳤다. 웨스커는 질을 B4로 유인한 후 그녀를 가두자고 했다. 그 악마 같은 놈은 싱글싱글 웃으며 배리에게 그의 가족이 처한 상황을 다시 한 번 일깨워주었다. 또한 이것이 배리가 해야 할 마지막 임무라고 했다. 질을 안전히 가둔 다음에는 배리의 가족을 위협하는 친구들을 철수시키겠다고 약속했다.

'문제는 놈이 매번 그렇게 말했다는 거지. 문장을 찾아라, 그럼 보내주겠다. 터널에서 날 도와라, 그럼 보내주겠다. 네 친구를 배신해라, 그럼……'

"배리, 괜찮아요?"

승강기가 멈추고 배리가 그녀를 돌아보자 근심 어린 그녀의 눈과 마주쳤다.

"저택에 들어온 이후로 계속 배리가 걱정됐어요. 심지어는 어떤 생각까지 했는지 알아요? 아니, 그건 됐고요. 혹시 무슨 일 있어요?"

질이 한 손으로 그의 팔을 잡으며 물었다. 배리는 승강기 문을 열고 철망으로 된 바깥문을 들어 올렸다. 고개를 돌릴 수 있는 좋은 핑계였다.

"그게…… 그래, 문제가 있어. 하지만 지금 이야기할 건 아니고. 일단 이 일부터 해치우자고."

그의 대답에 질이 얼굴을 찌푸렸지만 고개를 끄덕였다. 여전히 걱정하는 눈치였다.

"알겠어요. 이 일이 끝나면 이야기해요."

'이 일이 끝나면 나하고 말도 섞고 싶지 않을 거야.'

배리가 먼저 복도로 들어서자 질이 뒤를 따랐다. 두 사람의 군홧발이 강철 살대를 밟으며 철컥거렸다. 복도가 바로 앞 모퉁이에서 왼쪽으로 꺾여 있었는데, 배리는 무기를 점검하는 척하며 걸음을 늦춰 질이 앞서 가도록 했다.

모퉁이를 돌자 질이 우뚝 멈춰 섰다. 웨스커의 베레타 총구가 그녀의 머리를 겨누고 있었던 것이다. 그가 둘을 향해 씩 웃었다. 선글라스에 눈이 가려져 있었지만 미소는 의기양양하면서도 음흉했다.

"안녕하신가, 질. 이렇게 와주니 고맙군. 잘했어, 배리. 무기를 빼앗으라고."

질이 놀란 눈으로 배리를 바라보자 그가 그녀의 손에서 산탄총과 총집에 있던 베레타까지 모두 압수했다. 배리의 얼굴이 타는 듯 붉어졌다.

"자, 이제 B1으로 돌아가 출구 옆에서 날 기다려. 몇 분 안에 올라갈 테니."

웨스커의 말에 놀란 배리가 그를 노려보았다.

"질을 가두기만 하겠다고 약속했잖아."

웨스커가 고개를 흔들었다.

"걱정하지 마. 난 다치게 하지 않을 거니까. 약속하지. 자, 어서 가라고."

질이 배리를 바라보았다. 그녀의 표정에는 혼란과 두려움, 분노가 뒤섞여 있었다.

"배리?"

"미안해, 질."

배리는 질을 외면한 채 모퉁이를 돌았다. 패배감과 수치심이 그를 짓눌렀다. 게다가 질의 신변이 걱정스러웠다. 웨스커가 해치지 않겠다고 약속했지만 그의 약속은 아무 의미가 없었다. 아마 승강기 문이 닫히는 소리가 들리자마자 그녀를 죽일 것이다.

'승강기에 타지 않으면, 질을 구할 수 있을지도 몰라.'

배리는 승강기로 서둘러 다가가 문을 연 뒤 쾅 소리가 나게 다시 닫았다. 이어서 스위치를 눌러 자신은 타지 않은 채 B3으로 돌려보냈다. 그러고는 조심스럽게 모퉁이를 돌아 귀를 기울였다.

"전혀 예상하지 못한 건 아니야. 그런데 어떻게 배리를 당신 편으로 만들었지?"

질의 물음에 웨스커가 웃음을 터뜨렸다.

"배리의 단란한 가정에 문제가 생겼거든. 엄브렐러에서 사람을 보내 그의 집을 감시하고 있다고, 가족을 처리하라는 명령만 기다리고 있다고 말했지. 그랬더니 기꺼이 도와주더군."

숨 죽여 이야기를 듣고 있던 배리가 이를 악물며 주먹을 쥐었다.

"당신은 정말 나쁜 놈이야, 그거 알아?"

질이 웨스커를 노려보며 말했다.

"나쁜 놈일 수도 있지. 하지만 이 일이 모두 끝나고 나면 아주 부유한 나쁜 놈이 되어 있을 거야. 엄브렐러에서 이 문제를 깨끗이 청소해주는 대가로 엄청난 돈을 지불하기로 했거든. 그 과정에서 남의 일에 참견하기 좋아하는 망할 스타스 대원 몇 명도 처리하라고 했고."

"엄브렐러에서 왜 스타스를 제거하려고 하지?"

"아, 전부는 아니야. 우리 중 몇 명에게는 원대한 계획도 세워줬거든. 돈을 벌고자 하는 소수의 사람들을 위해서 말이야. 그들이 원치 않는 건 정의감에 불타 징징대는 너희 같은 녀석들이야. 애국심, 미국인 정신, 그런 헛소리나 지껄이는 너희들 말이야. 크리스가 음모가 어쩌고저쩌고하면서 돌아다닌 거, 엄브렐러에서 몰랐을 것 같아? 지금 여기서 모든 게 끝나야 해. 사고를 대비해 이곳 전체가 한번에 폭발하도록 장치가 되어 있어. 그리고 바이러스 유출이 바로 그런 사고에 속한단 말이지. 너희들 모두가 죽고 이곳 시설이 파괴되고 나면 아무도 진실을 밝힐 수 없을 거야."

'이 개자식이 우리 모두를 죽이려고 해.'

"엄브렐러 이야기는 이제 됐고, 널 여기로 데려온 건 나만의 작은 실험을 해보기 위해서야. 우리 중 가장 민첩한 대원이 현대 과학의 기적이 탄생시킨 창조물과 맞서 얼마나 버틸 수 있는지 한번 알아보려고. 자, 그럼 그 문으로 들어가 주시지."

웨스커가 뒤로 물러서자 배리는 벽에 바짝 몸을 붙였다. 웨스커의 어깨 일부가 시야에 들어왔다. 배리는 콜트를 그러쥔 채 서서히 총을 꺼내들었다.

"이런 짓을 하다니 믿을 수가 없군. 뇌물을 받고 협박이나 일삼는 기업인들을 보호하겠다는 거야?"

"협박? 아, 배리 말이군. 엄브렐러에서는 협박 같은 거 하지 않아. 그냥 손쉽게 사람을 사버리면 되거든. 그건 배리를 이 일에 개입시키려고 내가 만들어낸 이야기……."

그 순간, 배리가 온 힘을 다해 콜트의 개머리판으로 웨스커의 머리통을 내리쳤다. 웨스커는 모래 자루처럼 그대로 바닥에 쓰러졌다.

제19장

웨스커가 돌연 말을 멈추고 풀썩 쓰러졌다. 질이 놀란 눈으로 쓰러진 웨스커를 내려다보자 곧이어 배리가 모습을 드러냈다. 강렬한 증오가 담긴 눈빛으로 웨스커를 내려다보는 배리의 손에는 콜트가 쥐어져 있었다.

질은 웨스커의 손에서 어렵사리 베레타를 빼낸 다음 허리춤에 쑤셔 넣었다.

질을 바라보는 배리의 눈에는 죄책감이 가득했다.

"질, 정말 미안해. 놈을 믿는 게 아니었는데."

질이 잠시 그를 바라보았다. 그의 딸들이 생각났다. 모이라는 죽은 베키와 같은 나이였다.

"괜찮아요. 돌아왔잖아요. 그게 중요한 거죠."

배리가 그녀에게 총을 돌려준 후 둘은 바닥에 널브러진 웨스커를 내려다보았다. 여전히 숨은 쉬고 있었지만 의식이 없었다. 완전히 기절한 모양이다.

"수갑 가진 거 없지?"

질이 고개를 저었다.

"실험실을 살펴봐야겠어요. 묶을 수 있는 케이블이나 코드 같은 게 있을 거예요. 그가 말한 '현대 과학의 기적'이라는 게 대관절 뭔지도 궁금하고요."

그녀가 유압식 문을 작동시키는 스위치를 찾아냈다. 전면에 생물학적 위험을 경고하는 그림이 박혀 있었다. 문이 열리고 둘은 안으로 들어섰다.

그곳은 천장이 높은 거대한 방이었고, 벽에는 모니터링에 필요한 콘솔이 늘어서 있었으며, 바닥에는 굵직한 케이블이 어지럽게 이어져 줄줄이 서 있는 유리관들을 서로 연결하고 있었다. 방의 중앙에는 총 여덟 개의 유리관이 설치되어 있었는데, 성인 남성이 들어갈 수 있을 정도로 컸다. 유리관은 모두 비어 있었다.

배리는 몸을 구부려 케이블을 한 움큼 쥐고는 칼을 찾아 주머니를 뒤졌다. 질은 방 뒤편으로 다가가 다양한 기술 장비와 의학 장비들을 살펴보았다. 그러다가 돌연 그녀가 멈춰 섰다. 어딘가를 뚫어져라 쳐다보는 그녀의 입이 벌어졌다.

뒷벽 앞에는 아주 큰 유리관이 하나 있었다. 240에서 270센티미터 정도 높이의 유리관에는 전용 컴퓨터 콘솔이 연결되어 있었다. 그리고 그 유리관을 거대한 무언가가 꽉 채우고 있었다.

"질, 케이블을 찾았어. 나는……."

배리가 그녀 옆으로 다가오다 말고 말을 멈췄다. 침묵 속에서 두 사람은 유리관을 향해 다가갔다. 가까이에서 보고 싶은 유혹을 견딜 수 없었다.

키는 엄청나게 컸지만 비율은 인간과 비슷했다. 최소한 근육질의 넓은 몸통과 긴 다리는 인간의 것 같았다. 팔 하나는 땅에 질질 끌릴 정도의 거대한 발톱이 달려 무릎 아래까지 내려와 있었고, 다른 팔 하나는 조금 크긴 했지만 정상처럼 보였다. 심장이 있어야 할 자리에는 큼직한 핏빛 종양 같은 것이 툭 튀어나와 있었다. 둥글넓적한 그 덩어리를 바라보던 질은 그것이 놈의 심장이라는 걸 깨달았다. 심장은 규칙적으로 팽창과 수축을 반복하며 느리게 박동하고 있었다.

질은 경외심 같은 감정에 사로잡혀 유리관 앞에서 멈췄다. 팔다리에 여러 흉터 자국이 있었다. 수술 자국이다. 성기는 잘려 나가고 없었다. 놈의 얼굴을 올려다보자 살점의 일부가 떨어져 나간 것을 알 수 있었다. 입술이 없어서 치아가 모조리 드러나 보였고 얇게 잘린 붉은 조직이 그녀에게 미소 짓는 것 같았다.

"이게 타이런트군."

배리가 낮게 중얼거리자 질이 그를 돌아보았다. 그는 얼굴을 찡그린 채 여러 개의 케이블로 유리관에 연결되어 있는 컴퓨터를 내려다보는 중이었다.

그녀는 다시 타이런트라는 이름의 괴물을 바라보았다. 동정심과 혐오감에 압도되어 아무 생각도 할 수 없었다. 지금은 이런 괴물이 되었지만 과거 언젠가는 인간이었을 것이다. 엄브렐러에서 한 인간을 끔찍한 괴물로 바꿔놓은 것이다.

"이 상태로 놔둘 수는 없어요."

그녀의 말에 배리도 고개를 끄덕였다.

질은 배리가 서 있는 콘솔로 다가와 무수히 많은 스위치와 버튼을 내려다보았다. 놈의 목숨을 끊는 스위치가 분명 있을 것이다. 그 정도는 해줘야 했다.

콘솔 맨 아래에 여섯 개의 붉은 스위치가 한 줄로 있었다. 배리가 그중 하나를 내렸지만 아무 일도 일어나지 않았다. 그가 질을 힐끗 쳐다보자 그녀가 계속하라는 듯 고개를 끄덕였다. 배리는 손날로 나머지 스위치를 한꺼번에 내렸다.

그러자 둔중하게 쿵, 하는 소리가 들렸다.

타이런트가 인간의 것과 유사해 보이는 손을 들어 유리관을 내리치는 것이 보였다. 그 충격으로 유리관에 거미줄처럼 금이 갔다. 유리관의 두께가 족히 10센티미터는 될 텐데 말이다.

"이런, 제길!"

배리가 질의 팔을 붙잡은 것과 동시에 놈이 피가 흐르는 주먹으로 다시 한 번 유리관을 내리치려 했다.

"도망쳐!"

질은 놈을 그대로 놔둘 걸 그랬다고 생각했다. 몸 깊은 곳에서 극심한 두려움이 차올랐다. 배리가 주먹으로 문 개폐 장치를 내리치자 등 뒤에서 문이 열림과 동시에 유리관이 산산이 부서졌다. 두 사람이 재빨리 문을 통과하자마자 배리가 잠금 버튼을 눌렀다.

그리고 웨스커가 사라진 것을 발견했다.

웨스커가 비틀거리며 전력실로 향했다. 머리가 쿵쿵 울리고, 팔다리는 멀리 떨어져 있는 듯 제대로 힘을 줄 수 없었다. 금방이라도 토할 것만 같았다.

'망할 배리 자식.'

그들이 총을 빼앗아갔다. 배리와 질이 실험실로 들어갈 때쯤 정신이 든 웨스커는 비틀거리며 승강기로 향했다. 그 둘에게, 이런 난장판을 만든 엄브렐러에게, 진즉에 대원들을 죽이지 않은 자신에게 욕설을 퍼부으면서.

'끝난 게 아냐. 아직도 내 통제하에 있어. 이건 내가 주도하는 게임이야.'

샘플 상자는 실험실에 있었다. 아마 두 멍청이 중 한 명이 지금쯤 산산조각 내고 있을 것이다. 그건 타이런트도 마찬가지였다. 그 장엄한 생명체가, 아드레날린 주사 없이는 힘을 쓸 수 없는 타이런트가 죽고 말 것이다. 잠들어 있는 놈의 심장을 쏴버렸다면 놈은 전투의 맛을 보지도 못한 채 그대로 죽었을 것이다.

웨스커는 문에 도착해 몸을 기댔다. 숨을 쉬는 것도 힘겨웠다. 귀에서 피가 뚝뚝 떨어졌다. 그는 머릿속에 내려앉은 무거운 안개를 떨쳐내려는 듯 머리를 흔들었다.

조직 샘플은 없었지만 그래도 임무를 완수할 수는 있었다. 임무를 완수하는 건 매우 중요했다. 이건 통제력의 문제였고, 통제력은 곧 그의 특기였다.

'자폭 장치…… 원숭이들을 조심해야 해.'

놈들은 특별히 조심해야 했다. 웨스커는 문을 열고 앞으로 몸을 던졌다. 바닥은 너무 먼 것 같으면서도 아주 가깝게 느껴졌다. 기계들이 그를 향해 쉭쉭거리는 소리를 냈다. 뜨겁고 끈적끈적한 공기 속에서 울리는 기계음이 너무나 시끄러웠다. 손으로 간신히 난간을 붙잡고 일어나 전력실 뒤편으로 향했다. 서두르려고 애썼지만 다리가 따라주지 않았다.

그때, 위에서 발톱 하나가 불쑥 내려오더니 그의 두피를 베고 머리칼 한 움큼을 가져갔다. 그는 따뜻한 액체가 목 뒷덜미를 타고 흘러내리는 것을 느끼며 계속해서 비틀비틀 걸어갔다. 머리의 통증이 더 심해졌다.

'총을 가져가다니. 멍청한, 멍청한 개자식들이 내 총을 가져갔어!'

문을 여는 데 가까스로 성공했을 때 무거운 무언가가 그의 등에 올라타더니 그를 옆방으로 쓰러뜨렸다. 차가운 금속 바닥에 쓰러졌을 때 귓가에서 끔찍한 괴성이 들렸다. 두꺼운 발톱이 등을 파고들었고 웨스커는 손을 휘저었다. 기괴한 소리를 지르는 괴물이 자신을 죽이려 하고 있었다.

웨스커는 놈을 최대한 세게 때리며 손바닥으로 놈의 목을 강하게 밀었다. 놈이 풀쩍 뛰어 철망으로 된 벽에 매달리더니 다시 천장으로 기어올랐다.

웨스커가 몸을 일으켜 다시 비틀비틀 걸었다. 통증과 메스꺼움이 그를 짓눌렀다. 공기는 너무 뜨거웠고, 터빈이 끊임없이 돌면서 시끄러운 소리를 냈다. 그때 뒤편으로 가는 문이 시야에 들어왔다. 임무 완수로 가는 문이었다.

'스타스 대원들이 모두 산산조각 나는 동안 나는 탈출하는 거야. 부자가 돼서 비행기를 타고 아주 멀리 날아갈 거야.'

그는 문을 벌컥 열고 뒤편 모퉁이에 있는, 빛이 나는 작은 스크린을 향해 천천히 걸었다. 이곳은 조용하고 시원했다. 방 안을 채운 거대한 기계들이 조용히 윙윙 소리를 냈다. 그 기계의 목적은 바깥에 있는 것들과는 사뭇 달랐다. 이 기계들은 그가 다시 통제력을 손에 넣을 수 있도록 해주는 기계들이다.

웨스커의 등 뒤 열린 문에서 들려오는 소음이 아주 멀게 느껴지는 가운데 그가 빛이 흘러나오는 스크린을 향해 손을 뻗었다. 그 아래 키보드를 만지는 그의 손가락에 감각이 없었다.

필요한 키를 찾았다. 몇 차례 실수 끝에 모니터에 은은한 녹색으로 암호가 입력되었다. 섹시하고 나지막한 목소리가 30초 안에 카운트다운이 시작될 것이라고 알려주었다. 그는 어지러운 머리로 타이머 조작하는 방법을 떠올리려 애썼다. 자폭 시스템은 5분 안에 자동적으로 시작될 것이므로 타이머를 다시 맞춰야 했다. 정신을 차리고 이곳을 탈출할 시간을 벌어야 한다.

그 순간 그의 뒤에서 무언가가 괴성을 질렀다.

웨스커가 고개를 돌리자 네 마리의 괴물 원숭이들이 그를 향해 달려오는 것이 보였다. 그에게 다가온 놈들이 기다랗게 휘어진 발톱을 휘둘렀다. 웨스커는 다리에 끔찍한 고통을 느끼며 바닥으로 쓰러졌다.

'이럴 수는 없어.'

한 놈이 그의 가슴에 올라타자 웨스커는 숨을 쉴 수 없었다. 팔을 들어 놈을 밀어낼 힘조차 없었다. 또 다른 놈이 구부러진 발톱으로 그의 왼쪽 다리를 찢어발기자 두꺼운 살점 한 뭉텅이가 뜯겨져 나갔다. 세 번째, 네 번째 놈이 신난다는 듯 괴성을 지르며 사악한 꼬마 악마들처럼 그의 주변을 돌며 덩실덩실 춤을 추었다. 땅딸막한 다리로 경중경중 뛰면서 발톱을 들어올렸다.

어찌된 일인지 눈에 피가 고여 들었고, 세상이 빙글빙글 돌며 점점 멀어졌다. 괴성과 윙윙대는 기계음, 그리고 믿을 수 없을 정도로 뜨거운 열기가 그의 시야를, 그의 정신을 흐릿하게 만들었다.

'타이런트가 왔어.'

웨스커는 느낄 수 있었다. 거대하고 강력한 무언가가 가까이 왔다는 것을, 그를 만지고 있다는 것을 느낄 수 있었다. 고통 속에서도 미소 지은 채 시야를 덮은 붉은 안개 속에서 그것을 찾았다. 타이런트가 원숭이들을 완벽한 동작으로 살육하는 것을 그 무엇보다도 보고 싶었다. 하지만 그를 덮친 거대한 그림자만을 겨우 알아볼 수 있었다. 그림자가 마치 그를 통과하는 것 같았다. 그 강력하고도 장엄한 전사가 몸을 구부려 그를 고통 속에서 꺼내주는 건 상상에 불과했다.

'나는…… 통제력을…… 보게 해줘.'

어둠이 그의 마지막 희망을 앗아갔고, 웨스커는 더 이상 아무것도 생각할 수 없었다.

"……스타스 알파 팀, 브라보 팀, 누구든, 누구든 들을 수 있으면 응답하라! 연료가 떨어져간다. 들리나? 여기는 브래드! 반복한다!"

화들짝 놀란 레베카가 무전기 버튼을 누르고 빠르게 말을 토해 냈다.

"브래드! 스펜서 저택에 헬기 이착륙장이 있어요. 거기로 와야 해요! 브래드, 들려요?"

그때 끼익 하는 높은 잡음이 들렸고, 레베카는 '알겠……'이라는 소리만 겨우 알아들었다. 나머지는 잡음에 묻혀 전혀 알아들을 수 없었다.

'알겠다는 거야? 알겠냐는 거야?'

확인할 수 있는 방법이 없었다. 걱정에 휩싸인 레베카는 무전기를 더욱 꽉 쥐었다. 브래드가 그녀의 목소리를 들었기만을 바랐다.

그때 천장에 숨겨진 스피커를 통해 날카로운 경보가 울려 퍼졌다. 레베카는 벌떡 일어서서 추운 방 안을 두리번거렸다. 헬기 이착륙장으로 이어지는 문에서 철컥하는 소리가 들렸다. 레베카가 문으로 다가가 손잡이를 돌려 잡아당기자 문이 열렸다.

곧이어 침착한 여자 목소리가 들리기 시작했다. 신경을 곤두서게 하는 경보음 너머로 천천히, 그리고 또렷하게 들렸다.

"자폭 시스템이 작동되었습니다. 전 직원은 지금 바로 대피하거나 시스템을 정지시켜야 합니다. 5분 남았습니다. 자폭 시스템이 작동되었습니다. 전 직원은 지금 바로 대피……."

녹음된 음성이 반복되는 가운데 레베카는 열린 문간에 서서 사다리 통로를 바라보았다. 심장이 쿵쾅거렸다. 크리스가 아래층에서 올라오기만을 기다렸다.

그가 여길 떠난 지 겨우 몇 분밖에 지나지 않았다. 하지만 이제 시간이 없었다.

제20장

질과 배리는 승강기에서 달려 나와 B3의 중앙 홀로 향했다. 침착한 목소리가 이제 4분 30초가 남았다고 알려주었다. 그들은 전력질주하여 열린 복도를 지나 모퉁이를 돌았다.

그리고 금속 계단을 반쯤 올라가 있는 크리스를 발견했다.

"크리스!"

질이 소리치자 크리스가 휙 몸을 돌렸다. 질과 배리가 자신을 향해 달려오는 것을 본 그의 얼굴이 환히 밝아졌다.

"서둘러요! B1에 헬기 이착륙장이 있어요!"

'하느님, 감사합니다!'

크리스는 두 사람이 계단 아래까지 오기를 기다렸다가 앞장섰다. 서둘러 통로를 돌아 사다리로 이어지는 문을 열어 붙잡았다. 질과 배리가 계단을 거쳐 통과하는 동안, 침착한 목소리는 이제 4분 15

초가 남았다고 알려주었다.

배리가 먼저 사다리를 오르고 질이 뒤를 따랐다. 크리스가 마지막으로 사다리에 올랐다. 셋은 우르르 B1으로 들어갔다. 질은 레베카가 비상 출구 옆에 서 있는 것을 보았다. 그녀의 앳된 얼굴이 걱정으로 잔뜩 어두워져 있었다.

크리스가 레베카를 데려오자 네 명은 구불구불한 콘크리트 복도를 내달렸다. 질은 이곳을 벗어날 수 있는 충분한 시간이 남았기만을 간절히 기도했다.

'당신은 이곳에서 타죽기를 바랄게, 웨스커.'

복도 끝에 커다란 승강기가 하나 있었다. 배리가 우당탕 문을 열고 나머지 세 명이 탈 때까지 기다렸다가 마지막으로 올라탔다. 이제 정확히 4분이 남았다.

승강기는 마치 기어 올라가는 것 같았다. 질이 손목시계를 내려다보았다. 1초, 1초가 흘러가는 가운데 그녀의 심장도 터질 듯 뛰었다.

'안 되겠어. 이러다간 늦겠어.'

승강기가 천천히 멈춰 서자 크리스가 벌컥 문을 열었다. 이른 아침의 선선한 공기가 그들을 맞았다. 공중에서 선회하고 있는 달콤하고 경이로운 헬기 소리도 함께였다.

"내 무전을 들었어요!"

레베카가 소리쳤다. 질도 씩 미소를 지었다. 그녀의 미소에서 신참을 향한 애정이 느껴졌다.

헬기 이착륙장의 규모는 매우 컸다. 넓고 평평한 공간이 높은 담으로 둘러싸여 있고, 중앙에는 노란색 페인트로 커다란 동그라미가 그려져 있어 브래드에게 착륙 지점을 알려주었다. 배리와 크리스는 정신없이 팔을 휘저으며 브래드에게 서두르라고 신호를 보냈다. 질이 다시 한 번 손목시계를 확인했다. 3분 30초 정도가 남았다. 이 정도면 충분한 시간이다.

그 순간 단단한 무언가가 부서지는 듯한 굉음이 들려왔다.

질이 반사적으로 고개를 돌렸다. 콘크리트와 타르 덩어리가 공중으로 날아와 이착륙장 북서쪽 모퉁이에 우박처럼 쏟아졌다. 구멍으로부터 뻗어 나온 거대한 발톱이 찢어진 입술처럼 보이는 모서리 위로 떨어졌다.

곧이어 창백하고 거대한 타이런트가 뛰어올라 헬기 이착륙장 위로 착지하더니 날렵하게 몸을 일으켰다. 그리고 그들을 향해 걸어오기 시작했다.

///

'도대체 저게 뭐야?'

키가 240센티미터는 될 듯했고, 거대한 몸뚱이 일부는 엉망으로 훼손되고 변형되어 있었다. 일어서는 동안에도 미소 짓는 듯한 기괴한 얼굴은 그들을 향해 고정되어 있었다. 놈이 천천히 그들을 향해 움직였다. 왼팔에 달린 거대한 발톱이 움켜쥐듯 구부러졌다가 다시 펴졌고 놈은 천천히 이를 반복했다.

'시간이 없어. 이 상태로는 헬기가 착륙할 수 없어.'

크리스는 놈의 가슴에 툭 튀어나온 종양처럼 생긴 곳을 향해 총을 발사했다. 연속으로 방아쇠를 다섯 번 당겼고, 그중 세 발이 명중했다. 다른 두 발은 박동하는 붉은 덩어리로부터 2센티미터도 떨어지지 않은 곳에 박혔다.

하지만 놈의 걷는 속도는 조금도 늦춰지지 않았다.

"흩어져!"

배리가 외쳤다.

대원들이 흩어지고, 질은 레베카를 거대한 놈으로부터 최대한 멀리 떨어지도록 끌어당겼다. 크리스가 서쪽 벽으로 달려가고, 배리는 그 자리에 선 채로 다가오는 타이런트를 향해 콜트를 겨눴다.

357구경 세 발이 놈의 배에 박혔다. 우레와 같은 총성이 콘크리트 벽에 부딪혀 메아리쳤다.

놈이 갑자기 속도를 높이더니 배리를 향해 달려오며 거대한 발톱을 위로 들어 올렸다.

배리가 몸을 던져 피하자 놈이 마치 언더핸드로 공을 던지듯 발톱을 아래에서 위로 들어 올리며 그를 지나쳤다. 발톱이 아스팔트를 스치자 두부처럼 길게 파였다.

타이런트는 배리를 지나치자마자 멈춰 섰다. 놈이 천천히 돌아서더니 배리가 재빨리 몸을 일으켜 다시 총을 쏘는 모습을 아무렇지 않은 듯 바라보았다.

총알이 놈의 오른쪽 어깨에서 살점 덩어리를 떼어냈다. 진한 피가 넓은 가슴팍을 따라 흐르면서 엉망으로 헤집어진 배의 상처로 흘러 들어갔다.

머리 위로는 알파 팀의 헬기가 착륙하지 못한 채 여전히 선회하고 있었다. 이 거대한 괴물은 통증을 느끼지 못하는 것 같았다. 놈이 다시 달려들었고 무시무시한 손을 내리치며 배리를 덮쳤다. 그가 재빨리 방아쇠를 당겼지만 리볼버는 찰칵거리는 소리만 날 뿐이었다.

배리가 사력을 다해 도망치자 돌격해오던 괴물 역시 그와 함께 방향을 틀었다. 곧이어 놈의 발톱이 배리의 옆구리를 스쳤고 배리는 그대로 바닥에 굴렀다.

'배리!'

타이런트가 쓰러진 배리 위로 몸을 굽히자 크리스가 놈의 등으로 총을 난사하며 돌진했다. 조끼가 너덜너덜해진 배리는 공포로 눈을 크게 뜬 채 주춤거리며 뒤로 물러섰다.

놈은 등이 따끔거렸는지 천천히 돌아섰다. 그리고 감정이라고는 전혀 없는 눈으로 크리스를 노려보았다. 배리가 겨우 일어서더니 절뚝이며 몸을 피했다.

'시간이 없어!'

크리스가 탄창을 모조리 비웠다. 마지막 서너 발이 놈의 얼굴을 맞혔다. 입술 없는 놈의 입에서 이빨이 부서져 날아가 아스팔트 위로 튀었다. 그런데도 놈은 상관없다는 듯 놀라운 속도로 크리스를 향해 달려오기 시작했다.

질과 레베카가 소리를 지르며 총을 쏘았다. 놈의 주의를 크리스로부터 돌리기 위해서였지만 놈은 이미 그에게 고정된 듯 성큼성큼 달려가 손을 위로 쳐들었다.

'기다려!'

아찔한 순간, 크리스가 옆으로 몸을 날리자 타이런트는 그대로 지나쳤다. 놈의 발톱이 크리스가 조금 전까지 서 있던 아스팔트를 걸레로 만들었다.

크리스는 필사적으로 달렸지만 시간이 흐르고 있었고, 이대로 가다간 시간 내에 놈을 죽일 수 없겠다는 끔찍한 생각이 들었다.

배리는 허벅지에서 피가 배어나오는 것을 느꼈다. 타이런트의 무참한 공격에 피부의 일부가 말끔히 잘려 나갔다. 통증은 참을 만했다. 하지만 모두가 죽게 될지도 모른다는 생각에 고통스러웠다.

'놈한테 도륙당하지 않으면 폭발과 함께 산산조각이 나겠지.'

타이런트가 질과 레베카에게 시선을 돌렸다. 둘은 끄떡도 하지 않는 괴물을 향해 다시 총을 쏘기 시작했다. 놈이 그들을 향해 매끄러운 동작으로 다가오기 시작했다. 여전히 몸에 난 총상과 거기에서 흘러나오는 피에 아랑곳하지 않았다. 산탄이 팔과 가슴을 헤집고, 9밀리미터 총알이 창백한 피부에 날아와 박혔지만 놈은 조금의 흔들림도 없었다.

헬리콥터 프로펠러 소리가 가까워지면서 거센 바람이 배리를 덮쳤다. 위에서 소리치는 것이 들렸다.

"받아요!"

배리가 고개를 들자 헬기가 지면과 겨우 6미터 사이를 두고 선회하는 것이 보였다.

그리고 다음 순간, 묵직한 검은 물체 하나가 헬기의 열린 문을 통해 타르 바닥으로 떨어지는 것이 보였다.

가장 가까이 있던 크리스가 달려갔다.

타이런트는 질과 레베카의 코앞까지 다가왔다. 둘이 흩어져 각각 다른 방향으로 달려가자 놈은 망설이지 않고 질을 향해 고개를 돌려 기이한 눈으로 그녀를 주시했다.

"질, 이쪽이야!"

크리스가 외쳤다.

배리가 소리 나는 방향으로 고개를 돌리자 크리스가 커다란 로켓포 발사기를 한쪽 어깨에 짊어지는 모습이 눈에 들어왔다.

'그렇지!'

질이 크리스를 향해 방향을 틀었고 타이런트가 바짝 따라붙었다.

"비켜!"

질이 한쪽으로 몸을 날렸고 동시에 크리스가 로켓탄을 발사했다. 로켓포가 휘익, 하고 날아오는 소리는 헬리콥터 프로펠러 소리에 묻혀 거의 들리지 않았다.

하지만 폭발음은 달랐다. 유탄이 타이런트의 가슴에 정확히 명중했다. 그리고 다음 순간, 새빨간 불꽃과 귀청이 떨어질 듯한 소리와 함께 타이런트는 수백만 개의 조각으로 변해 산산이 흩어졌다.

너덜너덜한 살점과 뼛조각이 비처럼 쏟아져 내리는 가운데 브래드는 헬기를 착륙시켰고, 네 명의 스타스 대원들은 헬기를 향해 달렸다. 바닥에 채 닿지도 않았는데 질이 가장 먼저 헬기 안으로 몸을 날렸고, 크리스와 레베카 그리고 배리가 차례대로 뛰어들었다.

"출발해요, 브래드! 당장!"

질이 소리쳤다.

헬기는 공중으로 날아올라 전속력으로 멀어져갔다.

제21장

침착한 여자 목소리는 인간이 아닌 괴물들의 귓가에만 울려 퍼졌다.

"5초 남았습니다. 3, 2, 1. 시스템 작동."

저택 전체를 휘감고 있던 회로가 연결되었다.

그러자 지축을 뒤흔드는 폭발음과 함께 스펜서 저택이 폭발했다. 저택 지하, 저수지 아래, 직원 숙소에 있던 평범하고 볼 것 없던 벽난로, 그리고 지하 3층 실험실에 있던 장치들도 동시에 폭발했다. 오래되었지만 우아한 저택의 대리석 벽들이 우르르 무너져 산산이 붕괴되는 바닥 위로 쓰러졌다. 돌덩이가 굴러떨어지고, 콘크리트가 터지면서 검은색 먼지로 변했다. 거대한 불덩이가 이른 아침의 하늘로 솟아올랐고, 아름답기까지 한 섬광은 찰나의 순간이지만 몇 킬로미터 떨어진 곳에서도 보였다.

무섭도록 엄청난 폭발음이 숲을 통과해 퍼지다가 사그라질 무렵,
폐허가 된 저택의 잔해가 활활 타오르기 시작했다.

에필로그

브래드가 라쿤 시티를 향해 헬기를 조종하는 동안 네 사람 모두 아무 말이 없었다. 브래드는 묻고 싶은 질문이 백만 개는 되었지만 그들의 침묵 때문에 말을 꺼낼 수 없었다. 크리스와 질은 해치 창문을 통해 한때 저택이었던 곳에서 퍼져가는 불길을 멍하니 바라보았고, 둘의 표정은 무겁게 가라앉아 있었다. 배리는 선실 벽에 기대앉은 채 마치 예전에는 본 적이 없는 듯 자신의 손을 내려다보고 있었다. 신참 레베카는 아무 말 없이 그들 사이를 오가며 조용히 상처를 치료하고 있었다.

브래드는 입을 열지 않았다. 아직도 혼자 도망간 것 때문에 쓰레기가 된 것 같은 기분이었다. 그 이후로 지금까지 천천히 떨어지는 연료계를 체크하면서 저택 주위를 선회하는 생고생을 했다. 정말이지 악몽 같은 일이었다. 게다가 소변을 참느라 죽을 뻔했다.

'그리고 그 괴물은······.'

브래드가 몸을 부르르 떨었다. 놈이 무엇인지는 몰라도 죽어서 천만다행이었다. 그놈을 발견한 순간 또다시 도망치고 싶은 충동을 억누르느라 젖 먹던 힘까지 다해야 했다. 그런 상황에서 로켓포 발사기를 발로 차 정확한 위치에 떨어뜨렸으니 대단한 공을 세운 것 아닌가.

브래드는 아무 말이 없는 네 명을 힐끔 돌아보며 아까 받았던 그 이상한 무전에 대해 이야기해주어야 하나, 말아야 하나 생각했다. 레베카가 소음 사이로 헬기 이착륙장이 있다고 소리친 직후, 아주 또렷한 무전이 하나 들어왔다. 정체 모를 한 남자가 침착하게 헬기 이착륙장의 정확한 좌표를 알려주었다. 스타스의 무전을 엿듣고 있는 것만 해도 이상한데, 브래드에게 좌표를 알려줄 정도로 위치를 정확히 파악하고 있다는 건 분명 으스스한 일이었다.

그가 미스터리의 남자 이름을 떠올리려 애쓰며 눈살을 찌푸렸다. 테드였나? 테렌스?

'트렌트! 맞아. 이름이 트렌트랬지.'

브래드는 그 이야기는 나중에 하기로 마음먹었다. 지금은 무엇보다도 당장 집에 가고 싶었다.

THE UMBRELLA CONSPIRACY by S D Perry
©CAPCOM. Licensed for used by Titian Publishing Group Ltd.
This translation of THE UMBRELLA CONSPIRACY, first published in 2012,
is published by arrangement with Titan Publishing Group Ltd.
All rights reserved.
This Korean edition was published by Jeu Media in 2016 by arrangement with
Titan Publishing Group Ltd. through KCC(Korea Copyright Center Inc.), Seoul.

바이오하자드 1
엄브렐러 사의 음모

초판 1쇄 | 2016년 4월 5일
초판 3쇄 | 2019년 4월 15일

지은이 | S.D 페리
옮긴이 | 구세희
펴낸이 | 서인석
펴낸곳 | (주)제우미디어
출판등록 | 제 3-429호
등록일자 | 1992년 8월 17일
주소 | 서울특별시 마포구 독막로 76-1(상수동) 한주빌딩 5층
전화 | (02)3142-6845
팩스 | (02)3142-0075
홈페이지 | www.jeumedia.com

ISBN
978-89-5952-480-8
978-89-5952-481-5(SET)
※파본은 본사나 구입하신 서점에서 교환해 드립니다.

제우미디어 소설 공식 카페 | cafe.naver.com/jeunovels
제우미디어 페이스북 | www.facebook.com/jeumedia
제우미디어 블로그 | blog.naver.com/jeumediablog

만든 사람들
출판사업부 총괄 손대현 | **편집장** 전태준 | **책임 편집** 문대현 | **기획** 홍지영, 김주원, 이유리
디자인 경놈 | **제작** 김금남 | **영업** 김영욱, 박임혜